廢柴福妻

上

文創風 778

龍卷兒 著

風 文創 778

目錄

序文

龍卷兒

《廢柴福妻》是個少女因逆境而成長，最終獲得幸福的故事。從小長在富貴之家的少女，因父親敗光家產被賣進山村，她害怕、茫然，用扮醜的方式保護自己，希望做活贖身，回到母親身邊。

日子一天天過去，少女與買主莫家的關係悄悄變化，發現莫家人都是好人，努力維持著這個家，而且出自真心護著她，讓她感受到家的溫馨。

後來，少女和莫家次子相愛了，她不懂的，他會教她；她碰到難事，他總會極力幫她，最後還得到一生一世的承諾。

這位女主角並不完美，像大多數的人一樣，會膽怯、猶豫，但她也勇敢、堅強。沒有人是完美的，但依舊是上天的寵兒，會遇到合適的人，包容彼此的一切，攜手相依、相伴。

這個故事是偶然間寫下的，之前毫無準備，沒有任何壓力，簡簡單單便打出兩千字，甚至不知道接下來會怎麼發展，現在回憶起來，還真想取笑自己。

繼續寫下去，筆下人物漸漸變得有血有肉，他們的故事就像發生在眼前一樣，有理想、煩惱，有想守護的東西；與其說我在寫故事，倒不如說是去了書中人物所在的世界，將他們發生的點滴轉述成文字。

在寫文的過程中，曾受到攻擊、質疑，一度崩潰，頭腦總是昏沈沈的，實在不明白，為什麼寫個簡單的故事，別人會對我生出這麼大的惡意？幸好暖心的讀者不離不棄，讓我完成這本書，可以與你們相見，期待你們喜歡。

寫完這本書，我覺得自己也成長了。人生何嘗不是一個故事、一本書？我們漫步其間，偶爾撿起掉在地上的落葉，欣賞世間景色，不愉快的事並不需要在意，遲早會過去。

人生很長，道路兩旁的風景不停變換，誰能保證自己一生順遂？所以，對於一些不如意，讓我們報以一笑，接下來將有更多的歡樂等著我們。

感謝抑鬱日子裡像陽光一般溫暖的天使讀者，沒有你們，我不會堅持下來，更不會有現在這本書。我心存感恩，祝善良的你們幸福快樂。

第一章

天上飄下細細的雪，隆冬季節的石門山上，除了長年青翠的黑松，剩下的是一片灰暗。山腳下，坐落著一個小村子，名叫大石村，村中如棋子散布，住了二、三十戶人家。

此時正值做晚飯的時候，家家煙囪冒著炊煙。今日是冬節，一年裡白天最短的日子，當地有吃餃子的習俗。天冷沒什麼農活，村民早早上了炕頭。

張婆子坐在灶前，用手中的撥火棍挑了挑灶裡的火，火燒得旺了些，映出那張陰沈沈的臉，細小眼睛帶著精光，時不時看向裡屋。

正屋是廚房，灶通著裡屋的熱炕，既做了飯，又暖了炕。

裡屋，莫老漢坐在炕頭上，看著站在地上、一言不發的二兒子莫恩庭，皺了皺眉。

「人都帶回來了，這麼晚了，總不能再送回去。」莫振邦揉著膝蓋，白日走了不少路，現在覺得有些累。「再說，就算送回去，她爹還不是再把人賣掉。」

莫恩庭手中攥著兩本書，昏暗的燭光下，容貌竟是出色至極，細長的眼睛垂著眼，看不出思緒。

「人是買來的？」莫恩庭開口道：「家裡不寬裕，您為何這麼做？」

「你也不看看你的年紀，和你一般大的，都成家了。」莫振邦低著嗓子。「說起來，那姑娘以前是大戶人家的小姐，她爹好賭，才賠上家產。」頓了頓，道：「知道你眼界高，一般的姑娘配你，實在……」又嘆息一聲。「姑娘讀過書的。」

莫恩庭知道，今天莫振邦去了很遠的地方幫糧鋪東家辦事，人怕是從那裡帶回來的。到底不忍拂了長輩的意，沒再說什麼。

「今天過節，等餃子熟了，端一碗過去。」見兒子不再抗拒，莫振邦吩咐道。

莫恩庭點頭應了。

西廂房裡，趙寧娘看著面前一臉茫然的姑娘，心裡有些不忍，剛想說話，那姑娘就退到牆邊，一副提防的模樣。

「妳叫什麼名字？」趙寧娘開口，看著姑娘，一頭凌亂的頭髮將小臉遮住大半，厚重的棉襖卻掩不住高挑婀娜的身形。「餓不餓？」

洛瑾緊緊攥著雙手，不明白為什麼睡了一覺，醒來就到了這裡？眼前的女人又是誰？「大姊，這是哪兒？」洛瑾的頭還有些昏沈，心裡十分不安。「我要回家，今天冬節，我娘還等著我。」

趙寧娘嘆口氣。「可憐，妳什麼都不知道，妳爹將妳賣了。」雖然不忍心，可到底是花了銀子買回來的，不會把人放走。

洛瑾無力地倚在牆壁上，似是不相信地搖著頭。「妳騙人，我不信！」

「是真的，已經簽了契。」趙寧娘好生勸說：「其實我家二郎人很好，妳看過就知道了，方圓幾十里，哪個不知道莫家二郎，要模樣有模樣，要學識有學識。」

洛瑾哪裡聽得進去，只知道好賭的爹居然把她賣了，現在怕是拿著賣她的銀子，帶著他的相好去了賭坊。

「大姊，求求妳放了我，我家裡還有娘和弟弟。」洛瑾不知道說這些有沒有用，只希望眼前的人放她一馬。「他們會找我的。」

「傻姑娘。」趙寧娘有些無奈。「人就是從妳家裡帶出來的。」

洛瑾聽了，猶如五雷轟頂，頹然坐在地上。娘知道她被賣了，卻沒能救她？頓時失去力氣，再也忍不住，低聲抽泣起來。

趙寧娘看著癱在地上的洛瑾。這姑娘哭得她的心都快碎了，她是一個母親，也是一個女人，明白那種說不出的苦。

天色已經全黑，趙寧娘看了看窗外，無奈地準備鎖門離開時，屋外響起腳步聲，這才舒了口氣。這樣糟心的事，她實在做不來。

她起身走到外間，來的人正是莫恩庭，見他手中端著一碗餃子，笑問：「下學了？」

莫恩庭彎腰。「是。嫂子，娘喚妳過去，說大峪肚子痛。」

「這小子該不會又喝了生水吧？」趙寧娘擔心兒子，用手指向裡間，輕聲叮囑幾句，便

走出西廂房。

屋裡靜下來，洛瑾看著出現在視線裡的布鞋，以及一片洗得發白的黛藍色袍角，頓時嚇

得發抖。那是個男人，他若要做什麼，她怎麼逃得過？

莫恩庭進屋時，就瞧見縮在角落裡的女人，抖得跟隻鵪鶉似的，渾身髒兮兮，怎麼看都

不像是大戶人家的小姐。

「給妳的。」莫恩庭把碗放到炕頭上。眼前的事，他也不知道怎麼辦，買來的女人，他才不要。

洛瑾偷偷抬眼看他，站在炕邊的男人，打扮像個讀書人；再看那碗冒著熱氣的餃子，想起白日莫名睡去的經過，哪裡敢吃，又縮了縮身子。

莫恩庭沒勉強她，翻起今日帶回來的書，只一會兒，便把角落裡的女人忘個乾淨。

地上很涼，洛瑾腿腳有些麻，輕輕動了動，開口道：「我會還錢，還清了，能放我走嗎？」聲音怯怯的，生怕惹怒了他。

莫恩庭抬頭看她。「妳怎麼還？」

「我可以幫你們做事、幹活，我還會繡花，也可以幫你抄書。」見到轉機，洛瑾忙道。

聽見這話，莫恩庭重新打量起洛瑾。看來爹說的是真的，這姑娘讀過書。

瞧莫恩庭沒開口，洛瑾想了想。「我還會畫畫。」

「這裡是鄉下，妳說的這些，沒什麼用。」莫恩庭放下手中的書。他去上學，張婆子已經瞧不順眼，若她整天寫寫畫畫，他能猜到那時的場面，肯定不會太好看。

「我能洗衣服、燒飯。」洛瑾拚命想抓住一絲希望。這一年，洛家家境不比從前，她學會不少家務，雖然比起別人仍是差些，但勉強能做。

繡花和畫畫的手用來洗衣做飯，莫恩庭覺得有些可惜，倒不是因為眼前的姑娘，只是覺得，那般的女子應該好好嬌養著。

「先吃飯吧！」莫恩庭瞥了瞥放在炕邊的餃子，重新拿起書。

洛瑾不敢吃，慢慢站起來，小心翼翼地問：「可以嗎？還清銀子，放我離開？」

「好。」莫恩庭的眼睛盯著書頁。「反正我也不習慣身邊突然多出一個人。」

洛瑾眨眨眼睛，見莫恩庭心思全放在書上，連看都不看她一眼，說的應該是實話，稍稍鬆了口氣。換成別的男人，她哪裡逃得過，看來讀書人還是講究禮法的。

一會兒後，雪下得大了，靜夜無風，似乎能聽到雪花落地的細響，剩下的便是莫恩庭翻書的聲音。

洛瑾站在牆角，身上厚重的棉襖，上面沾了灰塵，讓她看上去有些邋遢；一頭凌亂的髮，更是如門前梧桐樹上的喜鵲窩。

西廂房沒有燒火，一絲暖氣也沒有，放在炕頭上的餃子，很快便涼透了。

正當洛瑾不知道該做什麼時，外間的門猛地被推開，幾片雪花捲入屋內，跟著跑進來的，還有一個小小的身影。

莫大峪邁著小短腿，跑得比趙寧娘還快，竟是躲過她的拉拽，躥進西廂房，想看看被爺爺和爹買回來的女人。

「二叔！」莫大峪叫了聲，好奇地看著牆角。「她就是買給您的媳婦？」

童言無忌，莫恩庭看了看小姪子，不知該怎麼回他？「你的肚子好了？」

莫大峪嗯了聲，走到洛瑾身旁，瞪著眼睛，瞧得仔細。「妳身上怎麼有股雞屎味？」忙用小手摀住自己的鼻子，後退兩步。

洛瑾低頭看衣袖，上面黏著麩皮碎屑，是在車裡沾上的；又看向眼前六、七歲的孩子，小小的圓臉上，一雙黑眼珠骨碌碌轉著，閃著調皮的光芒，讓她想起了自己的弟弟。

「我告訴妳，我二叔喜歡乾淨，妳太髒了。」莫大峪倚在炕沿，不喜歡髒兮兮的洛瑾。

喜歡乾淨？洛瑾垂頭，慌亂的心有了主意。

趙寧娘見狀，不好意思地走過去，將莫大峪拖出門，接著響起落鎖的聲音。

洛瑾一驚，屋門被上鎖了？怕她逃走？

果然，窗外傳來趙寧娘的說話聲。「二郎，今晚怕是雪要下大，明兒你早些起床，路不好走，和爹早點出門。」

莫恩庭瞥向窗戶，嗯了聲，隨即有些煩躁。把他和一個髒女人關在一起，當他是什麼？真把他當成村裡那些飢不擇食的男人？

「我要看書，妳去外間。」

洛瑾看了看莫恩庭，見他不再開口，便掀開門簾出去了。

外間沒點燈，隱約可以瞧見堆放了不少東西，足足占了半間，只剩一條供人走動的過道。

洛瑾站在那堆雜物前，心裡難受，輕輕挪出一塊小小的空位，眼中的淚還是止不住流下來，在髒兮兮的臉上沖出兩道痕跡。

被賣到山村前，她是洛家的第一個孩子，自小在祖母身邊長大，享盡疼愛；後來，家產被好賭的父親敗光，祖母一病不起，她的天就塌了。

洛瑾吸了吸鼻子，縮著身子坐下，抬起袖子拭去淚珠。以後的日子注定要過得小心翼翼，但還有希望，只要她賺夠銀子，只要她小心謹慎，總有一天會拿到賣身契，恢復自由身。

夜裡冷得可怕，她瑟縮著身子，抓了一條麻袋蓋在身上，可是根本不管用，冷風一直往骨頭裡鑽。

她抬頭張望了一下，見裡間的燈火還亮著。是那男子仍在苦讀吧！不由輕輕嘆息了一聲。

一夜無眠，洛瑾的腳麻了，又怕吵醒睡在裡間的莫恩庭，不敢起身走動。

天將將亮時，房門上的鎖被人打開，緊接著院子裡響起了一聲咳嗽聲。

洛瑾連忙瞇上眼睛，僵硬的背倚在雜物上，佯裝睡去。

沒一會兒，莫恩庭穿戴好，掀起門簾走到外間，映入眼簾的是擠在雜物中的瘦弱身影，頭髮似乎比昨日更亂，棉襖也更髒了。

莫恩庭只看了一眼，並沒有停留，開門出去。

昨晚的雪一直下到後半夜，地上積了厚厚一層，放眼望去，一片白茫茫。

莫振邦牽著馱東西的驢子，在大門處等著，看見莫恩庭出來，把包袱遞給他。「拿去學堂吃吧！」他想問洛瑾的事，可是以他的身分，實在不好開口。

莫恩庭接過包袱和韁繩，將昨晚帶回來的兩本書夾在腋下，牽著驢子，和莫振邦走了。

直到院子裡沒了聲音，洛瑾才睜開眼起身。

現在門沒有鎖，如果她逃跑的話……隨即搖頭，不說能不能跑出去，就算跑出去又怎麼樣？她的賣身契還攥在這家人手裡。

果然，她剛想完，趙寧娘就來了。

看見依舊是昨日那副樣子的洛瑾，身為過來人的趙寧娘自是知道，挑剔的莫恩庭沒有動人家，不知道公公買媳婦的一大筆銀子是不是白花了？

「怎麼沒吃飯？」趙寧娘望著變得乾硬的餃子，有些心疼。一年到頭，農家能吃上幾次餃子啊！

莫家的家境在大石村裡還算殷實，但不是平白無故得來的。公公莫振邦在鎮上糧鋪幫東家跑腿、算帳、收糧；而她的男人莫恩席是長子，負責打理家裡的果園。有時候她覺得公公偏心老二，可是身為媳婦，她不能說什麼，且誰叫莫恩庭會讀書，連縣裡的舉人都稱讚。

昨日洛瑾並沒有仔細打量趙寧娘，現在瞧清楚了，她生了一張圓臉，或許是長年勞作的關係，皮膚有些粗糙，個子不高，但看上去像個勤快人。

「大姊，我不餓。」洛瑾小聲地道。昨晚那種情況，誰吃得下去？就算是現在，心裡依舊悶得慌。

趙寧娘勸道：「既然來了，就得想開點，一輩子不如意的事可多了，但還是要過下去。」說完轉身指著門後的水缸。「那裡有水，可以舀些洗臉，洗完了，跟我去見娘。」

洛瑾猶豫了一下，微垂下頭。「現在過去吧，別讓老夫人等急了。」

趙寧娘聽了，只當洛瑾膽子小，心裡又惦記著沒睡醒的兒子，沒有多想，帶她去了正屋。

這時，張婆子坐在灶前燒火，眼角餘光看見大兒媳領著洛瑾過來，心裡沒有好氣。全家掙了一年多的錢，全花在這個女人身上，昨夜她心疼得睡不著，對莫振邦絮叨了一晚。

「娘，您怎麼起得這麼早？」趙寧娘站在門口道，早已猜到張婆子的心思，以她的性子，想必洛瑾以後的日子不會好過。

洛瑾從趙寧娘身後走上前，彎腰對張婆子福了福。「老夫人好。」

張婆子頭也不抬，用撥火棍撥弄了灶裡的火。「這山裡可沒有什麼老夫人，只有大清早就得忙碌的老太婆。」

洛瑾低頭看著腳底，有些無措，不敢接話了。她未曾寄人籬下，心裡發苦。

「看看，連說一句都不行，才一天就擺臉色。」張婆子瞥了髒兮兮的洛瑾一眼，表情輕蔑。「還說是大戶人家的小姐，怎麼看都不像，果然是被人騙了銀子。」

趙寧娘見狀，不想站在這裡跟著挨凍，只得偷偷用手戳戳洛瑾，對她使眼色。

洛瑾深吸一口氣，走進正屋，蹲在灶旁。「我來燒火吧！」聲音膽怯，伸手想接撥火棍。

趙寧娘乘機岔開話。「娘，大峪的肚子還是疼，會不會是生了蟲？」她知道張婆子的軟肋，就是長孫莫大峪。

張婆子聞言，扔掉撥火棍，起身走向飯櫥。「先給他喝點蜂蜜水試試。」

洛瑾撿起撥火棍，拾起一把柴草塞進灶裡。噼啪一響，火舌沿著鍋底，有一顆火星濺射出來，落在細嫩的手背上，她忍住差點出口的痛呼，攥住撥火棍。

另一邊，趙寧娘接過張婆子給的瓷碗，碗底有一點蜂蜜，因為惦記兒子，轉身回去她和莫恩席住的老屋。老屋是莫振邦和張婆子住過的舊屋，後來莫恩席成親，遂在老屋前蓋了新房，兩人搬過去住。老屋撥給莫恩席和趙寧娘，東、西廂房則讓莫恩庭和小兒子住。

張婆子折返回來，瞅了瞅蹲在灶旁的洛瑾，怎麼看就是不順眼，又想起那些花在她身上的銀子，沈著臉掀開布簾，進了裡屋。

第二章

人都走了，洛瑾抬頭看了看灶臺，上面蓋著高粱稈做成的蓋簾，簾裡有絲絲熱氣往外冒。

她站起身，一宿沒睡加上肚子裡空空的，一陣暈眩忽然襲來，忙支著雙手撐在灶臺上，緩了緩。

灶臺上還放著一只黑瓷盆，裡面是和好的玉米麵，應該是要做烙餅用的。

洛瑾去拿掛在旁邊的鍋鏟，順著邊緣掀起蓋簾，一陣白色熱氣升騰而起，歡快地往屋頂湧去，消失不見。

鍋裡的箅子上蒸著昨晚剩下的餃子，下面的水沸騰著冒著泡。

洛瑾看著瓷盆，又看了看毫無動靜的裡屋，伸手把黑瓷盆拖到面前。

她揉了揉玉米麵，回想以前母親的做法，再瞧瞧大黑鍋，接著用力將麵團拍到鍋壁上。結果，滾熱鍋壁燙到她的指腹，但她忍住疼，沒有縮回手，只是，第一次做烙餅，形狀並不好看。

洛瑾拍好麵團，放下蓋簾，重新蹲回灶旁。灶裡的火烤得她的臉頰發熱，驅散了一些寒氣。

她不知道到底要蒸多久，又怕餅不熟，遂往灶裡加了把柴。

「想把屋子燒了？」張婆子在裡屋聽見動靜，沒好氣地道：「難道柴會自己長腿跑來家裡？」

從一見面到現在，張婆子都沒有好臉色，洛瑾知道她不好相處，但為了拿回自己的賣身契，只能忍氣吞聲。

一會兒後，灶裡的火漸漸熄了，只剩下丁點兒火星埋在灰燼裡。

這時，肚子不疼了的莫大峪跳進廚房來，頭頂上紮著小辮子，臉圓圓的，腮上微微發紅。

「我爹說，要我看著妳，省得妳跑了。」莫大峪是孩子，有什麼話便說出來。

高大的莫恩席一進屋，聽見莫大峪的話，拍了他的腦袋一下，微黑臉上閃過一絲尷尬，沒看灶前的洛瑾，直接進了裡屋，喚了張婆子一聲。

莫大峪依舊站在門邊，用小腳勾了張小板凳坐下，準備做好他爹交代的活。

莫家還沒分家，所以飯是一起吃的。莫恩席父子倆過來沒多久，收拾好老屋的趙寧娘也來了。

趙寧娘看著冒煙的蓋簾，再看空了的黑瓷盆，指頭一挑，蓋簾便被掀起，晃蕩兩下，穩穩地倚在灶臺後的牆壁上。

洛瑾有些緊張地看著鍋裡，希望別出什麼差錯。

有兩個餅子掉進鍋底，洛瑾無措地看向趙寧娘。「我以後會小心的。」

廚房的活。

趙寧娘並不在意，輕聲說了句沒事，不過烙餅的形狀實在有些奇怪，看得出洛瑾不常幹

裡屋中，莫恩席已經把矮桌搬到炕上，等著女人端飯過來。農家的早飯很簡單，就是烙餅加鹹菜，吃完了，便開始一天的活。

趙寧娘領著洛瑾端早飯進去，方才還盡職盡責的莫大峪已經跳到炕上，靠在張婆子身旁，小嘴甜甜地叫了聲奶奶。

張婆子摸著莫大峪光溜溜的後腦，眼裡的疼愛不加掩飾，將蒸好的餃子全推到他面前。

洛瑾站在地上，雙手揪著。她是個外人，這時竟不知如何自處。

「快來吃啊！」趙寧娘坐在炕沿上，指著另一側的炕沿，招呼洛瑾過去。

炕上的人看向洛瑾，剛才還笑著的張婆子，臉又沈下來。「吃個飯還得讓人三請四請，真是大戶人家的小姐。」

聽張婆子說得刻薄，洛瑾低下頭，忍住將要湧出來的淚水。「我不餓。」

怎麼會不餓？趙寧娘知道，從昨日進門後，洛瑾粒米未進，但又不能頂撞婆婆，只好偷偷瞥了莫恩席一眼，見他沒開口，也不好再說話。

張婆子看見盆裡的烙餅，心裡更是氣不順。「不餓，就出去把雪掃乾淨，等會兒要是有人來，別讓人摔著。」

洛瑾不敢出聲，低著頭，掀開門簾出去。

出了屋門，洛瑾才看清自己身在何處。

一場大雪覆蓋了萬物，三面是層層山巒，包圍著村子，能隱隱看見山上的怪石。

或許是因為靠山，這裡的房子都是用石頭蓋的，院牆也是用石頭壘起來的，堅固結實。

但洛瑾不知道這裡到底是什麼地方，她的家鄉平縣沒有山，是一望無際的平原，就算現在能逃跑，她也找不到方向。

牆邊有支掃帚，洛瑾伸手拿起，從屋門開始，想掃出一條走路的過道。天氣很冷，沒一會兒，她的手便凍麻了。

莫大峪吃飽了，跑到院子裡，繼續看著洛瑾；可沒一會兒，孩子心性又起，蹲下來玩著雪。

日頭升起，照著地上的白雪，光芒有些刺眼。洛瑾好不容易清出一條路來，手凍得通紅，轉身放下掃帚，卻發現莫大峪不知跑到哪裡去了。

大門處傳來細響，洛瑾回頭，見門縫裡鑽進一個人，正探頭探腦地看著正屋。

莫非是賊？那她要不要喊人出來？

好似覺察到有人，那賊看向牆角，見是個邋遢的女人，頓時一愣，隨即抬起自己的手指放到嘴邊，做了個噤聲的動作，兩隻眼睛閃著機靈的光芒。

洛瑾呆站著，看賊人躡手躡腳地往東廂房走去，一身暗色衣裳，看年紀也就十六、七歲。

賊人伸手輕推東廂房的門，一隻腳邁進去，回頭對愣在牆角的洛瑾笑了笑，表情如陽光般燦爛。

「三叔！」莫大峪不知道從什麼地方鑽出來，跑向莫恩升，轉頭對主屋喊道：「爹，三叔……嗯……」

莫恩升忙用手摀住小姪子的嘴，靠在莫大峪的耳邊，要他別出聲，但已經來不及了。

聽到兒子的叫聲，莫恩席推門走出來，張婆子跟在後面。

莫大峪瞧見，掙脫莫恩升的束縛，跑到莫恩席身邊。

張婆子拿著灶旁的撥火棍，兩步走上前，掄起棍子就往莫恩升身上打去。

「就知道在外面瘋玩，乾脆別回來了！」張婆子氣呼呼，身上的笨重冬衣讓她顯得臃腫，連帶手腳也有些慢。「你眼裡還有這個家？」

罵聲讓莫家院子熱鬧起來，撥火棍毫不留情地敲在莫恩升腿上，他當即哀號一聲，直接躺倒在地上。「娘，我的腿斷了！」

莫恩升嘴裡不停哀號，臉正好對著站在牆角的洛瑾，對她眨眨眼，像是在告訴她，他是在演戲，不是真的受傷了。

到底是親生的，見兒子躺在地上，即使張婆子罵個不停，手裡的撥火棍卻再也敲不下去。

莫恩席走過去把莫恩升拉起來，嘴裡訓斥道：「你說說，幾日沒回家了？娘整天擔心，就你沒心沒肺的。」

莫恩升揉揉腿，走到張婆子身旁。「娘，我和前村的蕭五去碼頭了，打算過完年去那邊做買賣。」

張婆子依然生氣，撇過臉。「別想！你安安分分地繼續去鎮上學木工，家裡沒有閒錢供你揮霍。」如此說著，細小眼睛又惡狠狠地瞪了站在牆角的洛瑾一眼。

家裡最小的兒子向來受寵，莫恩升自然也是，瞅瞅自家老娘的臉色，又看向洛瑾。「娘，那是誰？」這樣邋遢的打扮，肯定不是家裡的親戚。

張婆子撣了撣莫恩升身上的碎雪。「吃飯了，進屋再說。」說完便帶著兩個兒子進去了。

莫家院子恢復安靜，梧桐樹上的喜鵲啾啾叫了幾聲。

莫大峪拖著一把鐵杴在院子裡鏟雪，時不時瞅洛瑾兩眼。

洛瑾覺得冷，想進屋暖和一下，走到西廂房門口，看著那扇有些破舊的木門，微微的嘆息消散在寒風中。

其實，屋內比外面好不了多少，不過是避避凜冽的寒風而已。

洛瑾肚子裡空空的，雙手凍得紅腫，有些難受。她整天沒吃東西，想起那碗已經乾硬的餃子。

她走進屋裡，伸手拿了個冷冰冰的餃子送到嘴裡，坐在昨晚收拾出來的小角落，將雙手攏入袖中取暖。

西廂房裡沒有熱水，她也不敢擅自燒火，那會浪費柴，還會惹得張婆子不滿。以後，她要過的是看人臉色的日子，做沒做過的農活。以前，就算洛家敗落了，母親也不會讓她做太多粗活，最多是幫忙洗幾件衣服，說是不能讓她的手變粗，以後好嫁給周家表哥。

父親好賭，賭贏了，家裡會吃好的、喝好的；賭輸了，他就會死命打母親，最後，連她這個親閨女也賣了。

洛瑾想著，悲上心頭，艱難地嚥下餃子，站起身，看著亂七八糟堆在一起的雜物，便想拾掇一下。

趙寧娘進來時，洛瑾已經整理了一半。

趙寧娘上前幫忙。「冬天地裡的活少，才把這些筐子、簍子放在西廂房。」心裡有些可憐洛瑾，沒有家人護著，孤身一人，現在連莫恩庭也不看她一眼，任她躺在地上睡。

洛瑾點頭，在北牆角留出一個小角落，正好容得下她，如此晚上可以伸直腿，不怕把莫恩庭絆倒。

「洗洗手，坐著說話。」趙寧娘拍了拍雙手。她過來，是要跟洛瑾說說以後的日子該怎麼過。這姑娘是花銀子買回來的，不管中不中意，都不會放她走，張婆子也不會容忍家裡多出一個吃閒飯的人。

趙寧娘看得出來，洛瑾身上有種嬌貴的氣質，和山裡的姑娘不一樣，只是落到這種境地，恐怕沒有心思打理自己了。

洛瑾應聲，看著趙寧娘掀開門簾進裡間，猶豫一下，也跟著進去了。

昨晚只顧著害怕，洛瑾沒注意這間屋子，現在天亮了，才能夠看個清楚。

屋裡乾淨整潔，只是泛著灰白的牆面已有些年頭，牆皮開始脫落；炕上的矮桌上放著幾本書，筆筒裡插著幾枝粗細不一的毛筆，硯臺上的墨已經乾透；盆架立在門旁，牆角處有個破舊的木箱子，上面疊著幾件衣裳。

「二叔愛乾淨，讀書人和莊稼漢就是不一樣。」趙寧娘開口便扯到自家男人。「大峪他爹從來不在乎，髒衣裳一脫，扔到一邊，就不管了。」

洛瑾站在炕邊，低頭嗯了聲，知道趙寧娘不是來跟她話家常的，遂輕輕開口道：「大姊，還不知道怎麼稱呼妳？」

趙寧娘笑道：「我叫寧娘，娘家姓趙，以後妳叫我嫂子就行。」

「嫂子。」這稱呼讓洛瑾覺得很彆扭，但以後要相處，有些事還離不了趙寧娘。

這聲嫂子，趙寧娘能聽出其中的酸澀，暗暗嘆息。「等會兒我叫三郎幫妳搭張床板。」睡在地上，女人的身子會壞的。又囑咐道：「有時二郎讀書，不能被打擾，他有個壞脾氣，不喜歡別人動他的東西。」

洛瑾感激趙寧娘的提點，道了聲謝。

「都是一家人，別這麼客氣。」屋裡冷，趙寧娘搓了搓手。「現在地裡活少，又碰上下雪，若是有空，得上山拾柴火。」

洛瑾明白，點了點頭。這是告訴她，以後要跟著上山下地地幹活。

「過兩日得空，我帶妳去看看咱們家的地，好認認路。」相處下來，趙寧娘覺得洛瑾的性子有些軟，以後怕是會被張婆子欺負。「妳叫什麼名字呢？」

洛瑾抬頭看趙寧娘。「洛瑾。」瑾，美玉無瑕。祖父為她取的名字，希望她溫潤美好。

趙寧娘心道，果然是大戶人家出來的姑娘，連名字都美，就是不知那頭亂髮下的臉蛋到底是什麼樣子了。

第三章

這日的午飯是趙寧娘帶著洛瑾一起做的。因為莫恩升回來，張婆子特意蒸了一盤小鹹魚，另一盤還是最常吃的燉白菜。

屋外的白雪開始融化，滴滴答答的雪水從屋簷滴下。洛瑾將灶旁收拾乾淨，知道張婆子不喜歡她，便沒有進裡屋，打算等莫家人吃完，她再胡亂吃些就行。

「二嫂，妳不進去吃飯？」莫恩升拿來幾根鐵絲，放在正屋桌上。

「我不餓。」洛瑾小聲說道，拿起抹布擦拭灶臺。

莫恩升哦了聲，掀簾進了裡屋。

一會兒後，他端著盤子出來，放到灶臺上。「要不，妳端回西廂房吃，不吃飯哪行？」說完便轉身出去了。

洛瑾看著盤裡的東西，有一條小鹹魚、一筷子燉白菜，還有一塊烙餅。她伸手掰開烙餅，坐在灶臺前吃著，熱呼呼的食物讓她身上舒服了些。

飯後，趙寧娘帶洛瑾看莫家的豬圈、雞棚，說等雪化了再去地裡瞧瞧。

莫恩升坐在院子裡，拿著砍刀修理幾根木樁，再把粗的那頭纏上鐵絲。他年紀輕，相貌俊秀，精神極好，看上去便讓人覺得容易相處。

「又要上山？」趙寧娘問了聲。「總是閒不住。」

莫恩升抬頭對她們笑了笑，眉眼彎彎。「雪後能看見兔子的腳印，正好找到牠們的行蹤，上山去下幾個套子。」

蹲在旁邊的莫大峪聽了，嚷嚷著要跟莫恩升一起去，趙寧娘囑咐小心些，便隨他去了。

接著，趙寧娘端出簸箕，裡面盛著花生，領著洛瑾去西廂房的正間剝，順道告訴洛瑾莫家有哪些人。

「雖說三郎愛亂跑，做事倒是麻利。」趙寧娘瞥向角落裡釘好的床板。「晚上妳好好洗洗，頭髮亂糟糟的，看上去沒精神。」

洛瑾低頭，將剝好的花生放進碗裡。「等我哪天跟嫂子上山，拾些柴回來再說。」

趙寧娘覺得洛瑾是怕張婆子，才什麼都不敢做，遂岔開了話。「今晚爹和二叔應該不會回來，路上不好走。」

「不回來？住哪兒？」洛瑾問道。

趙寧娘看了看外面的天色，回答。「糧鋪的東家在鋪子後面蓋了間小屋，若天氣不好，爹和二叔就睡在那裡。」

洛瑾點點頭，不再說話了。

冬日天短，天色很快暗下來，地上的雪只化了一半。

晚飯時，莫恩升帶著莫大峪回來了。孩子喜歡東奔西跑，永遠不知道累，硬說明早還要跟著他去抓兔子。

洛瑾燒了火，又將一棵白菜剝乾淨，望向在院子裡嬉鬧的莫恩升和莫大峪。她想家，不信母親會這樣將她賣掉，她想回去。

這時，院門開了，莫振邦牽著驢子進來，看見莫恩升，臉上沒有好氣；但莫大峪跑過去時，還是疼寵地抱起孫子。

莫恩庭跟著走進來，將書挾在腋下，轉身將院門關好。

見到莫家父子，洛瑾忙站起身，低著頭，手中攥著撥火棍。這兩個人，一個是把她買回來的人，一個是安排給她的男人，都讓她心裡抗拒。

「坐著吧！」莫振邦說完，進了裡屋。

莫恩庭掃了洛瑾一眼，臉上沒什麼表情，跟著進去，叫了張婆子一聲娘。

鍋裡的飯已經熟了，洛瑾學著趙寧娘的樣子，用力掀開蓋簾，可是太用力，蓋簾又倒下來，蓋住一半的鍋，往外冒著熱氣。

莫恩升領著莫大峪進屋，見狀就說：「我來吧！」

「謝謝你。」洛瑾輕聲道謝。

莫恩升笑了笑，掀好蓋簾，帶姪子去了裡屋。

裡屋，莫家人圍著炕頭吃飯，待在正屋的洛瑾默默地打掃。

「老二媳婦怎麼不進來？」莫振邦的目光掃了一圈，最後停在張婆子身上。

「我可沒說不讓她進來，是她自己不願意。」張婆子不抬頭，幫莫大峪挾菜。

莫振邦放下筷子，道：「二郎，去把人叫進來。」

莫恩庭下炕走到正屋，看著掃地的洛瑾，皺起眉。「進屋吧！」聲音清冽，沒有起伏。

洛瑾看向莫恩庭，他站在門簾前，身形頎長，一身素袍，透出讀書人的清高之氣。

「我不餓。」兩天以來，這句話洛瑾不知說了多少遍。她不想進去，那些人不是她的家人。

「進來。」莫恩庭吐出兩個字，不待洛瑾回答，便轉身進了裡間。

洛瑾想了想，還是放下掃帚，舀水洗手，掀開門簾。

簾子一動，莫家人全看過來，洛瑾低下了頭。

「來這兒。」趙寧娘招呼她，指指自己身旁的位置。

男人坐在炕上，女人只能站在地上。洛瑾走過去，接過趙寧娘給的烙餅。

這頓飯，洛瑾吃得艱難，感覺到張婆子時不時投來的不善眼神，簡直食不下咽。

飯後，媳婦們收拾碗筷，鍋底剩下的熱水正好用來刷洗。

洛瑾彎腰刷碗，細嫩的手浸泡在溫熱的水裡，露出原先的秀美模樣，如根根水蔥般。

趙寧娘看著，心裡感嘆，怕是用不了多久，這雙手就會變粗了。

一會兒後，整理完正屋，趙寧娘吹熄油燈，帶洛瑾到裡屋說了聲，出去了。

夜空清冷，四周靜謐，滿天星斗像嵌在布上的珍珠，看起來好遙遠。

趙寧娘領著莫大峪回老屋休息，洛瑾站在西廂房外，見窗戶透出燈光，知道莫恩庭還在讀書。

外間沒有燈火，洛瑾靠著隔間布簾透出的微弱火光，小心地走進去，走到角落坐下。

來到莫家的第二天，過去了。

洛瑾的眼皮很沈，卻睡不著，想著莫恩庭答應她贖身的事，且這裡冷得像冰窖，身下鋪著的麻袋根本不管用。

聽見外間響起輕微的動靜，莫恩庭知道是洛瑾回來了。剛才他不想回房，是他爹硬把他拉進來的，無非就是為了那個髒女人。

沒多久，西廂房的門又被鎖上，裡間和外間的人同時嘆息了一聲。

等趙寧娘的腳步聲遠去，洛瑾起身走到門簾外，低低地叫了一聲。

「莫公子。」

莫恩庭轉頭看著門簾。「有事？」

「嗯。」洛瑾伸手攥著棉襖的邊。「我要還多少銀子？」

莫恩庭突然想笑。在他看來，這女人根本沒有能力還債，卻還是回道：「三十兩。」

三十兩?!洛瑾生出對父親的苦澀恨意，又有股茫然。她該如何湊出這筆錢？

「你能寫張借據給我嗎？」洛瑾又問，有些緊張，怕莫恩庭不答應，可有些事還是白紙黑字寫下來才好。

莫恩庭翻書的手停下來。「借據？」突然覺得這個髒女人或許不笨。

接著，門簾被掀開，洛瑾眼前一亮，身著素袍的莫恩庭站在她面前，讓她不由後退兩步。

「怎麼寫？」莫恩庭問道，因為背光而立，看不清臉上的表情，嗓音也清清淡淡，讓人猜不出他的思緒。

「就是還清銀子，放人離開。」洛瑾的聲音細若蚊蚋，話裡有一絲不確定。

莫恩庭輕笑一聲，轉身進去，放下門簾，隔開裡間與外間。

洛瑾有些失望，垮下肩膀，走回小角落。

她剛坐下，裡間便傳出莫恩庭的聲音。「進來。」

洛瑾以為自己聽錯了，猶豫一下，又起身走到門簾前。「您叫我？」

「借據。」莫恩庭輕輕地吐出兩個字。

洛瑾聽了，手微微發抖，掀開簾子走進去。

不知道是不是因為燈火，裡間比外間暖和不少。炕上的舊矮桌上擱著幾張紙，最上面那張的墨跡未乾，她一眼就看見「借據」兩字，遂試探地望向莫恩庭。

那張臉比昨日剛見時更加骯髒，亂髮幾乎完全遮住臉，莫恩庭收回打量洛瑾的目光，看著手中的書。

洛瑾見狀，輕輕拿起那張單薄、卻關係著她命運的紙，抿了抿嘴唇，撥開額前亂髮，認真讀了起來，紙上寫著，待銀子還清之日，她就可以離開。

洛瑾思索片刻，抬手拿起放在硯臺上的毛筆，在旁邊的白紙上寫下欠據。因為借據上只寫了還清銀子，卻沒有寫要還多少。

握著毛筆的手細嫩瑩潤，纖纖玉指柔若無骨，一手小楷靈動秀氣。

莫恩庭由那雙手看向那張髒兮兮的臉，發現那對眼睛在燈火映照下，如閃亮的黑曜岩。

洛瑾寫完欠據，推到莫恩庭面前，然後看著借據。「是三十兩嗎？」

這是在催他把借據寫清楚，但莫恩庭不是隨意讓人拿捏的性子，遂放下手中的書，直視洛瑾。

「妳說得對，要寫就寫明白。」

洛瑾一愣，不明白莫恩庭的意思，雙手輕輕揪著。

「三十兩可不少。」莫恩庭不疾不徐地道：「且不說妳怎麼還，但凡還錢，總是要訂個期限。」說著，拿起借據，在上面添了幾筆，甩到洛瑾面前。

「一年？」洛瑾難以置信地望向莫恩庭。這麼多錢，只給她一年時間，怎麼湊得出來！

「太短嗎？」莫恩庭將洛瑾寫的欠據摺好，放在一旁。「那妳覺得要多久？」

能有借據已經很不錯，洛瑾知道，再說下去可能會惹得莫恩庭不悅，便將借據收起。

「就一年。」

兩人各收一張，事情辦妥了，洛瑾掀開簾子，準備出去。

「若是一年內妳還不清銀子，該怎麼辦？」莫恩庭忽然出聲問道。

洛瑾不是沒想到這件事，可是她已一無所有。「公子說呢？」

莫恩庭沈思片刻。「我還沒想到，等我想到了，就告訴妳。」

洛瑾點頭，放下門簾，回到外間。

夜安靜下來，偶爾傳來幾聲狗吠。

洛瑾瑟縮在角落裡，了卻一件心事，加上兩日的勞累，她裹著麻袋睡著了。

到了大半夜，寒冷依舊，村子裡的狗突然狂吠起來，又急又狠，生生撕碎了那份寧靜。

莫家院子的舊木門傳來砰砰的敲打聲，伴隨著女子的哭喊。

莫家人全驚醒了，包括洛瑾，她迷糊地睜開眼，全身發涼。

女子撕心裂肺的哭聲刺進她耳裡，不一會兒，院子裡熱鬧起來，你一句、我一句的說話聲此起彼伏。

洛瑾看向裡間，一點動靜都沒有，就算莫恩庭睡得沈，可是外面的聲響太大，他不可能聽不見。

砰砰砰！西廂房的門被拍響了，傳來莫恩席有些粗獷的聲音。「二郎，快起來，鐘哥家有事，你跟我去看看。」

話落，裡間的燈亮了，莫恩庭換好衣裳出來，瞥了黑暗中的小身影一眼，出了西廂房。

第四章

沒一會兒，趙寧娘扶著一個女人，進了西廂房。

洛瑾不能裝沒看見，站起來招呼。

趙寧娘嗯了聲，扶著哭得悲痛的女人坐到小板凳上，道：「這是咱們大伯父家的堂嫂，素萍。」

「素萍嫂子。」洛瑾叫了聲，見裡間的燈沒熄，就拿來外間，放在疊好的筐子上。黑暗的外間瞬間被照亮，素萍衣衫凌亂，頭髮實在比洛瑾好不了多少，她的臉更是讓洛瑾嚇了一跳，滿是傷痕，連眼窩都是青的。

「他這是想打死我。」素萍捂住臉。「一不順心就拿我撒氣，求二叔行行好，讓他休了我吧！」

「鐘哥不就是喝了點酒嗎？」趙寧娘勸道：「別老說什麼休不休的，真走到那步，妳怎麼活？」

「出去掙口飯吃，總比被他活活打死強。」素萍抹了把眼淚。「有本事，他就跟半斤粉過，讓她做飯、洗衣服。」

「又說胡話了，半斤粉那個不正經的女人，怎麼能和妳比？」趙寧娘看了看站在一旁的洛瑾。她把素萍帶來西廂房自然是有道理的，現在家裡亂，來這裡看著，別讓洛瑾乘亂跑了。

洛瑾打量素萍，矮矮的身材，長相敦實，不算好看；膝蓋上的棉褲已經破了，且十根手指沒有一根是完整的，打她的男人，想來下手極狠。她不由想起自己的母親，過得也是這樣的日子，就算被男人狠打狠罵，也不敢還手。

洛瑾想著，掏出身上唯一乾淨的帕子，遞到素萍面前。「素萍嫂子，擦擦臉吧！」

素萍伸手接過帕子，按住口鼻，哭得越發傷心。「他以為我不想生孩子嗎？我也想，可是老天爺不給啊！」

「妳別急，公公和大峪的爹都過去了，肯定會幫妳說話。」

趙寧娘的話還沒說完，院子裡便傳來男人粗暴的喊聲。「臭娘兒們，給老子滾出來！」

素萍聽到那聲喊，身子開始發抖，眼神染上了恐懼。

洛瑾熟悉這種表情，母親聽到父親賭輸後的怒吼也是這樣，不由也想找個地方躲起來。

莫恩升勸阻著，可是那男人似乎非要達到目的不可，一直罵個不停。

素萍受不了了，抹乾眼淚，起身推門出去。

「你到底想怎樣?!家裡鬧騰不夠，還跑來二叔這裡！」聲音委屈中帶著畏懼，但素萍的氣勢顯然壓不住莫鐘，莫鐘大步上前，一把揪住她的頭髮便往院門拖。

「給老子滾回去！」莫鐘身材高壯，比莫恩席還魁梧。此刻他渾身酒氣，絲毫不把手裡的素萍當人看，如同拎著一隻小雞般拉扯她。

素萍伸出雙手，無力捶打著，哭得淒涼無助。

莫恩升上前阻攔，沒奈何莫鐘的手就是不鬆開，見狀更是發怒，將素萍摔到雪地裡。

鬧成這樣，趙寧娘不敢上前，洛瑾則靠在門框上，看莫鐘指著倒在地上的素萍辱罵。女人就是這般沒有地位，男人一不順眼，想打就打。

不遠處的莫恩庭靜靜張望，彷彿眼前的鬧劇與他無關。

莫鐘越罵越生氣，竟從一旁的柴堆上抄起木棍，往素萍身上打。

這時，一個單薄的身影跑過去，將高大的莫鐘推倒在地。

洛瑾張開雙臂擋在素萍面前，不敢相信自己剛才做了什麼。

莫鐘咒罵一聲，踉蹌地站起來，攥著棍子對洛瑾大吼。「賤人！敢推老子?!」

莫恩升想去奪莫鐘的棍子，可惜人太瘦，立刻被推開。

看凶神惡煞的莫鐘朝自己過來，洛瑾的腳像凍在地上，怎麼也動不了，只能撇過頭，閉上眼睛。

沒有預料中的疼痛，有隻手將她拉走！

洛瑾睜眼，見是趙寧娘；再看她原先站的地方，莫恩庭竟然站在那裡，氣勢冰冷。

剛才是他擋在她身前嗎？洛瑾渾身抖得厲害，那一刻，她以為自己會被一棒打死。

「二郎，你讓開！」莫鐘惡狠狠地盯著不遠處的洛瑾。

「讓開？」莫恩庭淡淡開口，嘴角露出一絲譏諷。「你想殺人還是放火？話先說清楚，要是出了人命，你自己扛，和我家的人無關。」他看出莫鐘沒這個膽子，才敢這麼激他。

莫鐘齜牙咧嘴。「自家兄弟，你這麼跟我說話？我好歹是你堂哥。」

「那要怎麼說？」莫恩庭的嗓音沒有起伏。「說你英雄？為你樹碑立傳，四處傳頌？」

莫鐘是說不過莫恩庭的，乾脆跑去正屋找躲著不出來的張婆子。

「嬸子啊，妳姪兒好苦。」一個大男人居然乾號著進了屋。

莫恩升忙跟過去。事情鬧成這樣，可別再氣著自家老娘。

此時，莫振邦和莫恩席回來了，還帶著村裡的兩個長輩，說是商議好，明日在莫家解決這件事。

一會兒後，素萍被長輩們勸回去，莫鐘卻賴在正屋，說家裡有個喪門星，不願回家。

趙寧娘惦記著還在屋裡睡覺的莫大峪，回了老屋；莫恩庭則回去西廂房，看起來不想插手管這件事。

見兩個長輩還坐著，洛瑾只好去燒水煮茶。

「二嫂，妳沒事吧？」莫恩升抱了柴火過去，輕聲道：「當時妳不該上前，鐘哥心狠，真能下手的。」

洛瑾嗯了聲。「沒事。」

正屋裡沒有點燈，洛瑾藉著灶裡的火光，挑出長的柴枝，折斷了扔進去燒。

裡屋的說話聲清楚地傳出來，莫鐘一個勁兒地說自己多苦，幹了半年的工，東家只給一半的銀子，又說家裡的老母親病了，沒有藥錢。

最後，莫振邦被鬧得實在沒辦法，讓莫恩升去東廂房拿來十斤白麵，說是快過年了，到時候用得上。

張婆子從裡屋出來，哼了一聲，對送出去的白麵十分心疼，對蹲在灶前的洛瑾道：「夠了，別燒了，把炕燒得那麼熱，想燙掉我的皮？」

洛瑾不敢接話，舀了熱水沖到茶壺裡，送去裡間。

等她送茶出來，張婆子已經去了東廂房的倉庫，看了看家裡的糧還剩多少？

洛瑾見狀，只能在正屋等著，一會兒還有茶碗要洗。

裡屋的人說到天快亮時才離開，張婆子便在東廂房睡了。

「還沒回房？」莫振邦出來，看著坐在灶前的洛瑾。

「就回去。」洛瑾揉揉眼，走進裡屋，將茶具收拾好。

「等會兒還有長輩會到，到時候妳和二郎也過來，跟他說一聲，今兒不用去學堂了。」

莫振邦交代完便披著厚襖，去了院子。

洛瑾回西廂房時，遇見準備出門的莫恩升。

「上山了。」莫恩升笑道：「撿兔子去。」

洛瑾對他點點頭，進了西廂房。

屋裡很靜，天還沒大亮，莫恩庭應該還在睡。洛瑾有些疲憊，躡手躡腳地走到床邊坐下，伸手揉了揉脖子。

「這次拿走的是什麼？」裡間的莫恩庭問道。

洛瑾一愣。「什麼？」聽莫恩庭的聲音，不像剛睡醒。

莫恩庭掀簾出來。「爹給了莫鐘什麼東西，才把他打發走？」

「十斤白麵。」洛瑾站起來回道。

莫恩庭冷笑一聲，不再說話。

洛瑾見莫恩庭腋下挾著書，應該是要去學堂，連忙道：「大叔說，今日你不用去學堂。」那聲「公公」，她還是叫不出口。

莫恩庭看了洛瑾一眼，轉身回裡間。

「那個……謝謝你。」洛瑾小聲說道，昨晚的事，她應該謝莫恩庭的。

「我不願與人相爭，但不表示可以被隨意欺辱。」莫恩庭換了件乾淨的袍子，讓自己看起來有精神些。「現在妳住在西廂房，他對妳下手，我自然認為他是衝著我來的。」

莫恩庭的話，洛瑾聽得有些糊塗，暗暗覺得，這人的脾氣可能很要強吧！

因為還有長輩要來，洛瑾只休息了一會兒，就去幫趙寧娘燒火做飯。

她在鍋裡添了水，把要熱的飯食放到箅子上。昨晚沒有好好休息，覺得頭重腳輕。

莫恩席只抓了塊昨天剩的烙餅便出門。今兒莫振邦去不了糧鋪，就差他過去，也要去學堂幫莫恩庭告假。

張婆子見狀，臉拉得老長。昨晚平白送掉十斤白麵，今天還要讓一幫人在家裡吃吃喝喝，心裡登時堵得慌。

莫大峪的心情也不好，坐在正屋的小凳子上抱怨，說莫恩升上山不帶他。

家裡人多，幾乎每天都要烙餅，洛瑾一邊燒火、一邊聽趙寧娘說著莫鐘家的事。

莫鐘是莫振邦大哥的獨子，大哥因病早逝，是他們幫襯著莫鐘家過下來的。但莫鐘好吃懶做，長得人高馬大，卻不想好好出力幹活；家境不好，加上老娘長年有病，所以沒有姑娘願意嫁他。

幾年前，外地遭了災，幾個人逃難來到大石村，其中就有素萍。無依無靠的她，在莫振邦安排下，跟了莫鐘。

洛瑾聽著，好像在素萍身上看到了自己的影子。

「看來這次素萍嫂子是鐵了心，不想跟鐘哥過下去。」趙寧娘貼好麵皮，蓋好蓋簾，搓了搓手。「其實她有過孩子，只是被鐘哥……」剩下的話變成一聲嘆息。

洛瑾沒說話。她不應該管這些事，她更應該擔心的，是那三十兩銀子。

「等會兒妳好好梳梳頭，今天家裡人多，妳也認認。」趙寧娘看著滿頭亂髮的洛瑾，恨不得拿把梳子替她梳好。「既然進了這個家門，妳不要總是悶不吭聲的。」

「知道了。」洛瑾將柴火折成一樣的長短，扔進灶裡，不再說話了。

第五章

和昨日一樣，天氣依舊寒冷，簷下的冰柱晶瑩剔透，像是上好的晶石。

飯後，洛瑾收拾好碗筷回到西廂房，看到外間的木盆裡，有莫恩庭換下來的衣袍。正好莫恩庭進來，洛瑾便問了聲。「要我幫你洗衣服嗎？」

莫恩庭心想，以前都是自己洗，偶爾趙寧娘會幫忙，如今眼前的髒女人住在他的地方，替他做點事也是應該的，遂嗯了聲。

天氣寒冷，用冷水洗衣根本洗不乾淨，得用溫水。洛瑾便去正屋，鐵鍋裡還剩下一點熱水，正好舀來用。

洛瑾將溫水倒進木盆，蹲在院中搓洗起來。以前她也幫家人洗衣服，所以不覺得吃力。洗了一半，洛瑾正準備擰乾換水，幾件衣服忽然落到盆裡。她抬頭，看見張婆子進屋的身影。

現在這種情形，沒人會管她委不委屈，只有做或不做。洛瑾鼻頭一酸，深吸一口氣，重新搓洗起來，但水已經冷透了。

「妳怎麼不用熱水？」莫大峪又跑來了，覺得看住洛瑾就是他的任務。

洛瑾想用，但她知道自己和趙寧娘不同，趙寧娘是娶回來的，而她是買回來的，說句不好聽的話，她和婢女是一樣的。

洛瑾把洗好的衣服曬在院子裡後，幾個老人陸續來了。

張婆子見狀，說了幾句客套話，便進了東廂房。

洛瑾記得莫振邦要她過去，便待在正屋，但莫恩庭還沒有過來。

裡屋傳來素萍的抽泣聲，訴說這幾年被打的苦日子，臨了希望村裡的長輩讓莫鐘休了她，放她離開。

「自古嫁到夫家，就必須以夫家為大，休妻豈是婦道人家說了算？」村長的嗓音沙啞，像被煙熏壞了似的。「當年妳差點餓死，沒有莫鐘，妳活得了？」

素萍依舊哭著，說著莫鐘的種種不是。

「好了！」另一個長輩道：「做人要守本分，妳是莫鐘的媳婦，就要孝順婆婆、聽男人的話，莫要生出別的心思。」

洛瑾聽了這話，頓時覺得心寒。這哪裡是來解決事情，分明是逼素萍繼續跟著莫鐘。

「我不要！」素萍忍無可忍，停止哭泣。「求求各位叔伯，我給你們跪下，讓莫鐘休了我吧！而且我傷到身子，無法再替莫家添丁了。」

一時間，裡屋沒了說話聲，只聽見腦袋撞地的磕碰聲響。

「這樣吧，」莫振邦開口了。「妳想離開，起碼替莫鐘留個後。我說了算，有了孩子，妳就可以走，至於身子，再好好養養吧！」

素萍的額頭已覆上一層黑灰，隱隱泛著青紫，淚水滾滾而下。「二叔……」

「平日妳二叔、二嬸對妳好，妳也知道，做人要知恩圖報。」村長接話了。「既然妳二叔說了，一定算數，就這麼辦吧！」

幾個長輩你一言、我一語，便決定了素萍的去留，最後還搬出恩情兩字來壓她。

一會兒後，趙寧娘扶著表情木木然的素萍去後面的老屋，臉上泛起一絲不忍。女子嫁人後，命運便掌握在夫家手裡。

「洛瑾，爹讓妳和二叔進去。」趙寧娘對洛瑾道，回頭看見莫大峪在打冰柱玩，喝斥一聲。「砸破你的腦袋，可別喊痛！」

洛瑾看過去，見莫大峪拖著棍子跑了，撞上走過來的莫恩庭，莫恩庭伸手摸了摸他光溜溜的後腦。雪光映照下，那張俊臉顯得越發白皙好看。

莫恩庭進屋後，看了看乖順站在一旁的洛瑾，掀開門簾，回頭示意她跟上來。

裡屋炕上坐著三個老人，凳子上坐著另一個，見兩人進屋，俱抬眼看去。閉塞的屋裡飄著嗆人的煙味，洛瑾低下頭，盯著自己的腳尖。

「這就是你替二郎帶回來的媳婦？」村長問道，黝黑臉上是層層的皺褶。

「從平縣領回來的，是個聽話的孩子。」莫振邦道：「今日你們都在，正好一起商量，將他倆的喜事辦了。」

洛瑾心中一驚，雙手不由攥緊，眼角餘光看見旁邊的莫恩庭一動不動，越發驚慌。

村長點頭，盤腿看著站在地上的兩人。「你把他倆的生辰八字寫給我，我去縣裡的衙門幫他們求張婚書。」

婚書？那她不就要一輩子待在這裡！洛瑾抿起嘴唇。她又比素萍強多少？一樣是被人三言兩語便決定了命運。

「諸位叔伯，」莫恩庭開口了。「晚輩覺得此事不必過急。」

莫恩庭讀書讀得好，附近十里八鄉都知道，連帶村裡的人都引以為榮，相較於對素萍的強硬，村長的口氣緩和多了。「這是怎麼說？」

「年後二月就是縣試，我想著，應該多溫習功課。」莫恩庭說得合情合理，毫無頂撞之語。「若僥倖過了縣試，四月便要州試，不好分心。」

幾位長輩聽了，也覺得有理，如果通過這兩場考試，莫恩庭便能進縣學，那可是大石村有史以來的第一位秀才。所有事在科舉面前，都不算什麼，更何況只是個買回來的媳婦，且遇上這樣出色的夫君，誰也不會傻得跑掉。

「那就再等等。」村長發話了。莫恩庭有出息，他出去吹噓都有臉，又瞥了一旁髒兮兮的洛瑾一眼，總覺得兩人不相配。惦記莫恩庭的人家可不少，誰知道這姑娘是莫振邦從哪個旮旯裡帶回來的。

見事情處理完，莫恩庭彎腰謝過長輩。「這些日子功課有些多，晚輩先去學堂了。」

「去吧！」村長轉頭對莫振邦道：「這孩子就是懂事，哪像莫鐘。」說完就是一聲嘆息。

莫恩庭見狀，又對莫振邦道：「爹，晚上我就不回來了，留在糧鋪，將這半天缺的功課補上。」

莫振邦點頭，對兩人擺擺手。「出去吧，我們幾個老人說說話。」

洛瑾暗暗鬆了口氣，跟在莫恩庭身後走出正屋。

陽光正好，冰柱開始融化，落下滴滴冰水。

院子的地上有幾片剝下來的白菜葉，那是準備餵豬的。洛瑾蹲下身，拾起一旁的菜刀，將菜葉切碎；莫恩庭則回西廂房拿書，出門去學堂。

院子裡很安靜，只有調皮的莫大峪東奔西跑。

臨近中午，莫恩升下山回來，一進院門就喊莫大峪一聲，抬起手中的東西晃了晃。

「三叔！」莫大峪跑過去，看著莫恩升手裡的兔子套。「這麼多兔子！給我摸了摸！」

張婆子聞聲，從東廂房出來，直奔莫恩升，接下他手裡的兔子，瞅了瞅正屋，隨即鑽回東廂房。

「二嫂。」莫恩升見洛瑾已經拌好豬食，彎腰端起大盆。「我來餵。」往豬圈走去。

莫大峪跟去東廂房看兔子，提著一隻走出來，又被張婆子拉回去。

張婆子心想，如果讓莫振邦知道莫恩升帶兔子回家，依她對他的了解，必會將村長他們留下來吃飯。

沒一會兒，村長等人離開，莫振邦送客回返，看見莫恩升，臉上沒有好氣。

「爹。」莫恩升臉皮厚，笑著過去。「我在山上套到幾隻兔子，您捎一隻去糧鋪吧！」

張婆子一聽，立刻走出東廂房。「什麼東西都往外拿，咱們家要喝西北風啊？」

原本有這個心思的莫振邦一聽，想起昨晚的白麵，知道自己婆娘的脾氣，便不說話，直接進了屋。

「娘，統共五隻，拿一隻也沒什麼。」莫恩升的脾氣和莫振邦有些像，為人大方，從來不在小地方計較。

「別想。」張婆子臉一沈。「快過年了，家裡能不存點東西？吃閒飯的也不少。」

這是又說到她身上了。洛瑾蹲在地上收拾菜刀和砧板，起身回正屋。

知道張婆子不喜歡洛瑾，莫恩升搓了搓雙手，說：「娘，我先殺隻兔子讓家裡人吃，最有肉的後腿給您和爹。」

張婆子聽了，白他一眼，心裡卻是高興的。「還不是你想吃。」

「果然是親娘，一眼就看出來。」莫恩升大笑，轉身往東廂房跑。

張婆子連忙叫道：「先選那隻小的。」

莫恩升笑著應了。

莫恩升出了東廂房，拎著一隻兔子，用一根細鐵絲穿過兔子的鼻孔，吊在院中的梨樹上，手裡攥著鋒利的刀子，準備收拾牠。

莫大峪早早搬了小板凳坐在那裡，好奇地伸手拽兔子的短尾巴。

兔子扒皮後，要用熱水清洗，洛瑾燒好水，卻不敢過去看，只在正屋裡等著。

這時，院門開了，莫鐘大搖大擺地走進來，看見莫恩升收拾兔子，便踱過去，一手扠腰、一手指指點點，好像他才是這方面的行家。

看了一會兒，莫鐘便去正屋。他是來找素萍的，已經中午了，那女人還沒回去做飯，不想正好可以蹭上一頓好的，遂打定主意留下。

「二叔。」莫鐘喊了聲。「我看三郎套的那隻兔子挺肥的，夠喝上兩盅。」

莫振邦應道：「那就留下來吃飯吧！正好，我還有些話要跟你說。」

張婆子皮笑肉不笑，也開口了。「大鐘，你這是看準時辰來的？今天沒有酒，你也知道我家人多，是要勒緊了褲帶過的。」

這種冷嘲熱諷，莫鐘根本不放在眼裡，他不是那種有便宜不占的人，當下賴在裡屋的炕上，再不下來。

張婆子生氣，瞪了洛瑾一眼。「還不過去把兔子洗乾淨？跟塊木頭一樣。」

洛瑾不敢回嘴，端著水去了院子。

這時，莫恩升已經將兔子處理好。他的手藝好，兔皮剝得完整，連兔身也沒流一滴血，樹下的鐵盆裡盛著內臟。

莫恩升將兔子放進水裡，回正屋洗手，莫大峪則蹲到洛瑾旁邊。

一股血腥味藉著熱氣撲到洛瑾臉上，讓她差點嘔吐，只能憋著呼吸，把兔子洗乾淨。

洛瑾不會料理兔肉，便叫趙寧娘過來。

趙寧娘想了想，讓洛瑾把青蘿蔔洗乾淨切片，再將兔肉剁成小塊，留下一半，晚上給莫恩席吃，另一半都丟進鍋裡燉。

待兔肉燉得差不多時，再將蘿蔔片下鍋，炒熟即可。冬日吃上這道菜，也算美味了。

為了讓素萍繼續跟著莫鐘，莫振邦把兩人留下來，用長輩的口吻，勸說著兩人好好過日子之類的話。

吃午飯時，洛瑾沒有去裡屋，獨自坐在灶臺前啃烙餅。一來，她始終覺得裡面沒有她的位置；二來，殺兔子的血腥味到現在還讓她難受。

飯後，莫鐘沒有回家，而是坐在院子裡曬太陽。

趙寧娘用鐵杴掏出灶裡的鍋灰，接到一只舊盆裡，讓洛瑾端出去，倒到門外的灰堆上，說是明年可以拿來養果樹。

莫鐘打了個飽嗝，嘴裡叼著一根草，看洛瑾端著灰盆走過來，想起昨晚就是這女人害他失了顏面。

於是，莫鐘故意伸出一條腿，想讓洛瑾絆倒，摔個灰頭土臉，還自以為聰明，把臉轉到一旁。

「哎喲！」

突然冒出一聲慘叫，嚇了洛瑾一跳，見莫鐘抱著自己的腳用力搓著，對莫恩升大吼。

「三郎，你走路都不看路的？」

莫恩升笑了笑。「還真沒看見，下次鐘哥瞧見我，叫我一聲，省得又踩到你。」

洛瑾見狀，端著盆子往院門走去。她總覺得莫鐘看她的眼色不善，帶著一股陰冷，還是離遠些吧！

大石村就那麼點大，一家有什麼事，不出一個時辰，保准全村人都知道得清清楚楚。

洛瑾站在門外，看著朝她走來的女人，大約二十多歲，雙手提著裙子，抬腳踩過泥濘，等她走近了才發現，女人臉上還塗著厚厚的脂粉，與脖子的顏色形成對比。

「這是在幹活呢？」女人看了看灰堆，接著打量洛瑾。「這大冷的天，也不在家好好歇歇？」說著，竟熟稔地拉起洛瑾的手。

洛瑾不習慣別人碰自己，小聲道：「我的手上有灰。」

女人捏了捏洛瑾的小手，笑道：「我叫鳳英，住在村口。」說著，盯著那雙手瞧。「在家裡沒怎麼幹活吧？這小手軟得跟剛蒸熟的餑餑似的。」

洛瑾抽回手，叫了聲。「鳳英姊姊。」

鳳英瞅了莫家院子一眼，全村人都知道莫振邦給二兒子買了個媳婦，前兩日沒見著人，今日跑來瞧瞧。「妹妹是哪裡人？」

「平縣。」洛瑾不由想起母親和弟弟，不知道他們現在怎麼樣了？

「平縣，離我的老家不遠。」鳳英想仔細看看洛瑾的模樣，可是亂髮遮著髒兮兮的小臉，實在瞧不清楚。

洛瑾嗯了聲，彎腰撿起舊盆，想著趕緊回去，省得張婆子又發火。

「說起來，莫二叔對二郎真好。」鳳英像是難得找到說話的伴，自顧自地道：「供他讀書，連媳婦也幫他娶了，如果他親生父母泉下有知，也該瞑目了。」

洛瑾從鳳英的話裡聽出，莫恩庭不是莫家親生的孩子。不知鳳英說這些到底是有意還是無意，總之不關她的事，她要想的是怎麼還清銀子。

洛瑾的反應顯然不在鳳英的意料內，有些不死心地繼續說：「妳知道了？」

洛瑾輕輕搖頭，指著院門。「我還有活要做，不陪姊姊了。」

鳳英臉上的笑一僵，隨即點頭。「我也有事，妳忙吧！」

洛瑾走到門口，正好碰見莫鐘出來，便往旁邊讓了讓。

原本要走的鳳英看到莫鐘，臉上頓時笑開了。「鐘哥，穿得這麼好看，是要去哪兒？」

說著，伸手在莫鐘的衣領上一劃，舉止輕浮。

「我說誰在門口，原來是鳳英啊！」莫鐘回頭看了看洛瑾，見她沒往這邊瞧，咳了咳，問道：「妳家男人在不在？我有事找他。」

鳳英白了莫鐘一眼，眼神像鈎子似的。「去鎮上了。」

「要不，先去妳家等？」莫鐘伸手摸了摸嘴，低聲笑道。

「誰管你？」鳳英兀自扭著腰，往村口走去，莫鐘隨即跟上。

站在院裡的趙寧娘目睹這一切，又打量回來收衣服的洛瑾，心道這姑娘果然有規矩，不是那種會亂來的。

第六章

晚上，莫恩席帶回了十幾斤白麵。快到年關時，糧價會漲，一般人家都提前備糧。

白天剩下的半隻兔子被剁塊燉了，洛瑾坐在灶前燒火，頭皮有些癢，算算已經幾日沒有清洗，身上也髒得不得了。

「嫂子。」洛瑾的手指摳著撥火棍。

趙寧娘在鍋裡倒了些水。「怎麼了？」

「我想燒些熱水，我的頭髮髒了。」洛瑾本來想跟趙寧娘上山拾點柴火，可是雪化了之後，柴草都是濕的；再者，今晚莫恩庭不會回來，方便一些。

趙寧娘想了想，放下舀子，走進裡屋。

「娘，今兒聽您咳嗽了幾聲，是不是昨晚在東廂房凍著了？今晚把炕燒熱點，讓您睡得舒坦些。」

果然，提起這事，張婆子心裡便不順，心疼送出去的白麵，心煩沒出息的姪兒，遂坐在炕上應了聲。

於是，趙寧娘從外面抱了幾根粗的木柴進來，放在灶前。

「妳也該洗洗了，等會兒做好飯，把鍋子刷乾淨，煮上一鍋水，到睡覺時，差不多就夠熱，還暖了炕。」

「謝謝嫂子。」洛瑾道謝。不管怎麼說，來到莫家後，趙寧娘對她實在挺好的。

「好好打理自己，看上去也精神些不是？」趙寧娘勸著她。洛瑾性子這麼軟，莫恩庭卻那般傲氣，不知道兩人到底合不合適？

夜深人靜，小小的大石村隱沒在夜色裡。

洛瑾將鍋裡的熱水舀到木桶裡，小心地提出正屋，生怕發出聲音打攪裡屋的人。

忽然間，一隻手握住水桶的提把，莫恩升輕鬆地拎起桶子去了西廂房，放在門口，回身看見洛瑾還站在原處，遂叫了聲。「二嫂？」

洛瑾忙走過去。「謝謝。」

莫恩升笑了。「二嫂，妳是不是只會說謝謝和嗯？」

「啊？」洛瑾看著兩步外的黑影。

「好了，妳快進屋吧，別讓水涼了。」莫恩升說完，回了東廂房。

洛瑾彎腰提起水桶，用腳推開屋門，剛進去沒多久，外面就被上了鎖。

屋裡黑黑的，過了一會兒，洛瑾才適應，摸索著往木盆裡倒了些熱水。將雙手浸到水裡，便再也不願抽離，實在是太冷了。

接著，她抬手鬆開頭上的髮髻，將一頭青絲浸在水中，跪在地上清洗。

幾日不曾梳理，頭髮已經打結，一不小心就會扯痛頭皮。身上的棉襖不能濕，洛瑾便脫下放到一旁。沒有手巾，洗完之後，她只能脫下裡衣擦乾頭髮，橫豎裡衣也該洗了。

洗頭用去半桶水，洛瑾把髒水順著門縫倒出去，一陣冷風鑽進來，讓她打了個寒顫。剩下的水，她擦了擦身子，最後用來泡腳，終於驅散一些身上的寒氣。清洗完，渾身舒爽不少，洛瑾把裡衣洗乾淨，晾在一旁。收拾好後，便躺在角落裡的木板上睡著了。

多日勞累加上身子清爽，洛瑾睡得很沈，只是依舊凍得縮成一顆球。

隔天，天剛矇矇亮，洛瑾聽到院子裡的動靜才起來的，大概是莫振邦要出門了。她坐起來，捋了捋自己的頭髮，已經變回以前的柔軟順滑，又伸手摸了摸晾在一旁的裡衣，並沒有乾透，因為屋裡太冷了。

洛瑾嘆口氣，今日只能穿著棉襖了。接著用僅有的竹簪簡單地挽起頭髮，但髮絲依舊蓋住大半張臉。

沒一會兒，趙寧娘過來開西廂房的鎖，緊接著去柴堆取柴火。

積雪已經化得差不多了，但天氣寒冷，將昨日濕潤的地面凍得結實。

洛瑾縮了縮脖子，沒有穿裡衣，總覺得冷風直往身子裡鑽。

一如平日，兩個女人在鍋裡添水、燒火，和好玉米麵，揉成團拍到鍋壁上。

「今兒可真冷。」趙寧娘已經習慣家裡突然多出的人，將燒好的熱水舀進盆裡，送去裡屋給張婆子。

洛瑾摸了摸撥火棍，白嫩手心沾上一層黑灰，想了想，抬手在臉頰劃了下，細如白瓷般的臉上立刻留下一道痕跡。

莫家的人陸續來到正屋，洛瑾將烙餅端進裡屋，自己依舊留在外間。

飯後，莫恩席和莫恩升找了些麥秸，準備將屋頂修一修。快過年了，舊的麥秸要換一換。

趙寧娘扛著鐵杴，帶洛瑾出了院子，說是讓她跟著去看看家裡的地。

兩個女人順著院子前面的小路，往西走下一座小坡，冬日裡只剩下一塊塊裸露的土地。

「就在那兒。」趙寧娘指著一塊不大的地。「這塊地是用來種菜的。」

洛瑾看過去，那塊地在小河旁邊，說是小河，其實更像一條水溝，冬天斷流，但隱隱還能看出潮濕的樣子，河底的野草依舊倔強地綠著。

這裡離莫家很近，能看見在屋頂上忙碌的莫恩升，聽到他時不時的朗笑。

「家裡用的水，就是從這口井打的。」趙寧娘往前走，站在一處土堆前，將鐵杴插進土裡。地上結凍，她便用力踩了踩鐵杴，準備幹活。「當初也是咱們家挖井呢！」

洛瑾見趙寧娘在土堆凹下的地方，一鏟一鏟地挖土，問道：「嫂子，妳在挖什麼？」

「這底下是菜窖，收割的白菜和蘿蔔都埋在裡面，要吃就來挖。」趙寧娘又送了一杴土。

「家裡的醬豆已經發好了，回去我再教妳做。」

洛瑾應下，感覺有人走過來，轉身一看，是素萍擔著水桶來挑水。

三個女人打過招呼，各自做著自己的事。

素萍把水桶放在井沿，臉上還能隱約看出傷痕，小小的個子將水桶扔進井裡，彎著腰，再用扁擔提起沈重的水桶。

洛瑾在一旁看著，有些擔心，總覺得素萍隨時會被拽進井裡。

趙寧娘提出兩棵白菜，又到對面去挖蘿蔔。張婆子的嗓子有些不舒服，想吃蘿蔔壓一壓。

素萍已經擔著水桶往回走，矮小身材被壓得搖搖欲墜。

「回去吧！」趙寧娘對一直看著素萍的洛瑾說道。

洛瑾嗯了聲，一手抓起一棵白菜，跟著趙寧娘往回走。

正屋的麥秸屋頂已經全被掀下來，院子裡頓時有些凌亂，莫大峪卻覺得很有意思，在新麥秸上滾來滾去。

比起前兩日，今天的天色有些陰，厚厚的雲層壓著，颳過的風像刀子一樣。

洛瑾把白菜放在門前，跟著趙寧娘到了後面的老屋，蹲在那裡收拾。

「找張板凳坐著。」趙寧娘吩咐一聲，轉身從牆角提出一只空的瓷罈子，放到水盆裡刷洗起來。

「嫂子，這裡有什麼做工的去處嗎？」洛瑾問道。三十兩不是小數目，況且莫恩庭只給她一年的時間，現在她能打聽的人，唯有趙寧娘了。

趙寧娘停下手裡的動作。「山裡哪有做工的去處，只有採石場，那是男人們去的。」將罈子轉個圈清洗。「現在是冬天，沒什麼掙錢的活，等開春吧！」

洛瑾彎著腰，點了點頭，冷風直從腰間往裡鑽。

將刷好的罈子用乾布擦乾，趙寧娘看了看洛瑾。她身上的衣服有些髒了，十五、六歲的年紀，應該正是愛美的時候，怎麼老是把自己弄得髒兮兮？

「過兩天，山上的雪化了，妳跟著上山看看。」

「好。」

洛瑾抬頭，一陣風吹過，拂起臉上的碎髮，露出沾著灰塵的臉。

知道洛瑾話少，趙寧娘帶著她進屋，繼續幹活了。

老屋比前面的正屋矮，也稍微暗些。

洛瑾站在小小的灶臺旁切白菜，趙寧娘則從一床小被子下拖出一小盆發好的醬豆，用筷子攪了攪，散發出有些臭又有些香的味道。

把切成小塊的白菜放到擦乾的罈子裡，倒進發好的醬豆，再混入剁碎的薑末，最後加鹽攪拌均勻，就可以吃了。

「這就好了。」趙寧娘將手洗乾淨。「妳在家時做過嗎？」

洛瑾搖頭。以前家境好時，她不用做這些事，只跟著姑姑學做幾樣點心。

快到中午時，莫鐘來了，說是家裡有活也不去叫他幫忙，人多幹得快。

張婆子鎖上東廂房的門，看都不看莫鐘，猜到他不過是因為吃飯的時辰到了才來，說不定還惦記著家裡的那幾隻兔子。

午飯很簡單，是烙餅和剛醃好的醬豆。裡屋的人圍著桌子吃起來，莫鐘也毫不客氣地上了炕。

正屋地上落了不少灰塵，洛瑾用掃帚打掃乾淨，才從灶臺上拿起半涼的烙餅吃。

「大郎，你哪天上山？」莫鐘問道，伸手去拿第二塊烙餅。「我一起去拾草，等鎮上的市集開了，咱倆拉過去賣。」

莫恩席性情憨厚，說話也是粗嗓門。「過兩天吧，到時候去叫你。」

張婆子見半桌烙餅全進了莫鐘肚子，又開始心疼。「大鐘，你不回家，你娘不擔心？」

這種逐客令，莫鐘只當聽不懂。「我跟她說來這邊了，再說，家裡不是有那女人嗎？」

一頓飯下來，吃得乾乾淨淨。莫鐘摸著肚子走到正屋，順手撈了張凳子，坐在門前轉肩膀。

「二郎媳婦，給我拿碗水來！」莫鐘看了洛瑾一眼，根本不把自己當外人。

洛瑾走到飯櫥前，從水壺裡倒了一碗水端過去。

莫鐘喝了，眉頭一皺，方臉上的五官全擠到一起。「家裡沒有熱水？大冬天的喝冷水，肚子受不了啊！去燒水！」

「鐘哥，今兒正屋沒有熱水。」莫恩升從裡屋走出來。「要不你去後面老屋，讓大嫂燒些給你？」

莫鐘放下碗起身。「沒有就沒有吧！走，先把屋頂修好。」跟莫恩升去了院子。

架好木梯，莫恩升看莫鐘順著梯子爬上屋頂，就去拿綑成一捆一捆的麥秸。

本以為三個人幹活會快一些，可是沒一會兒，屋頂上便響起莫鐘的叫喚。

「哎喲，我肚子痛！是不是因為喝了涼水？不行，我得去茅房！」他說完，俐落地下了梯子，跑進茅房。

莫家兄弟沒問他疼得厲不厲害，懶得理會，繼續幹活。天冷，誰都想快些做完好回屋暖和暖和。

院子裡有些亂，趙寧娘和洛瑾將換下來的舊麥秸拿出院子。那些麥秸已經用了些年歲，早變成黑色，也沈重許多。

一會兒後，莫鐘說自己肚子疼，跑回家去了，說到底，他不過是跑到這邊蹭頓飯。

張婆子出來看新屋頂，知道莫鐘溜了，又氣得好一頓嘟囔。

傍晚時，屋頂修好了，莫恩升折下一根樹枝，用繩子拴住，順著煙囪塞進去，上下拉拽，清掉壁上的灰。

院門被推開，莫恩庭牽著馱麻袋的驢子回來，身後卻沒跟著莫振邦。

「娘。」莫恩庭叫了聲。

張婆子嗯了聲，便進了正屋。洛瑾不由想起鳳英的話，這才發覺，張婆子和莫恩庭之間，似乎並不像莫恩升那樣，有母子間的親熱。

「爹呢？」莫恩升走過去，從驢背上解下麻袋。「沒跟你一起回來？」

「明日爹要去外地一趟，今晚在鋪子裡準備，不回家了。」莫恩庭伸手幫莫恩升把麻袋放到地上。

莫恩升拍了拍包得結實的麻袋。「對聯紙？」

「對，快過年了，爹買了一刀紙。」莫恩庭彎下腰道：「先抬到西廂房吧，晚上我把紙裁好。」

一通忙活，天很快黑了下來，趙寧娘和洛瑾將晚飯準備好。張婆子嗓子不舒服，晚飯特意熬了稀粥，一開蓋簾，便飄出米香。

燈火替寒冷的冬夜添了幾分溫暖，莫大峪爬上炕沿，脫下自己的小棉鞋，坐到張婆子腿上，指著桌上的稀粥，說是想吃。

張婆子最疼這個孫子，要什麼就給什麼，當下把最多的一碗推給莫大峪，絲毫沒有想起還在正屋幹活的洛瑾。

稀粥並不多，洛瑾不會認為自己有份，她一直都很清楚自己的地位，心裡沒什麼怨恨，畢竟有一瓦遮擋，還有一線希望，已經很好。

飯後，洛瑾回到西廂房時，外間是點著燈的。

她靠近時，看見莫恩庭將一刀對聯紙鋪在地上，好像有些無從下手。

「是要裁紙嗎？」洛瑾問道。紙張鋪開，便占滿整個外間的地，她只能站在門邊。

莫恩庭抬頭，燈火昏暗，瞧見洛瑾單薄的身影站在暗處，連說話都不敢大聲，遂低頭回答。「妳要進來就小心，莫要踩到紙。」

洛瑾走進去。「我會裁，以前在家裡，祖父寫的對聯都是我裁的。」

「門是不一樣的，有大門、小門、房門等等。」莫恩庭沒有抬頭。

「我知道，還有橫批、大福、小福那些，你告訴我尺寸，給我一把木尺，我幫你裁。」洛瑾似乎很有信心。「很快就好。」

莫恩庭聽了，抬頭看了看洛瑾，將手中的刀子放到紙上，示意她過去。

洛瑾蹲下身子，捏了捏厚厚的一疊紙。莫家用不了這麼多，可能是幫村裡人準備了。

她的手很巧，做什麼都很俐落，學東西也快。她點出十張紙，按照莫恩庭給的尺寸，量好對摺，再用刀子從中間裁開，很快便裁出不少。

「先這些吧！」莫恩庭將剩下的對聯紙捲好，放到架子上，轉身時，洛瑾已經將裁好的紙按尺寸分好。

「莫公子還有事要我做嗎？」洛瑾問。莫恩庭是她離開莫家的希望，不能惹他生氣。

「家裡沒什麼公子。」莫恩庭看著自己的雙手，手心被對聯紙染紅，瞥了瞥洛瑾的手，似乎也和他一樣。

「那要叫什麼呢？」洛瑾也覺得這稱呼有些奇怪，便看著莫恩庭。

「和三郎一樣，叫二哥吧！」說完，莫恩庭走進裡間，將手伸進水盆裡洗乾淨。

外間瞬間沒了光亮，洛瑾直起腰，突然想到，她的裡衣還曬在外間，那方才是不是全被莫恩庭看了去？都怪她，只想著做事卻忘了收，太丟人了。

洛瑾快步走到角落，想伸手去收裡衣，聽見裡間的莫恩庭叫了聲。

「公……」洛瑾站在門簾外，猶豫了下，改口道：「二哥。」

「進來吧！」

洛瑾掀簾進屋，莫恩庭一手拿著書，一手靠著炕上的舊矮桌，淡淡道：「洗洗手吧。」

洛瑾一愣，接著道了聲謝，走向盆架，想把雙手伸進水裡。

「慢著。」莫恩庭眉頭微皺。

洛瑾連忙收手，低頭往旁邊退開。

莫恩庭想笑。這髒女人膽子太小了，簡直比兔子還小，瞧她現在的樣子，兩隻手揪在一起，連頭都不敢抬，活像一隻受驚的小幼崽。

「去換盆水吧，這盆我用過了。」莫恩庭收回目光，翻了一頁書，竟覺得有些有趣。

洛瑾連忙離開，記得趙寧娘說過莫恩庭愛乾淨，洗完手，又把水盆刷乾淨送回裡間，才回外間歇息。

至於裡衣，莫恩庭回來了，她不可能在這時換上，只能摺好放在身旁。

夜深人靜，洛瑾止不住想念母親和弟弟。她不在，母親恐怕連個說話的人也沒了。

一年，真的能湊夠三十兩銀子嗎？洛瑾吸了吸鼻子，淚水無聲滑落。

第七章

很快到了臘月，年節的腳步越來越近。

莫家開始忙起來，莫振邦去外地幫東家收糧，莫恩庭則為了二月的縣試，整日苦讀。

這天天氣不錯，陽光好，沒什麼風，莫恩席便去叫莫鐘，準備出門。

趙寧娘換上舊衣裳，拿著幾根繩子，來到西廂房，要洛瑾跟著上山拾柴。

洛瑾第一次爬山，有些累，又有些好奇。這裡和她的家鄉完全不一樣，山巒起伏，從山頂往下看去，是一層層的梯田。

山上，棵棵黑松無懼嚴寒，依然一身翠綠。這次上山，是為了撿黑松落下的松針，當地人稱為松毛。松毛含有油脂，落到地上乾透後，用來引火最好。

撿松毛是有訣竅的，用竹耙子刮到一起，才好收集。地上的松毛積得厚，不一會兒，趙寧娘就刮了好幾堆。

遠處，莫恩席正握著鐮刀割刺槐的細枝，左手戴著豬皮手套，抓住刺槐，將樹身一彎，右手出力，便割下來了。

莫鐘蹲在旁邊的石頭上，悠哉抽著旱煙袋，不時吐出幾個煙圈；一旁的素萍忙碌幹活，手腳並用。

洛瑾從來沒做過這些活，照趙寧娘的吩咐，拿起鐮刀，去砍幾根黑松枝。黑松的松針很長、很硬，不小心碰到，臉被扎得很疼；粗糙的樹皮上，還有黏黏的松脂，沾到手上，不用水是洗不掉的。

今天趙寧娘帶著洛瑾上山，一來是讓她學著幹活，二來怕家裡只有張婆子和莫大峪，要是洛瑾跑了，一老一小追不上。

洛瑾不會用鐮刀，砍起樹枝完全不得要領，還被樹枝劃到臉。

「這樣砍。」

素萍放下手中的竹耙子，從洛瑾手裡接過鐮刀，做給她看。對準樹枝和樹幹連在一起的地方，狠狠砍下，再用力一掰，喀嚓一聲脆響，樹枝便掉下來。

洛瑾懂了，拿回鐮刀道謝。

素萍遠遠瞥了莫鐘一眼。「帕子還沒還給妳，得了空，我再送去。」

洛瑾點頭。素萍長得矮小，個子幾乎才到她的鼻尖，這樣的女人，卻幹著比男人還多的活，莫鐘竟覺得理所當然。

待莫恩席割了不少刺槐枝後，莫鐘才伸了伸懶腰，舉起擱在旁邊的鐮刀。「哎喲，我的腰怎麼這樣疼，是不是閃著了？」

周圍的人沒有答話，只做著自己的活。

不遠處的黑松下落了不少松毛，洛瑾看到松毛下隱隱透出紅色，便蹲下將草撥開，發現是棵乾透的蘑菇。

「那是辣蘑子。」趙寧娘過去，彎腰刮了一耙，地上的松毛被帶走，又露出幾棵蘑菇。

「紅色的，有毒嗎？」洛瑾問道。

趙寧娘直起腰。「這辣蘑子新鮮時是有毒的，曬乾後便沒有了，用水泡發，再洗乾淨就可以吃，只是口感有些發苦，比不上別的蘑菇。」

洛瑾哦了聲，把砍下的樹枝拖到旁邊，繼續幹活了。

一會兒後，莫恩席把割下的刺槐枝收攏起來，用繩子綁緊，再去整理堆好的松毛。

莫恩席話少，幹活卻是一把好手，松毛被他綑得結結實實，為了不讓松毛灑落，還用樹枝夾緊。

至於莫鐘，沒做多少活，又蹲到石頭上抽旱煙袋，自始至終沒叫素萍休息一下。

看了看時辰差不多了，莫恩席將綁好的柴推到高處，蹲下身子，讓趙寧娘把柴推到他背上，扛下山去。

素萍也綑好了自家的松毛跟柴，但分量小得多，和莫恩席收拾的沒辦法比。

「咱們且等等，妳大哥會再折回來扛這些。」趙寧娘將工具收拾好，拉著洛瑾，在一處乾淨的地方坐下。

洛瑾點頭，雙手已被松脂染成黑色，有松香的味道，還被松針扎得有些疼。

莫鐘和素萍先下山，莫鐘挑著幾根柴，素萍則扛著一捆松毛，遮住了她小小的身影。

趙寧娘瞧見，嘆了口氣。「都說女子嫁人是第二次投胎，這話真的一點也沒錯。」

洛瑾知道趙寧娘說的是素萍，遇上莫鐘那樣的男人，實在命苦。

見洛瑾只是點頭不說話，趙寧娘以為她想到了自己的遭遇，連忙岔開話。「趁妳大哥還沒回來，咱倆去找些辣蘑子。」

「好。」洛瑾應聲，覺得有趣。以前夏日雨後，家裡花園也會長出蘑菇，但都很瘦小，顏色不好看，還沒辦法吃呢！

近中午時，三人回到莫家，莫大峪跑出來迎接。

莫恩席把柴火堆在牆外，沒有解開繩子。過兩日鎮上便有大集市，到時候直接拉去賣。

「哈哈哈！」莫大峪伸手指著洛瑾，笑得眼睛都睜不開。「妳長鬍子了。」

洛瑾聽了，不由摸了摸自己的嘴。

「一邊去。」趙寧娘打掉兒子的手，轉頭看洛瑾，也噗哧一笑。「去洗洗吧，臉上黏了松脂。」

洛瑾忙低頭回了西廂房，拿木盆舀水搓臉。

莫大峪被趙寧娘說了一頓，還是覺得有意思，跑去西廂房，卻不小心被門檻絆倒，摔在外間地上。

洛瑾剛洗完臉，髮絲抿在耳後，聽見動靜，連忙去扶莫大峪，看他癟起嘴要哭，就知道是摔疼了。

「哪裡疼？我幫你揉揉。」她拍乾淨莫大峪膝蓋上的灰塵。

莫大峪看著她，瞪大了一雙眼睛，把淚水憋回去。「妳是妖精嗎？」

「什麼？」洛瑾看著依舊癟著嘴的莫大峪。

「三叔說過，妖精長得好看。」莫大峪眨眨眼睛。「還會吃小孩。」

洛瑾聽了，忍不住笑出來，眉眼溫柔。「我不是妖精，也不吃小孩。腿還疼嗎？」想起了自己的弟弟，也是個頑皮的孩子。

莫大峪搖搖頭。「那妳會吃二叔嗎？」

「誰都不吃。快回去吧，我要燒飯了。」洛瑾說完，放下頭髮遮住臉，去了正屋。

午飯過後，陽光不似上午時明媚，天色有些發黃。

張婆子在裡屋睡覺，不時咳嗽兩聲；莫大峪坐在院子裡，拿著木棍在地上畫著玩。

趙寧娘將辣蘑子泡在水中，晚上發好，洗乾淨就可以下鍋。

洛瑾去開雞籠，撿了三顆雞蛋，放在正屋飯櫥裡的小筐。天冷加上乾燥，她搓了搓自己的手，發現已經有些起皺，搖了搖頭，拿了一旁的菜來切。

這時，素萍走進院子，看著在切菜葉的洛瑾，過去叫了聲。

洛瑾應了，素萍走進去，掏出摺得方方正正的帕子。「還沒謝謝妳。」

「別客氣。」洛瑾收起帕子。

「我是說……」素萍頓了頓。「謝謝妳幫我。」這麼多年來，她挨了莫鐘不少打，但真正出手幫她的，卻是眼前這個弱不禁風的姑娘。

「妳要喝水嗎？」洛瑾問道。素萍應該是一輩子離不開這裡了，那天村裡長輩給了她一個沒有希望的希望，不過就是想留住她跟著莫鏞。

「不喝了。」素萍擺手，另一隻手從腰間拿出小瓷盒，塞到她手裡。「這個給妳用吧，我用不著。」

洛瑾低頭看著盒子。「手膏？」

「嗯，前天莫鐘帶回來的。」素萍臉上閃過嘲諷。「我知道，是二叔逼他這麼做的。」

洛瑾懂了，上次莫鐘打了素萍，莫振邦要他對素萍好一點，才買了手膏。

「我的手，抹什麼都不管用了，他真有心的話，幫我幹點活、不要打罵，比什麼都好。」素萍的眼神黯淡。「妳的手養得好，給妳用，也不至於糟蹋。」

這手膏很普通，但對現在的洛瑾來說，是難得的稀罕物。「我不能收。」說完便要遞回去。

「拿著吧！」素萍推回洛瑾的手。「放在家裡，說不定他會拿出去送別人。」

洛瑾聽了，不再推辭，默默收下。

「妳那帕子繡得真好看。」素萍岔開話，想說些輕快的。「花兒跟真的似的。」

「是我姑姑教的。」洛瑾攥著手膏。「姑姑的繡工很好，支開繡架，一隻手在上，一隻手在下，一會兒就能繡出好看的花樣。」

「有這手藝，倒是能領些繡活來做。」素萍說道。

洛瑾想了想，的確可以，但她不能出門，領不了活。

「是去鎮上領嗎？」洛瑾問道，心中有些遺憾。

洛瑾的處境，素萍也曉得，遂道：「三郎在鎮上學過木工，對這些比較熟，又好說話，下次他去鎮上，讓他幫妳打聽打聽。」

洛瑾應下，兩人說了一會兒話，素萍便趕著回去。她婆婆已是癱在炕上，離不了人了。

離大石村最近的小鎮是金水鎮，差不多有十四、五里路，每逢二七便是鎮上的大集，到了臘月，便會開始趕年集，市集上的人也比往日多出不少。

這天，莫恩席和莫鐘吃過早飯，將收拾好的松毛一上一下、一小一大地綑在板車上，兩人一推一拉，便去趕集了。

洛瑾在院子裡打掃，村長推門走進來。

「二郎媳婦，妳婆婆在家嗎？」村長問道，雙手攏在袖中。

洛瑾指了指正屋。「在屋裡。」

村長往前走了兩步。「妳公公幾時回來？」

洛瑾搖頭。「我不知道。」她應該是最不清楚莫家事情的人，村長偏要問她。

村長聽了，不再多問，去正屋找張婆子，一會兒就離開了。

「大概是來商量對聯的事。」趙寧娘晾著洗好的衣服，見狀道：「村裡讀過書的人不多，寫字好看的，就是公公和二郎了，所以大家每年都來買對聯。」

洛瑾應了聲。「寫那麼多，也要費一番工夫。」

「可費事呢！」趙寧娘曬完衣服，搓了搓手，瞅著洛瑾。「妳也會寫字？」

「會。」洛瑾點頭。「不過寫得不好，祖父和姑姑寫得才好。」

趙寧娘惦記著去趕集的莫恩席，岔開了話。「去了大半天，應該快回來了。」留給莫恩席的午飯還在鍋裡熱著。

「嫂子，鎮上有繡活可以領嗎？」洛瑾忽然問道。

趙寧娘嗯了聲。「有姑娘領過，很費眼，還要有手藝。」打量著洛瑾。「妳想繡花？」

洛瑾點頭，只要繡得又快又好，說不定能掙到銀子。

「這件事讓三郎去幫妳打聽，那小子腦筋活，認識的人多。」趙寧娘說著，又朝門口張望兩眼，表情有些焦急。

「說不定是去買東西了。」洛瑾安慰道：「不是說年集人多嗎？」

趙寧娘笑了笑。「大峪他爹那木頭性子，會去買什麼東西？」

說完，她抬腳往老屋走，與洛瑾各自回去忙活了。

第八章

天色漸漸暗下，去趕集的莫恩席跟莫鐘還沒有回來。

莫家人心裡七上八下，趙寧娘領著莫大峪站在院門外張望；張婆子雖然一直咳嗽，也是坐在正屋門前等。

洛瑾在灶旁燒火，準備做晚飯。

莫大峪年紀小，不知道擔心是什麼，只知道肚子餓了要吃飯。趙寧娘領著他回屋，張婆子也受不了凍，跟著進去。

咚！陳舊的木門發出悶響，洛瑾抬頭看去，見三個男人進了院子。

「這家可是姓莫的？」走在前面的人，年紀大約二十多歲，帶著一股狂妄勁兒。

莫恩升聽見動靜，跑出東廂房，擋在幾人面前。「你們找誰？」

「莫鐘是不是你們家的人？」男人上下打量著莫恩升。

莫恩升皺眉。「他是我堂哥。」

屋裡的人也出來了，趙寧娘衝出門外，隱約察覺莫恩席出了事，當下有些六神無主，頭重腳輕。

來人見一家子就一個男人，剩下的全是老弱婦孺，說話更加不客氣，大聲嚷嚷著。

為首的人推開莫恩升，表情不善，惡狠狠地道：「我是段村的段九，你哥惹事了，打了我家兄弟！」

趙寧娘聽了，腳下一軟，幸虧洛瑾伸手扶住才沒癱倒。

「不可能。」莫恩升對著段九。「你們定是搞錯了。」

「搞錯？」段九冷哼。「這裡不是大石村？莫鐘和莫恩席不是你們家的人？」

「這……」莫恩升到底年輕，心中有些亂了。「到底出了什麼事？」

段九毫不客氣地將放在旁邊的小凳子一腳踢飛。「你的好大哥喝了酒，耍起酒瘋，當街用扁擔打我兄弟，我兄弟到現在還躺著沒醒呢！你說，這件事要怎麼辦?!」

莫家人聽到這裡，心裡俱是一驚，連平時嘴上不饒人的張婆子也覺得眼前發黑。

「我家大郎出門從不喝酒，你們是不是誤會了？」張婆子扶住門框，聲音有些發抖，不願相信段九的話。

話音剛落，又有兩個人闖進院子，大聲道：「那個叫莫鐘的不在家！」

「跑了和尚，跑不了廟。」段九看著莫恩升。「今天你們必須給個交代，不然你大哥就別想回來！」

這下莫家人聽懂了，現在莫恩席落在人家手裡，莫鐘肯定是跑了。趙寧娘急得落淚，求著那些人，說莫恩席是不會打人的。

段九根本不理會。「甭說些沒用的，我兄弟要吃藥、看大夫，你們必須負責。」接著凶狠地說：「勸你們還是老實點，拿出銀子，把莫鐘交出來！」

張婆子和趙寧娘沒了主意。莫振邦不在家，莫恩庭還沒下學，莫恩升一個人，根本擋不住段村來的惡霸。

「你們把大郎放回來，」張婆子覺得頭暈，心口也堵。「要多少銀子？」

「娘！」莫恩升叫了聲，上前扶住張婆子，輕輕搖頭。

「不多，先拿二十兩來。」段九晃了晃兩根手指，一手扠腰，臉抬得老高。

「這麼多？」張婆子深吸一口氣。家裡根本沒有那麼多錢，本來攢著給莫恩升娶親的銀子，幾天前讓莫振邦全花光了。

張婆子想著，瞥見站在屋簷下、悶不吭聲的洛瑾，伸手指她。「用她換我家大郎。」

洛瑾抬頭，眼睛睜得老大，感覺幾道不善的目光看過來。

她不能被帶走！在這裡起碼還有出路，萬一被這些人押走，天知道會有什麼下場？不由驚恐地後退兩步，直到退至牆邊，再無可退。

「娘，您怎麼能這麼對二嫂！」莫恩升皺眉。現在家裡這麼亂，自家老娘又胡來，覺得頭更痛了。

「什麼二嫂？是你爹被人騙了，才買回她的！」張婆子一心只想換回大兒子，至於讓她瞧不順眼的洛瑾，她才不在乎。

看著莫家人亂成一團，段九抬起自己的手，不耐煩道：「行了！別那麼多廢話，趕緊拿錢交人，否則別怪我們不客氣！」

段九發了話，其餘的人便動起手來，把院子砸得亂七八糟。

莫大峪年紀小，被眼前的場面嚇得嗚嗚直哭，抱著趙寧娘的腿，死活不鬆手。

莫家人無法攔阻，眼睜睜看院子變得一片狼藉，呆住了。

莫家的動靜很快引來村人注意，他們想進去幫忙，又不清楚情況，便在外面張望。段村離金水鎮最近，要進鎮就得經過段村，而段九是段村有名的霸王，等閒人招惹不得，眼看莫家惹上這個難纏的傢伙，大家只能在心裡乾著急。

段九等人砸完院子便想衝進屋，莫恩升根本擋不住，被按倒在地上。

「住手！」莫恩庭帶著村長進來，開口喝止。

剛才他下學走到村口，村民跟他說了家裡的事，碰到準備過來的村長，便一起趕回來。

「這是為了何事打砸我家？」莫恩庭走進人群，伸手拉起莫恩升，示意女人們進屋，目光瞟向段九。

「呵呵，打砸還是小事。」段九為人張狂，橫行無忌，當然不會把一個文弱書生放在眼裡。「不拿錢交人，老子一把火燒了這裡！」

「冤有頭，債有主，凡事都有前因後果。」莫恩庭語氣平靜。「你想燒掉這裡，定是我家人做錯了什麼，你說明白，若真是我家的錯，這把火，我來點。」

段九兩眼一眯，盯著莫恩庭。「好，既然你這麼說，那咱們就說個明白。」

原來，今天在年集上賣完柴火後，莫恩席想盡快回家，莫鐘卻因得了一點小錢，想去喝酒；莫恩席不能撇下人自己先走，只得等他。

喝著喝著，莫鐘和酒館裡的人吹牛，爭執不過，仗著自己人高馬大，竟一扁擔將那人打倒在地。

聽到這裡，莫恩庭猜出，這禍是莫鐘闖下的，後來因為害怕，自己跑了，而自家憨厚的大哥肯定是想將倒下的人喚醒，結果反而被對方的人扣下。

「我大哥在哪裡？」莫恩庭問道：「要怎樣才願意放人？」

「現在他沒事，但你們不拿錢交人的話，可就不好說了。」段九拖著長調。

莫恩席在這些人手裡，莫恩庭不能硬來，遂轉身拜託村長。「村長，那邊有人受傷了，能不能讓三郎帶您過去瞧瞧？人沒事最重要。」如此便知段九說的是真是假，還能知道莫恩席是否安好？

村長點頭，心裡埋怨莫鐘，一天到晚就知道惹事，現在人不知道跑哪裡去了，害得莫振邦家遭殃。

段九沒想到莫恩庭會這麼做，蠻橫道：「不用你們看，拿錢交人就行。」

莫恩庭不疾不徐地說：「說起來，莫鐘是我大伯的兒子，兩家早已分家，他打了人，你們不該砸我家。」

「我不管，當時你大哥就蹲在我兄弟旁邊。」段九擺手，一副沒得商量的模樣。

這時，莫恩升和村長準備出門，趙寧娘從屋裡跑出來，滿臉淚痕，抽抽噎噎地說要跟著去，村長無法，只好帶上她。

等三人離開後，莫恩庭望了望院門外的村民，走過去道了聲謝，說家裡沒什麼事，讓大家回去吃飯。

看人全走光，段九不耐煩了，吼道：「小子，你想怎麼樣？拖嗎?!」

「有什麼好拖的？」莫恩庭一笑，讓段村的人進了正屋。「就是走了一路，還沒有吃飯，有些餓了。」

他說完，走到灶臺旁，伸手試試蓋簾，還是溫熱的。「要商議的話，邊吃邊說怎麼樣？看時辰，幾位也還沒吃飯吧？」

段九冷笑一聲。「想巴結我？告訴你，沒有用的，這次是你們的錯，錯了就得認。」

「九哥錯了，請你進來吃飯，不是因為我家有錯，而是因為你是我同窗的堂兄。」莫恩庭拍了拍雙手，站直身子，如一棵挺拔的翠竹。「我與段清同窗幾載，他的堂兄來了，不至於連頓飯也不給吧？禮數上，這些是該做的。」

「好，算你有眼色。」段九看了看身後的兄弟。大冷天的，吃口熱飯讓身子暖起來也好。

洛瑾默默站在一旁聽著，旁邊是緊緊倚靠她的莫大峪，小身子藏在她身後，看著那些不善的人，哭都不敢哭。

「整理一下。」莫恩庭指著方桌，對洛瑾道：「把昨日三郎收拾好的兔肉拿出來。」

洛瑾回神，應了聲，摸了摸莫大峪的腦袋。「你去裡屋吧！」

莫大峪點頭，抽抽噎噎地去了。

洛瑾從飯櫥中端出兔肉，放上桌，擺好筷子。昨日趙寧娘已經燉好兔肉，盛在盆裡，原本打算以後每次炒菜放上兩塊，但今天顯然是吃不了了。

鍋裡的飯，莫家人沒心情吃，也全部送上桌。

段九幾人毫不客氣，大剌剌地圍著方桌坐下，臉色不曾緩和半分。

莫恩庭坐在桌旁，打量他們，坐沒坐相，應該是混跡街市的地痞，毫無規矩可言。

「說吧，想怎麼談？」段九扔掉手中的骨頭，瞅著莫恩庭。「銀子的話，一個子兒也不能少。」

「這禍是鐘哥闖下的，要我家賠銀子，似乎沒有道理。」莫恩庭不卑不亢地說：「且方才九哥的人把我們兩家砸了個遍，我們又去找誰討銀子？」

「那就是不想談了？」段九的眼神凶狠起來。

「當然要談。」莫恩庭接過洛瑾端上的熱水。「只是，這事的關鍵在鐘哥，按理說，應該先找到他，要賠銀子、要拿人，也得他親自認罪不是？」

「恐怕找不著了吧！」段九拿筷子敲桌面。「街上的人都看見了，是他打我兄弟。」

「您也說了，是鐘哥打人，現在卻扣下我大哥？」莫恩庭語氣平穩，如平時和人談天一般。「九哥也知道，其實我大哥是想幫你兄弟的，對吧？」

莫恩席的脾氣，莫恩庭很清楚，人長得壯實，卻是實心眼，只會踏踏實實地幹活，要說他在外面打人惹事，他不信。

段九扣下莫恩席，當然是想為自家兄弟出頭，至於有沒有理，他不管。

「這事沒得商量，給銀子，交人。」

這時，一碗熱水被端到段九面前，端碗的手細嫩白潤，他順著手向上看去，纖細身影卻退開了。

洛瑾上完熱水，往門口走，想到外面去，男人們談事情，她待在這裡不太好。

「對了，剛才老太太說，用她換你大哥。」段九指著洛瑾。留著莫恩席沒用，抓回莫鐘不過打一頓出氣，如果換個女人回去，正好可以讓她跟著兄弟。「二十兩，再加上她，這事便算了。」

洛瑾渾身一僵，不由看向莫恩庭，亂髮下的目光有些無措。只要那片薄唇輕輕一張，就會決定她的命運。

看著門邊單薄的身影，莫恩庭輕輕道了聲。「她？」

「二……哥。」洛瑾吐出這兩個字，有些無助，有些徬徨。「別叫我走。」

「飯都做好了，還待在這裡幹什麼？」莫恩庭看向裡屋。「帶大峪回西廂房。」

洛瑾點頭，抬起無力的腳步進去了。

洛瑾牽著莫大峪回西廂房，心裡亂極了，不知道莫恩庭會不會把她交出去？畢竟莫恩席是莫家的兒子，而她只是買回來的。

「我想我娘。」西廂房冷，外間的角落更冷，莫大峪偎在洛瑾身邊，他很害怕。

洛瑾伸手摸莫大峪的小腦袋。「我也想。」一聲嘆息，眼裡蓄滿了淚水。

黑暗中，莫大峪拉著洛瑾的手。「妳講故事給我聽好不好？」

夜很靜，院子裡能看到正屋中透出的光，映著淺淺的影子。

洛瑾咬了咬嘴唇。西廂房的門沒有鎖，莫家的大人只剩下莫恩庭和張婆子，現在莫恩庭正被段九纏著，如果現在跑的話……

這個念頭在她的腦子裡閃過，可外面漆黑一片，她不認識路，只上過後山，連村子都沒出去過，要怎麼跑？

「好不好？」莫大峪見洛瑾不說話，用力晃了晃她的胳膊。

洛瑾回神。「你想聽什麼故事？」

「我想聽將軍的故事。」莫大峪打了個哈欠，小手揉著眼睛。

洛瑾應好，讓莫大峪躺下，輕輕拍著他，講著以前母親說過的故事，哄他睡著。

莫大峪睡了，洛瑾幫他蓋上麻袋，轉頭看了看院子，起身走到門邊。

她正要伸手，門卻從外面被推開，一股酒氣迎面撲來。

洛瑾後退兩步，盯著眼前的黑影，魂差點被嚇掉。

「妳要去哪裡？」莫恩庭按著自己的額頭。他不喜歡飲酒，可今晚的事實在麻煩，不得不陪著段九。

洛瑾低頭。「大峪睡著了，我想把門關好。」她不擅長扯謊，說話的聲音好像只有自己能聽見。

「妳別出去。」莫恩庭看了看睡在角落的姪兒。「在屋裡照顧大峪。」說著，他走過去，把莫大峪抱到裡間炕上。

洛瑾站在外間，見莫恩庭走出來，開口問道：「你會把我送走嗎？」

沒來由地，莫恩庭有些可憐這個髒女人，她膽子這麼小，在這裡無依無靠，看著所有人的臉色，過得小心翼翼。

「既然給了妳借據，我就會做到。」莫恩庭輕聲道。

這時，院子裡又傳來動靜，莫恩庭不再多說，逕自走了出去。

黑暗中，洛瑾長長舒了口氣，身子裡最後一絲力氣被抽走，癱坐在角落。

西廂房的門還是沒有上鎖，她不會跑，她會贖回自由的。

第九章

半夜時分，莫家亮起了燈。

莫恩升和村長回來了，趙寧娘沒回來，死活要留在段村等莫恩席；一起過來的，還有莫恩庭的同窗段清。

一群人在正屋說到近天亮，商量這件事該怎麼處理？

洛瑾也一宿沒睡，待在西廂房，時不時走去裡間幫莫大峪蓋被子。

濛濛晨光中，西廂房的門呀的一聲開了。洛瑾抬頭，看見兩個身影走進來，連忙起身。

「這位是？」段清見到屋裡有人，問道。

莫恩庭一愣，竟不知如何介紹，這女人的身分實在有些尷尬。「她是洛瑾。」

段清聞言，彎腰行了一禮，便隨莫恩庭去裡間。

洛瑾走到門簾外，問了聲。「二哥，要茶水嗎？」

莫恩庭應了聲。「茶葉去正屋取。」

洛錦應下去了。

洛瑾走進正屋，發現段九幾人占了裡屋熱炕，病還沒好的張婆子只好去東廂房睡，天冷加上擔憂，咳嗽加重不少；至於村長，他已經一把年紀，跟著跑了一宿，身體有些吃不消，被莫恩升送回去了。

洛瑾先去燒水，趁著水開之前，把凌亂的方桌收拾乾淨。

莫恩庭只說茶葉在正屋，卻沒說放在哪裡，她翻遍飯櫥也沒找到，正好莫恩升回來，便問了聲。

莫恩升從水缸上的小櫥子拿出一罐茶葉，放在方桌上。

「沒事了嗎？」洛瑾問道。見莫恩升臉上沒多少輕鬆表情，便知道事情沒那麼好解決。

莫恩升瞥了裡屋一眼，裡面傳來鼾聲，段九他們已經睡著了。

「昨晚二哥的同窗也過來了，想幫忙勸段九。」莫恩升奔波一晚，有些疲倦，低聲道：「後來說，可以讓大哥回來，但怕他兄弟以後留下病根，要把妳帶回去照顧他。」

洛瑾手一抖，茶葉罐差點掉到地上。「為什麼不報官？」

「這事是鐘哥的錯，報官不一定斷得清楚。」莫恩升覺得洛瑾想得簡單，知道她擔心，又道：「不過我們沒答應，鐘哥惹的事，他自己收拾，眼下得先把大哥弄回來。」

洛瑾捏了些茶葉放進茶壺，舀熱水沖進去，心裡忐忑不安。

「二嫂，妳放心，那邊的情形沒段九說得那麼嚴重。」莫恩升小聲道：「段清說，段九的兄弟本來就有病，昨日說不定是因為病發才倒下。」

有沒有病，並不重要，事實就是莫鐘當時打了人，人出事了，自然是算在他頭上。

「知道了。」洛瑾低頭，提著茶壺回去西廂房。

天色已經大亮，洛瑾掀簾進去，見莫大峪還在炕上睡著，許是作了夢，小嘴張合幾下。

莫恩庭和段清坐在炕的兩頭，中間隔著矮桌，她將茶壺放在桌上，為兩人倒茶。

「這還真不關你們家的事。」段清道。他的年紀和莫恩庭差不多，二十歲左右，看起來斯斯文文。「我這堂兄也太不懂事。」

「如今，只要找到鐘哥就行了。」莫恩庭伸手搭著桌角，凝視茶碗中升起的熱氣。「你就對你堂兄這般說……」

後面的話，洛瑾沒有聽到，出了裡間，準備做飯。

過了好一會兒，段清才走出西廂房，去正屋叫段九了。

東廂房傳來張婆子的咳嗽聲，洛瑾拿了些柴火放在灶前，打算先燒火。沒有趙寧娘，只能自己動手做早飯，好在她幹活向來俐落，做得也快。

洛瑾把做好的烙餅擺上方桌，盛了醬豆，又開醬甕撈出鹹菜，洗淨切好，放進大碗裡。

做完飯，洛瑾感覺有人拽她的衣角，低頭看去，是莫大峪，頭上的小辮子已經散開了。

「我娘呢？」莫大峪問道，臉上還帶著睡痕。

「快回來了。」洛瑾蹲下身，摸莫大峪的頭。「你去東廂房，等會兒我幫你拿吃的。」

莫大峪吸了吸鼻子，邁著小短腿去了東廂房。

吃過早飯，村長來了，站在院子裡和莫恩升說話。從昨天到現在，莫家一直籠罩在愁雲慘霧中，如同冬日陰霾的天氣。

半晌後，段九等人吃完飯，回去段村，只留下段清和莫恩庭繼續商議。

張婆子在東廂房凍了一宿，病又加重幾分，身子疼得起不了床，早飯也沒吃，還是莫恩升把她揹回正屋的，嘴裡還一直念叨「大郎回來沒有」？

村長見狀，讓莫恩升去莫鐘家看了看，順便帶洛瑾過去幫忙收拾一下。

莫鐘家在村子最後面，是間老屋，比莫家小了不少，還是他爹留下的，屋子只有東、西兩間，正屋也是廚房。

洛瑾跟著莫恩升走進院子，家裡養的黑狗叫了兩聲，圍著莫恩升搖尾巴。

素萍聞聲，從屋裡出來。「三郎來了？」看見跟在後面的洛瑾，忙將兩人請進去。

正屋的水缸碎了，地上全是水，鋪地的黑泥被泡得鼓起來。

「這幫人也太狠了，連水缸都砸。」莫恩升罵了聲。「素萍嫂子，妳沒事吧？」

素萍扯出一絲苦笑。「先坐吧！」

「不坐了。」莫恩升捋起袖子，蹲下身收拾地上的碎片。「鐘哥回來沒有？」

「一直沒回來。」素萍找出簍子，遞給莫恩升。「大郎回來了嗎？」

「沒有，昨晚去過段村，他們不讓我們見他，大嫂還留在那裡。」莫恩升將碎片放進簍子裡。「地上有水，妳和二嫂進去坐著吧！」

素萍點頭，帶洛瑾去東間。

炕上躺著一個老婦人，頭髮花白，見有人來，哼哼了兩聲。

「是二郎媳婦來了。」素萍對著老人大聲說道：「來看看您。」
「老夫人。」洛瑾叫了一聲。
炕上的老婦人沒有看她，只是嘴巴動了動。
「娘的耳朵聽不太清楚了。」素萍解釋。「前些年上山摔斷了腿，現在不太能下床。」
屋子裡並不明亮，家中也沒什麼擺設，後窗的窗紙有幾個破洞，風正呼呼地灌進房裡。
「村長讓我過來，瞧瞧能幫忙做些什麼？」洛瑾說道。這個家真可以用家徒四壁來形容，風一大，便會吹倒似的。
素萍搖搖頭。「家裡什麼都沒有，那些人來了只是撒氣，倒是你們那邊要小心。」
洛瑾聽出素萍的意思，段九在莫鐘這邊占不到便宜，肯定會咬著莫恩席不放。
在莫鐘家待了些時候，近中午時，洛瑾跟莫恩升回去莫家。
村長和段清已經回去，讓人覺得好像事情已順利解決。
只是，到了天黑，莫恩席兩口子還是沒回來，段村那邊還是沒有放人。
是夜，莫恩庭站在院子裡，望著後山，不知在想什麼？一會兒後，回了西廂房。
張婆子病了，看不了莫大峪，所以他依舊跟著洛瑾睡。今天，他更想趙寧娘了，不住問洛瑾，爹娘什麼時候回來？
洛瑾抱著莫大峪，坐在角落，輕輕拍他。「我講故事給你聽，講完，你爹娘就回來了。」

洛瑾說故事的嗓音軟軟的，莫大峪安靜下來，偶爾提問幾句。

兩人的聲音傳進裡間，莫恩庭盯著桌上的書，沒伸手翻開。燭火搖曳，映在牆壁上的影子被拉得老長。

外間的講話聲漸漸小了，洛瑾走到門簾外，輕聲道：「二哥，大峪睡著了。」

「知道了。」她對他說話並不像對莫大峪那般自在，總是有幾分小心翼翼。

莫恩庭下炕，去角落抱莫大峪。手一觸及冰冷的木板以及粗糙的麻袋，頓了頓，抱著姪兒去了裡間。

洛瑾搓了搓手，走到角落坐下，摸了摸木板上的餘溫，心道小孩子就是身子熱，抬頭看向屋門。今晚也沒有落鎖，想來家裡事多，已經顧不上她。

累了一天，迷迷糊糊中，洛瑾睡了過去。

半夜時，洛瑾恍惚覺得莫恩庭出了西廂房。不知道這麼晚了，他出去做什麼？

第二次，洛瑾是被外面的吵嚷鬧醒，仔細聽，好像有不少人，有段九，還有莫鐘。

洛瑾起身，揉了揉眼睛，透過門縫看去。院子裡站了不少人，有個身材高大的男子被綁著，正是莫鐘。

看來，白日裡段九他們並不是真的離開，而是暗中留下，想逮住他。

這時，睡在裡間的莫大峪哭了起來，想來是被外面的聲音嚇醒。洛瑾連忙進去將燈點上，輕拍莫大峪的背，安撫著他。

洛瑾哄了莫大峪好一會兒，他才再次睡去。

天快亮時，一群人離開了莫家。洛瑾聽得清楚，莫鐘一直在號著嗓子讓人幫他，想來是被段九帶走了。

一晚的鬧騰，同是夫妻，趙寧娘能為自家男人不管不顧，素萍卻自始至終沒露過面，想來真是沒了情分。

莫大峪睡得香甜，洛瑾伸手輕輕摸他的額頭。小孩子睡著時最可愛，小腮幫子鼓鼓的，讓人忍不住想戳一戳。

這時，門簾被掀開，莫恩庭走了進來。洛瑾慌忙收回手，跳下炕沿，身子往後退。

「我會吃人？」洛瑾明明就對莫大峪很好，但每次見到他，卻跟老鼠見了貓似的。

「不會。」洛瑾雙手攥著衣角，一路退到門口。「我出去了。」

還說不會。莫恩庭無言，轉頭看了看熟睡的莫大峪，幫他掖了掖被角。

晨光投過窗紙，讓昏暗的屋裡亮了些。莫恩庭掬起冷水，洗了洗臉，兩日來的忙碌讓他有些疲憊，但這事還沒完，得再奔波幾日。

洛瑾出了西廂房，院子裡沒有人，東廂房也沒有動靜，看來莫恩升跟著去了段村。

她準備燒飯，發現家裡的糧食已經吃得差不多，連前些天趙寧娘做的醬豆也快見底。

張婆子病得厲害，根本起不了床，早飯依然沒吃，哼哼唧唧，嚷著胸口憋得慌。

飯後，莫恩庭出門了，要和村長一起去段村接莫恩席。

臨行前，張婆子囑咐村長叫個人來，說是想找人說說話。其實她病著能說什麼話，不過是怕洛瑾趁著家裡沒人跑了，她又追不上，所以請人來看著。

洛瑾收拾完碗筷，院門就被推開，一聲笑老遠地響起來。

「二郎媳婦，吃飯了沒？」是人稱半斤粉的鳳英。「聽說莫二嬸病了，我過來瞧瞧，現在好些了嗎？」

「鳳英姊。」洛瑾招呼了聲。

「叫嫂子。」鳳英拍了拍洛瑾的肩膀。「我先進去瞧瞧莫二嬸。」掀簾進了裡屋。

裡屋，張婆子咳嗽幾聲，嘰嘰咕咕跟鳳英說話。

沒一會兒，鳳英走出來，接過洛瑾手裡的掃帚。「莫二嬸想睡一下，咱倆去妳屋裡坐。」

洛瑾愣住。鳳英說的是西廂房嗎？

「怎麼了？」鳳英笑著，讓人覺得她很好相處。

洛瑾搖頭，也沒別的地方可坐，便帶鳳英過去了。

兩人到了西廂房，洛瑾搬了小凳子請鳳英坐，心裡有些過意不去，覺得怠慢了她，可是裡間是莫恩庭的地方，不好進去。

鳳英並不在意，看著牆角的木板，似乎能猜出端倪，又問：「妳多大了？」

「快十六了。」洛瑾坐到木板上。

「多好的年紀。」鳳英說著，乾脆也坐到木板上，靠近了洛瑾。「昨晚沒嚇著吧？」

洛瑾搖搖頭。「當時我沒出去。」

「鐘哥真是的，怎麼惹上段村那幫人？」鳳英嘆氣。「還連累你們一家，跟著受罪。」

「這件事過去了嗎？」洛瑾問道。

「妳還不知道？」鳳英看著洛瑾。「昨天半夜鐘哥回去，被躲在他家的段九逮個正著，帶去了段村，想來你們這邊算是沒事了。」

「那之前莫鐘哥躲在哪裡？」洛瑾又問。

「這是我家男人告訴我的。」鳳英一臉神秘，湊近洛瑾，小聲道：「他說，妳家二郎猜到鐘哥藏在後山，不出兩天，肯定會回家。山上那麼冷，又沒有東西吃，他定然熬不住。」所以，莫鐘是栽在莫恩庭手裡？想想也對，他們是堂兄弟，應該很熟悉彼此的性子。

「若是大郎和三郎，恐怕做不出這種事來。」鳳英自顧自地說著，不知有意還是無意。「畢竟都是一家人。」

洛瑾覺得，鳳英這是拐著彎說莫恩庭不顧手足情，心狠。

「我聽說，其實二郎是莫二叔的親兒子。」鳳英打量著洛瑾。「那些年他在外面跑，有個女人一直跟著他，後來女人死了，只好把二郎帶回來。那時候，二郎還不到十歲。」

看樣子，鳳英是個嘴碎的人。洛瑾聽著，沒有開口接話。

鳳英見狀，笑著說起別的事。「二叔還沒回來？我還想著過來買對聯呢！」

「嫂子先坐，我還有活要幹。」洛瑾不能一直陪著鳳英，豬和雞都沒餵呢！

「好，妳忙，我再去看看莫二嬸。」鳳英眼神一閃，心裡有了算計。

家裡沒人，莫大峪只能跟著洛瑾，不管餵豬還是撿雞蛋，寸步不離。

快到中午時，莫家三兄弟和趙寧娘回來了。莫大峪見到娘，立刻飛快地跑過去。

一行人到家後，先去看張婆子。張婆子放下了心，但一激動便咳個不停。莫恩升進門還沒坐下，又出門去找村裡的大夫王伯。

莫恩席安撫好張婆子，才帶著妻子回去老屋。

他的精神不是很好，一個堂堂正正的莊稼漢莫名其妙被人抓走，還誣賴他傷人，這口氣很難嚥下去。

午飯是洛瑾獨自張羅的，這幾天莫家人都沒睡好覺，飯後各回自己的住處歇息了。

洛瑾收拾完回到西廂房時，莫恩庭正在外間的架子上拿對聯紙。

「會摺嗎？」莫恩庭回身，手裡拿著一疊紙問洛瑾。

洛瑾點頭，上前接過紙，低頭看了看尺寸，是用來寫大門對聯的。

「妳先把這些摺好，等會兒送來給我。」莫恩庭說完，進了裡間。

洛瑾蹲在地上，將對聯紙對摺兩次，再豎著對摺一次，這樣紙上就會有摺痕，寫字時才不容易寫偏。

她把摺好的對聯紙送進裡間，莫恩庭已經磨好墨，從筆筒裡抽了枝粗頭毛筆，大門對聯的字要寫得大些。

「要我幫你拉著紙嗎？」洛瑾問道。對聯的紙比桌面長，墨汁需要一些時間才能乾，若紙放得不平，沒乾的墨水容易淌到別處，紙就毀了。

莫恩庭抬頭看洛瑾，嗯了聲。

於是，洛瑾站在地上拉著對聯，莫恩庭每寫完一個字，她便往後拉一下，再把寫完的對聯擺到炕上放平，等墨汁慢慢乾掉。

屋裡很靜，只有毛筆劃過紙的輕微聲音。

莫恩庭的字寫得很好，正楷渾厚有力，寫著寫著，袖口染上了對聯紙的紅色。

有人幫忙，莫恩庭寫得快，沒一會兒，整間西廂房便擺滿對聯，將有些舊的牆壁映得發紅，生出了喜氣。

接著，洛瑾將乾了的對聯按上下聯疊好，收在炕頭上，便出去做晚飯了。

家裡的玉米麵已經吃完，洛瑾不敢擅自動別的糧食，只能去老屋問趙寧娘，看看晚飯要煮些什麼？

趙寧娘聽到叫聲，走出來。「妳跟我來。」

兩人去了正屋，西牆角的地上有塊木板，趙寧娘掀開，露出黑黑的洞口，再喚莫大峪去喊莫恩升。

莫恩升來了，先點燈，再彎腰跳進洞裡，身形輕盈。接著，趙寧娘把簍子掛在扁擔上，送到洞裡。

洞底昏暗，只能看見莫恩升往簍子裡裝東西，直到他說了聲好，趙寧娘才將扁擔提上來，簍子裡已經裝了不少地瓜。

「這是咱們家的地窖，裡面藏地瓜，好存放，不容易凍壞。」趙寧娘蹲下身，把地瓜放進一旁的盆裡。「娘病了，要吃些軟的，晚飯就做地瓜粥吧。」

莫恩升兩三下從地窖裡爬上來，拍了拍雙手。「大嫂，大哥沒事吧？」

趙寧娘嘆氣。「不知怎地，一句話也不說，蒙著被子在炕上睡，愁死人了。」

「妳別擔心，他應該是氣不過，這兩天讓大哥好好休息，明兒我去鎮上買些糧食回來。」莫恩升拾起地上的扁擔，準備出去。

裡屋的張婆子聽見動靜，啞著嗓子道：「記得去你爹幹活的糧鋪買，會算得便宜些。」

「知道了。」莫恩升應下。

煮地瓜粥費火，還得先把地瓜刨成細條，但可以加入好幾種穀物一起煮，像大米、紅豆、麥子之類的。煮好後，黏滑軟甜，味道很好。張婆子生病，正好想吃熱呼呼的粥。

晚飯，莫恩席沒來正屋吃，趙寧娘便把飯送去老屋。張婆子心事解決，吃下小半碗地瓜粥，精神看上去好了不少。

莫大峪喝下兩碗粥，肚皮滾圓，把趙寧娘嚇一跳，生怕他撐壞腸胃。

吃過飯，收拾好正屋，大家便各自回去睡下了。

第十章

莫鐘被帶走後，莫家恢復了以前的寧靜。

素萍沒有來過，趙寧娘和莫恩升抽空去瞧，說大伯母的身體好像又更差了。

莫恩席病倒了，大夫王伯找不出病根，只給個調養方子，交代幾句要注意的事。

此時，張婆子正和王伯在裡屋說話，洛瑾燒了熱水送進去。

「王伯，大郎這是怎麼了？」張婆子的病好了不少，不像前幾天咳得那麼厲害，十分擔心大兒子。「從段村回來後，他就沒下過炕。」

「其實大郎沒什麼病，是心裡有火。」王伯接過洛瑾端來的茶碗，看了她一眼，沒有說話，心裡暗忖，她身上的衣衫該洗洗了。

「所以不要緊了？」張婆子鬆了口氣。

「休養些日子便好。」王伯淡淡地道：「都是那件事鬧的。」

「那我便安心了。」張婆子把洛瑾送來的茶碗放到嘴邊，水有些燙，讓她嘴皮一疼。

「呿！什麼事也做不好，就會添亂！」

屋裡只有三個人，洛瑾當然知道張婆子是在說她，抿著嘴唇，出了裡屋。

「等等！」張婆子叫住洛瑾。「昨天二郎不是寫好對聯了嗎？妳去拿來，正好讓王伯帶回去。」

洛瑾站在門邊，看王伯抬頭算了算，說出他家需要的對聯。

「一副大門、一副老屋門、三副屋門、兩副拉門。大福兩個，中福和小福，妳看著配好，就行了。」

可是，昨晚莫恩庭只寫了大門對聯，其餘的根本沒寫，洛瑾想著要怎麼說出口？

「等等我要去莫鐘家一趟，看看他老娘。」王伯頓了頓，又道：「二郎媳婦，妳先幫我把對聯準備好，回頭我再過來拿。」

「知道了。」洛瑾乖巧地應了聲。

送王伯出去後，洛瑾回到西廂房。

她記下了王伯要的對聯，她也會寫，正好趁空寫出來。對聯要用什麼句子，以前祖父教過，她全記住了。

洛瑾從架子上拿下要用的紙張，想了想，掀開門簾去裡間。

炕上矮桌擺著筆墨，她將紙摺出線來，鋪在桌上，再倒清水磨墨，磨到差不多時，便從筆筒裡抽了枝中楷毛筆，開始寫對聯。

洛瑾揮灑自如，字跡娟秀，凝視自己的字，忍不住想著，上次寫字，是在什麼時候？

相對於對聯，寫福字簡單許多，在方正的紙上寫出大小合適的「福」就可以了。然後是橫批，每副對聯都會配一張橫批，以及兩個小福字。

看著寫完的對聯，洛瑾很想像以前一樣，在空餘的地方畫上幾筆，梅花也好，竹葉也罷，可是現在的她，再不能如以前那般任性了。

待王伯從莫鐘家回來時，洛瑾寫的對聯正好乾透，見他走進院子，連忙摺好交給他。

「好了？」王伯接過對聯。「等妳公公回來，我再跟他算帳。」

洛瑾點頭，送他出去。

今天一早，莫恩升便出門去鎮上，但到了下午一直沒有回來。

張婆子想起前天的事，心裡不由發慌，怕莫恩升經過段村時，被那裡的人報復。越想越擔憂，顧不得剛剛好轉的身子，硬是來到正屋坐著等他。

以前，趙寧娘會來陪張婆子，跟她說話，但現在莫恩席病了，她顧不得，只剩默默收衣服的洛瑾陪伴張婆子。

終於，準備做晚飯時，院門外傳來說話聲，莫家父子回來了，驢背上還馱了不少東西。

莫恩庭和莫恩升叫了張婆子一聲，便忙著卸貨。莫振邦一身風塵僕僕，腳上棉鞋沾了不少泥漿，已經乾硬在鞋上。

「怎麼買了這麼多東西？」張婆子皺著眉頭，看著地上的大包小包，又是一陣心疼。

「這得花多少銀子？」

莫振邦拍了拍身上的塵土。「我去的地方正好有大集，看有些東西便宜，順道買了，快過年，該準備了。」

「都買了些什麼？」張婆子問。

「吃完飯再說。」莫振邦說完，進了屋，看見在灶前燒火的洛瑾。明明是個標致的丫頭，卻不好好收拾自己，心裡生出一絲納悶。

「公公。」洛瑾站起來，聲音很小地叫了聲。

莫振邦應道：「快忙吧！」便進了裡屋。

莫鐘的事，莫家人還沒有跟莫振邦說。莫振邦出外奔波好幾天，想先讓他喘口氣。

莫恩庭跟莫恩升把莫振邦帶回來的東西放在正屋地上，莫大峪好奇地掀掀這個筐子，揭揭那個包袱，嘴裡不停地問著。

「大峪過來。」莫恩升對他招招手。「三叔這裡有好東西。」

莫大峪兩步跳到莫恩升面前，眼睛瞇成縫，甜甜地叫了聲。「三叔。」

莫恩升從背後拿出一根糖球，塞到莫大峪手裡，大手摸了摸他的小腦袋。

這次莫恩升帶回一袋玉米麵，洛瑾用小瓢舀進盆裡，澆上水開始和麵。

看著莫大峪開心舔糖球的樣子，看著莫家人團聚的欣喜，洛瑾低下頭，用雙手將玉米麵團起來。

這樣的熱鬧，很久以前，她也經歷過。

那時候她還小，家裡還沒出事，祖母沒有生病，姑姑沒有嫁人。過年時，姑姑會做最好看的衣裳給她，把她打扮得跟小仙女似的。

「添把柴，火快滅了。」出去撈鹹菜的趙寧娘走進來，提醒道。

洛瑾回神，連忙蹲下用撥火棍撥火，再添幾根柴進去。

知道莫振邦回來，莫恩席只得到正屋吃飯，但臉色還是不太好，沒有以前的精神。

吃過晚飯，莫振邦留住所有人，說是幫大家各剪了一塊布，用來做過年的新衣。說著，叫莫恩升將裝布的包袱拿到炕上。

「不都有衣裳穿嗎？還亂花這些錢。」張婆子埋怨。「大峪長個子，替他剪就行了。」

「娘，您有了孫子，就不管兒子了？」莫恩升滿臉委屈。「我穿得寒酸，以後怎麼幫您找媳婦？」

莫恩升沒皮沒臉的話逗笑了一屋子人，連張婆子也憋著笑，白了他一眼。「說這種話，你也不害臊。」

莫振邦心裡高興，解開包袱，抽出三塊不同顏色的布料。「大郎媳婦，這是你們的。」

「讓爹記掛了，像娘說的，其實只幫大峪剪一塊就行。」趙寧娘笑著接過。「我們大人，穿什麼都一樣。」

「快過年了，別人家都有新衣，咱們家也要置辦。」莫振邦又挑出兩塊，看向洛瑾。「二郎媳婦，這是你們的。」

洛瑾聽見，抬起頭，慢慢伸手接過布料。一塊是墨灰色的，一塊是胭脂色的。

這下，張婆子沒了笑容，抱著莫大峪，不再說話。

「剩下的是我的？」莫恩升伸手去拿，卻被莫振邦一掌打回來。「哎喲，別打人呀！」

莫振邦沒理會小兒子，抽出幾塊布擺在旁邊。「我也捎了幾塊給大嫂那邊，明天叫大鐘來拿。」

這話一出，屋裡瞬間靜下來，只有燈火在矮桌上晃晃悠悠地閃爍。

「你整天想著他家，都不知道，你那好姪子差點毀了咱們家！」提到莫鐘，張婆子沒好氣，這次莫恩席受了多大的罪。

「怎麼回事？」莫振邦看了看一屋子人，察覺不對勁。「莫鐘怎麼了？」

「我屋裡還有活，先回去了。」莫恩席起身。說起段村的事，心裡覺得有些煩，不知道是對自己，還是對莫鐘？

「快回去吧！」張婆子應道：「記得把藥喝了。」

莫恩席點頭，離開了正屋。

剛才還其樂融融分布料的氣氛，現在徹底冷下來，沒人開口說話。

「到底什麼事？快說！」莫振邦拍桌，有些著急。

莫恩升笑了笑。「沒什麼大事，就是鐘哥……」

「鐘哥被扣在段村了。」莫恩庭打斷莫恩升的吞吞吐吐，直接道：「前日他在年集上傷了人。」

莫振邦登時覺得腦子裡嗡的一聲響。「到底是怎麼回事？說清楚！」

「爹，您剛回來，明日再說吧！」莫恩升笑著勸道。依自家老爹的脾氣，知道後說不定就會跑去段村要人，又示意莫恩庭別多講。

「段村的人說了，那人身子沒養好，鐘哥就別想回來。」莫恩庭不顧莫恩升的勸阻，把事情一五一十說出來。「還有那人的藥錢，也要由鐘哥出。」

莫振邦聽了，氣得嘴唇發抖。「你們這些兄弟就不幫幫忙，還讓人家訛他？」

「爹，這件事並不簡單，別管人家是不是訛他，鐘哥的確先犯了錯。」莫恩庭站在炕沿旁，身形筆直。「他應該為自己做的事負責。」

莫振邦沈下臉。「所以人家來逮他，你們連幫都不幫？」

「不把他交出去，咱們就會被連累。」莫恩庭開口。「至於鐘哥，是我帶人去抓的。」

「你……」莫振邦伸出手指指著莫恩庭。「這種事，你做得出來？」

莫恩庭低頭，不再說話。

莫振邦發火，下了炕，狠狠地掀起布簾，走到正屋。「你給我出來！」

從沒見過莫振邦發這麼大的火，張婆子大吃一驚，她懷裡的莫大峪更是嚇得發抖，小手緊拽她的衣袖，不敢吭聲了。

正屋裡，莫振邦攥起棍子，指著地上，對莫恩庭喝道：「跪下！」

莫恩庭沒有猶豫，一撩衣袍跪在地上，卻挺直腰背。

見這架勢，幾個晚輩哪敢上前阻攔，俱擔憂地看著莫恩庭。他挨揍挨定了。

「說！你錯在哪裡？」莫振邦的手緊了緊。

「我做得沒錯。」莫恩庭的語氣跟平常一樣。「鐘哥得自己面對犯下的錯，不能每次都要咱們家幫他。時日久了，他會認為一切都是應該的，出了事便往咱們家跑。」

啪！棍子抽在他身上，發出悶響。

莫恩庭皺眉，沒有出聲，身子晃都沒晃。

莫恩升連忙上前拉住莫振邦。「爹，其實二哥也是為了家裡好，段九那幫人，咱們根本惹不起。」

「你讓開！」莫振邦一把推開莫恩升，看著莫恩庭，心頭的火更盛，手顫抖地指著他。「整日教你們手足情深，枉你讀了這麼多書，竟是不明道理。」

莫恩庭不想惹莫振邦生氣，微垂著頭，沒有接話。

莫振邦恨恨地把棍子摔到地上。「三郎，去叫你大哥，咱們去段村把大鐘帶回來！」

「這……段村那邊不一定會放人。」莫恩升猶豫。「再說，大哥還病著。」

「你們不去，我自己去！」莫振邦的倔脾氣上來了，甩袖朝外面走。

「爹！」莫恩庭出聲叫道：「讓鐘哥長一次記性，總不能一輩子都幫忙他。」

莫恩升上前拉住莫振邦。「爹，段村的人說了，要鐘哥回來，就得用二嫂去換。」

莫振邦停下腳步，看了看站在牆邊、低著頭的洛瑾，嘆了口氣。他是一家之主，什麼事都要靠他打算，難道真要用這女娃換莫鐘？

「這是要把家拆了？」張婆子走出來，手裡牽著有些害怕的莫大峪。「生怕外人不知道咱們家雞飛狗跳是吧？」

「爹，鐘哥傷的人，其實沒什麼大礙。」莫恩庭跪著轉了個身，面對莫振邦。「段清說，他吃幾天藥就好，到時候咱們再去把鐘哥接回來，他們不過是為了銀子才留著鐘哥，不會傷害他的。」

莫振邦聽了，找了張方凳坐下，低著頭平順氣息，讓自己冷靜下來。

「妳們先回去吧！」莫振邦對趙寧娘和洛瑾道。

莫大峪忙跑到趙寧娘身旁，拉住她的手，想趕快回老屋。

洛瑾也跟著離開，一陣寒風撲面，讓她縮了縮脖子，默默地走回了西廂房。

冷風穿過屋簷，發出嗚嗚聲響，似誰在低低哭泣，又似蟄伏猛獸的低鳴。

洛瑾進了屋，看了看手裡的布料，不知道怎麼處理？想了想，放在裡間炕上後，回到外間的角落歇息。

莫恩庭一直沒有回來，也沒有人過來上鎖。洛瑾縮了縮身子，躺在木板上，扯了麻袋蓋上，就這麼躺著。

另一邊，見父子三人不再爭執，張婆子回了裡屋。她的病剛好些，身子還虛得很，以她對莫振邦的了解，若他能靜下來，就代表他不會衝去段村要人了。

莫恩庭一直跪著，頭微微低下，目光正好對上莫振邦沾著泥漿的棉鞋。

「明日跟我去你大伯母家，送些東西給她。」莫振邦搖搖頭，無奈嘆氣。他何嘗不知道莫鐘的性子？只是大哥就留下這麼個孩子，他不管的話，誰會管？

「我會向伯母賠不是。」莫恩庭輕聲道：「還請爹以後莫要在大哥面前提起這件事。」

莫振邦聞言，眉頭蹙得越發緊了。大兒子的脾氣，他了解，平時話不多，但骨子裡是極要面子的。

莫恩庭見狀，解釋道：「這次的事，大哥受了連累，平時都是他照顧我跟三郎，他的性子又要強，我怕他心裡會多想。」

方桌下還放著帶回來的東西，本想著早些回家，好好商議過年的安排，現在卻多了件頭痛的事。

莫振邦站起來，擺擺手。「回去吧！」

莫恩庭這才站起來，跟莫恩升回各自的屋子。

莫恩庭回西廂房時，洛瑾並沒有睡著。

沒一會兒，裡間的燈亮了，淡淡光輝透過布簾，讓外間染上一絲昏黃。

「進來一下。」莫恩庭說了聲。

「哦。」洛瑾起身，踩上鞋子，進了裡間。

「這是妳的，拿著吧！」莫恩庭把胭脂色布料遞到洛瑾眼前。

洛瑾伸手接過，瞧見莫恩庭衣角上的灰塵，是方才下跪時沾上的。

「我用過你的筆墨。」洛瑾輕聲道，瞅了莫恩庭一下，正巧與他目光相接，忙垂下眼，心裡有些慌。「有人來拿對聯，可只有大門的，我就寫了。」

莫恩庭不喜歡別人動他的東西，加上今晚的事，洛瑾覺得莫恩庭肯定會生氣。

「知道了。」莫恩庭只吐出三個字，看起來好像有心事。

「我出去了。」

洛瑾不想打擾他，抱著布料，出了裡間。

翌日，莫振邦早早起來準備好東西，帶莫恩庭去了莫鐘家，再去糧鋪和學堂。

莫恩席出了老屋，坐在門前修理農具。

前幾天莫恩席出事，莫大峪都是洛瑾照顧的，趙寧娘心裡感激，今日正好得空，從櫃子底下找出兩件以前的衣裳，雖然舊，卻是乾淨，送去了西廂房。

莫大峪跟著趙寧娘一起去，頑皮的他在洛瑾睡覺的木板上跳上跳下。

「再跳就踩斷了。」趙寧娘拍了拍他的肩膀。「老實一點。」

「嫂子，這是要做什麼？」洛瑾手裡被塞了兩件衣裳，疑惑地看著趙寧娘。

「給妳的，我現在穿，有些小。」趙寧娘笑了笑。「妳比我高些，不知道合不合適，且將就換著穿吧！」

「謝謝嫂子。」洛瑾把衣裳放在胭脂色的新布料上。

「妳怎麼就不好好打理自己呢？」趙寧娘看著一頭亂髮的洛瑾。「等下我再給妳一把梳子，把自己弄乾淨吧！」

一旁的莫大峪聽了，道：「臉洗乾淨了，像妖精一樣。」

「什麼妖精？」趙寧娘又拍他一下，不好意思地對洛瑾笑了笑。「肯定是聽多了三郎說的鬼故事。」

洛瑾伸手去摸莫大峪的小腦袋，不說破什麼，也跟著笑了。

第十一章

離年節越來越近，來買對聯的人多了起來。

近日莫振邦很忙，因為莫鐘的事，莫恩庭的功課也落下不少，有時候對聯都是洛瑾寫的。

每次家裡來人，莫大峪最開心了，因為大家總會給小孩子帶些東西，不管糖球還是別的，都能讓他高興半天。

西廂房外間，洛瑾將矮桌擺好，鋪了麻袋當墊子，跪在上面寫對聯。現在家裡沒什麼農活，張婆子也樂得有人替莫振邦分擔。

莫大峪沒事就會跑到西廂房玩，嚼著點心，看著紅紙上的字，問道：「妳得了錢，會給我買吃的嗎？」在他眼裡，既然是洛瑾寫的對聯，那麼人家給的錢，自然也是洛瑾的。

洛瑾抬頭，對莫大峪笑了笑。「我沒有錢，要不，我畫隻小狗送你？」

莫大峪點頭，坐在床板上，學大人蹺起二郎腿。「畫隻大狗，要比後山的還大。」

「後山有狗？」洛瑾在身邊找了找，找到一塊裁剩的紅紙，放在桌上。

「當然有。」莫大峪跳起來，怕洛瑾不相信，小胳膊比劃著。「幾乎跟驢子一樣大。」

洛瑾只當莫大峪在說孩子話，低頭畫著，寥寥幾筆，一隻小狗便躍然紙上。「給你。」

莫大峪接過紅紙，上面是圓頭圓腦的哈巴狗，十分可愛，小嘴頓時一噘。「這是小狗，我要大的，比後山大宅子養的還大。」

「再大，那可就是狼了。」洛瑾想摸摸莫大峪的小腦袋，可是手上沾了對聯紙的紅色染料，只好作罷。

「妳不信？」莫大峪拿著畫沒鬆手。「三叔帶我去見過，是真的。」

「我信。」洛瑾蘸墨，繼續寫對聯。有些大戶人家會養大狗看宅子，她家也養過，只是那狗又大又凶，她從不靠近。「等會兒若還有剩紙，我再畫給你。」

一天過去，洛瑾的腿有些麻，起身揉揉脖子，把手伸進盆裡清洗，水立刻變成紅色。看天色，該去做晚飯了，她收拾一下，去了正屋。

正屋裡，趙寧娘已經在鍋裡添水，見洛瑾來，便說：「今晚爹和二郎不回來了，糧鋪事情多，二郎留在那裡補功課。」

洛瑾嗯了聲，蹲在灶前，往灶裡添了把松毛生火。

趙寧娘蓋上蓋簾，看了看洛瑾。「妳身上也沾了對聯紙的紅色，今晚燒水洗洗吧！」

「好。」洛瑾應了聲。既然莫恩庭不回來，正好可以洗一洗。

莫恩席來正屋吃晚飯，只是心中的火並未完全散去，依然有些悶。

吃飯時，只有開朗的莫恩升說著話，莫大峪偶爾好奇地問上幾句。

晚飯後，收拾完碗筷，鍋裡的水也差不多熱好了。洛瑾將水舀進木桶，提去了西廂房。

外間床板上放著趙寧娘給的衣裳，上面躺著一把小小木梳。洛瑾解開凌亂的髮，彎腰低頭，浸在水裡清洗。

梳洗完，洛瑾在黑暗中換上乾淨的衣裳，覺得舒爽。

「洛瑾。」趙寧娘在外面敲門，她是來上鎖的。

「嫂子。」洛瑾披著半濕的頭髮開了門。

「洗完了？」趙寧娘問道。夜裡，她實在看不清眼前的姑娘長什麼樣子，只覺得她的臉很小。「把水潑出來就行了，早些睡吧！」

洛瑾點頭應下。

離年節只剩十天，大石村的家家戶戶開始準備過年。莫恩席和莫恩升上山去了，要再拾些柴火回來。

這日，洛瑾收拾完正屋，便準備回西廂房寫對聯。

「妳的頭髮擋著臉，不難受嗎？」雖然現在洛瑾穿得乾淨些了，但半張臉總是藏在頭髮下面，讓趙寧娘不免懷疑，她是不是臉上有傷？

「不要緊。」洛瑾低聲應道。

趙寧娘不再追問，端著盆子去東廂房倉庫，要拿些黃豆孵豆芽。

半晌後，一個留著落腮鬍的中年男人來了，身後跟著一個姑娘，穿著粉色花襖，看起來俏生生的。

「姑姑！」姑娘對著坐在正屋的張婆子叫了聲。
張婆子走出來，見是自己兄弟帶著閨女來了，忙把人領進裡屋，叫洛瑾過來燒水沖茶。
「姊，不知道妳前幾日病了，沒過來看妳。」張屠夫坐上炕沿。「還是桃丫頭先知道的，說一定得過來看看。」
「別惦記，已經好了。」張婆子笑著拍了拍張月桃的手。「過了年，就十六了吧？」
張月桃點頭。「姑姑，我爹說今日過來，正好幫您殺豬。表哥他們都不在家嗎？」
莫家的豬養了一年，身肥體壯，張屠夫這次來，一是為了看自己的姊姊，二來就是為了幫莫家殺豬。
「桃丫頭就是懂事，什麼事都想著我。」張婆子拉著張月桃，要她坐在身邊。「大郎和三郎上山，中午前就回來了。」
洛瑾端著熱茶壺進來，放在矮桌上，再將幾個茶杯擺好。
「這是二郎的媳婦？」張屠夫問道：「要不是昨兒碰到王伯，還不知道這件事呢！」
張婆子瞥了洛瑾一眼。「大郎他爹不知道從哪裡領回來的。」
洛瑾默默聽著，沒有接話，倒好茶，便出去了。
洛瑾回到西廂房，在外間寫對聯，盤算著，中午前應該可以趕出不少。
寫了幾副後，西廂房的門開了，有個粉色身影走進來。
洛瑾抬頭，來人正是張月桃。

張月桃看著跪在矮桌前寫對聯的女子，瘦瘦的身子穿著不合身的棉襖，頭髮亂亂的，心裡有些泛酸。

莫恩庭才貌雙全，是許多女兒家心裡愛慕的對象，張月桃自然也喜歡他，本想著莫恩庭是她表哥，又到了婚娶年紀，父母也曾提過，自己十有八九會嫁給他，誰承想，這不知從哪裡來的女人居然跟了莫恩庭。

「字寫得挺好。」張月桃拾起地上的對聯看。「妳家是賣對聯的？」

「不是。」洛瑾停下筆。「以前學過寫字。」

張月桃聽了，心裡更是不服氣，不明白莫恩庭為什麼會要這種來路不明的女人？「我叫張月桃，莫恩庭是我表哥，以前他也教我寫字。」

「表小姐好。」洛瑾對張月桃微微欠身點頭。

張月桃知道張婆子看洛瑾不順眼，所以洛瑾在莫家沒什麼地位，便不打算跟她客氣。

「妳跟二表哥成親了？」

洛瑾搖頭。「沒有。」

「妳就睡那裡？」張月桃盯著牆角，眼中閃過鄙夷。

「嗯。」洛瑾不明白張月桃跑來問這些做什麼，但覺得這姑娘不喜歡她，對她有敵意。

聽到洛瑾的答案，張月桃笑了。原來莫恩庭根本沒和這女人成親，且這女人還睡在外間，可見他不喜歡她。想了想也是，莫恩庭一表人才，豈是這種來路不明的女人配得上的。

為了表現出她對莫家有多麼熟悉，張月桃走進裡間，拿出了一本書，隨手翻了幾頁。

「表哥的屋子怎麼還是這麼冷？牆皮也不補一補。」

洛瑾沒做聲，這些不關她的事，將手上的毛筆一提，「竹報平安節」五個字躍然紙上。

「這兩天，表哥應該要放假了。」張月桃說得像極了解莫恩庭一樣，語氣帶著炫耀。「出了十五，才會上學。」

洛瑾起身，把乾透的對聯摺好，放在架子上，見張月桃一直不走，手裡拿著書翻，便問了句。「表小姐，妳要喝水嗎？」

張月桃認不了幾個字，根本看不下書，盯著洛瑾瞧，覺得她性子很軟，應該好欺負。

「那妳給我倒茶來。」張月桃把書扔在矮桌上，坐在洛瑾剛才的位置。

洛瑾應下，走出西廂房，到正屋端茶水。

正屋裡，趙寧娘已經開始張羅午飯。今日家裡有客人，自是要準備得好些，和了白麵，準備下麵條。

正午的陽光灑進來，莫大峪蹲在院子裡玩石子，一雙小手黑糊糊的。

洛瑾端著茶碗回西廂房，正準備進門，冷不防一個身影撞來，手裡的茶潑了對方一身。

「哎喲！」張月桃忙搗著自己的手。「這麼燙？」

茶碗掉在地上，啪嚓一聲，摔得粉碎。

「對不起。」洛瑾伸手，想為張月桃拭去身上的茶葉。

張月桃厭惡地一把推開她。「別碰我！」

這邊的吵鬧驚動了在裡屋說話的張婆子和張屠夫，還有正忙活的趙寧娘，紛紛走出來瞧。

「我不是故意的。」洛瑾有些無措，低頭道歉。

「我這棉襖才新做幾天。」張月桃見屋裡的人出來，委屈地說。

張婆子看到，不管青紅皂白，指著洛瑾數落。「什麼也幹不好，養著妳有什麼用？」

「只是孩子不懂事嘛。」張屠夫在一旁勸道：「回家洗洗就好，不是什麼大事。」

「爹。」張月桃開口，蹙起柳眉。「茶漬根本洗不乾淨。」

「我賠妳，好不好？」洛瑾小聲問道，想起莫振邦給的新布料。

張月桃看著洛瑾，眼中的輕蔑一閃而過。「是一樣的嗎？」

「不是。」洛瑾的手揪著棉襖的邊。「不過是新的，好嗎？」

張婆子嘴裡不停念叨，把張月桃拉到身邊，打量棉襖上那片茶漬。「這麼好的料子，可惜了。」

「姑姑，算了，她也不是故意撞我的。」張月桃表現得既心疼新衣裳，又善解人意。

「讓她賠。」張婆子向著自己的姪女。「撞了妳，本就是她不對。」

洛瑾沈默地站著。這裡不是她的家，沒人會幫她說話，就算心裡委屈，又能怎麼樣？於是準備進屋，要去拿那塊胭脂色的布料。

莫大峪站在梨樹下看著，忽然開口道：「是桃表姑先撞人的。」

院子瞬間靜下來，張月桃沒想到莫大峪會壞她的事，瞪他一眼。「大峪！」

「幹啥？」莫大峪仰著小臉，眨了眨滴溜溜的眼睛。

趙寧娘見狀，忙上前打圓場。「小孩子別亂說，去旁邊玩。」畢竟張屠夫是來幫忙的，不能讓人家難看。

莫大峪被趙寧娘說了一句，有些委屈。「我沒亂講，是桃表姑衝出來撞到她的。」指著洛瑾。「三叔說，小孩亂講話，會被狼叼走。」

這時，院門開了，莫恩升走進來，笑道：「大峪真乖，三叔說的話都記著呢！」看了看院子裡的人，張口叫了聲舅舅。

「都回來了，進屋喝水吧！」趙寧娘乘機把撞人的事圓過去。「等會兒午飯就好了。」

吃飯時，裡屋的人商量著下午殺豬的活，好像剛才什麼事也沒發生。

洛瑾蹲在院裡剝白菜，腳邊是挑好的蘿蔔，不由嘆氣。寄人籬下就會受氣，即使她脾氣軟，還是難受。

「妳別往心裡去。」趙寧娘端了一盆水放下，蹲在洛瑾旁邊。「月桃的性子就是這樣，舅舅家就她一個閨女，還是老么，自然慣得很。」

「我沒撞她。」洛瑾低著頭，隱約露出半張白皙光滑的臉。

「人家是來幫忙的，總不能跟她拌嘴。」趙寧娘回頭望了望正屋，小聲道：「說不定以後還要和她同住一個院子，成為妯娌。」

洛瑾想了想，難道張月桃會嫁給莫恩升？好像不對，卻又說不清哪裡不對。

趙寧娘見狀，一邊洗著蘿蔔、一邊說了張屠夫家的事。

張屠夫是張婆子的弟弟，住在隔壁村，走小路要翻過一座山。張家家境不錯，在鎮上開了豬肉攤，平時兩個兒子會去各個村裡收豬，張屠夫和老婆一個殺豬、一個顧攤子，蓋的屋子是村裡最大的。

所以，張婆子想讓張月桃嫁給莫恩升，盤算的正是陪送嫁妝，且說不定以莫恩升的機靈勁兒，還能把殺豬的買賣學過來。

跟趙寧娘說完話，洛瑾心裡好受了些，決定以後看到張月桃，不上前就是了。

吃完午飯，幾個男人去豬圈，女人們則忙著燒水，準備殺豬。

洛瑾抱著柴走到正屋，看見張月桃進出，默默避到一旁。

她舀了一大鍋水，蓋上蓋簾，坐在灶前燒火。

這時，莫大峪跑進來，找了張小凳子坐在她旁邊，小腳踢著柴。

「怎麼不去看殺豬了？」洛瑾問道。整個莫家，和她說最多話的就是莫大峪。

「我不願意看。」莫大峪撿起一根木棍敲著玩。「舅公的刀子太長，好嚇人。」

洛瑾點頭。「那和我一塊兒燒火吧！」

沒多久，豬圈傳來豬的嚎聲，驚天動地，讓人心煩，連裡屋張婆子和張月桃的說話聲都被掩蓋住了。

豬慘叫了好一陣子，終於停了，鍋裡的水也開了。

趙寧娘快步進屋。「快收拾收拾，要把豬抬進來了。」說著將蓋簾揭開，放到方桌上。

三個男人將放淨了血的豬抬到灶前，小心放進鍋裡，來來回回翻轉，燙透豬的全身，好刮掉豬毛。

接下來的活不需要女人，趙寧娘便帶著洛瑾去老屋，身邊的莫大峪緊緊拉住她的手。

經過豬圈時，那裡一片狼藉，旁邊的槐樹上掛著一把彎彎的鈎子，下面是一盆豬血，已經半凝固。

莫大峪瞧見，撒開腿跑得沒影，趙寧娘端起那盆豬血。「洛瑾，妳去拿些柴來，等會兒煮豬血。」

洛瑾應好，很快便把乾柴抱過去。

老屋的灶臺小一些，平常都是在正屋吃飯，這裡很少開伙，多半是用來燒水。

鍋裡倒上水，洛瑾生好火，趙寧娘拿刀子將凝固的豬血切成小塊，一塊一塊放進去煮。

莫大峪跑回來了，對著屋裡說：「娘，我聽見賣豆腐的來了。」

趙寧娘擦擦手。「正好，你去秤一塊豆腐回來。」說著，給了莫大峪幾個銅板和盤子，對洛瑾道：「今晚，舅舅肯定會留下來喝酒，得準備下酒菜。」

因為剛才看到的狼藉，加上耳朵裡還留著豬的叫號，洛瑾不太舒服，只點點頭，表示聽見了。

經過一下午的忙碌，總算把豬收拾好，三個男人洗淨手，坐到裡屋喝茶；趙寧娘和洛瑾則把外面整理乾淨。

冬天天冷，不怕豬肉會變壞，院子裡有一口大缸，正好可以把肉、骨頭以及豬下水裝進去，明日再好好收拾。

晚上，莫振邦帶著莫恩庭回來，瞧見親戚，自然要好好招待一番；平時小氣的張婆子也從東廂房的倉庫裡拿出兩罈酒，放在炕頭熱著。

莫恩庭回西廂房洗淨手臉，再到正屋吃飯。

「二表哥。」張月桃甜甜叫了聲。從莫恩庭進院子時，她就等在門前了。

「來了？」莫恩庭招呼了聲，直接掀簾進去。

莫恩庭的冷淡，讓張月桃臉上的笑僵了僵。明明人家都誇她長得跟一朵花似的，為什麼表哥就是對她不理不睬？

如此想著，張月桃恨恨地瞪著燒火的洛瑾，竟是越看越不順眼了。

第十二章

既然是殺年豬，今晚下酒的菜當然少不了豬肉。

趙寧娘手藝好，豬血燉白菜、蘿蔔肉絲、肥肉豆腐，煮了滿滿一桌，十分豐盛。男人喝了酒，話便多起來，飯桌上熱鬧得很。

見沒什麼事，洛瑾回到西廂房，把白天寫的對聯收拾好。

叩叩，有人在門上敲了兩下，洛瑾抬頭，是張月桃。

「姑姑叫妳去燒水，她要泡腳。」張月桃說了聲。

洛瑾站起來，繞過張月桃去正屋燒水。她記得張月桃和張婆子吃完飯後在東廂房說話，就把水送過去。

這是她第一次進東廂房，外間倉庫有幾個存糧食的大缸，地方比西廂房寬敞些。

張婆子坐在裡間炕上，腿上搭著被子，看上去有些睏，見洛瑾端著水進來，伸伸懶腰，泡了腳，便打發她出去。

這時，正屋的男人們已經喝完酒，坐在裡屋談笑。趙寧娘和洛瑾收拾桌子，將剩下的飯菜放進飯櫥。

洛瑾回到西廂房，將挪來寫對聯的矮桌搬回裡間，桌上還有白天張月桃扔下的那本書。

剛放好桌子，外面便傳來女兒家歡快的笑聲。

「表哥，你什麼時候放假？教我認字好不好？」

洛瑾退出去，莫恩庭已經進門，後面跟著嘰嘰喳喳的張月桃，活像隻吵吵鬧鬧的麻雀。

表兄妹進了裡間，點上燈，張月桃忽然驚呼道：「這是誰幹的?!」

莫恩庭轉頭去看，這才發現，墨汁染上矮桌上的書，差不多浸濕一半，皺起眉頭。

「是她寫對聯時不小心弄髒的吧？」張月桃甚至不願意開口叫洛瑾的名字，掀開簾子朝外間道：「是不是妳弄的？」

洛瑾不明白怎麼回事，過去一看見那本書，瞬間明白，張月桃覺得白天時受了委屈，現在找她撒氣了。

「不是我。」

「剛剛只有妳在西廂房，難道是大峪？」張月桃裝模作樣地猜測。「可是大峪已經回去睡了。」

這是直接定了她的罪名嗎？洛瑾有些無奈，但這種事發生在誰身上，也會向著自己的表妹吧，她只是一個外人而已。

見洛瑾不說話，張月桃甩了甩手裡的書，道：「墨汁好像還沒乾。」

「剛剛妳也來過。」洛瑾小聲地說。

張月桃一聽，當即怒了，薄薄的嘴唇，說起話來絲毫不饒人。「妳的意思是我幹的？我為什麼要這麼做？表哥的書，誰都不能動，我是知道的。」又嘲諷道：「妳就是個買回來的女人，說不定壞得很，還敢在這裡胡說八道。」

「我沒有！」洛瑾看向莫恩庭，卻不知怎麼解釋。

「少裝可憐，肯定是妳。」張月桃見莫恩庭不說話，伸手指著洛瑾。「要不然，妳拿出證據來！」

證據？雖然知道做出這件事的人就是張月桃，但洛瑾沒有親眼看見，沒有證據。

一隻手從眼前揮過，洛瑾看見莫恩庭抓住張月桃的手臂，不明白這對表兄妹要做什麼？

「這是什麼？」莫恩庭的目光落在張月桃的袖口上。

張月桃忙抽回手，摀住袖子。「表哥，你做什麼？」

就算屋裡的燈火並不明亮，可洛瑾還是看清了，張月桃的袖口沾著墨跡。

莫恩庭收回手，看著好好的書毀了，覺得有些可惜，不懂張月桃為何這般幼稚？「表妹不應該跟來西廂房，不合禮數。」

「表哥！」張月桃不甘心地叫了聲，嗓音中帶著委屈。家裡人慣著她，誰也不會惹她，只有莫恩庭對她不假辭色。

「這件事就當過去了，不讓妳來西廂房，是為妳著想。」莫恩庭不再理會張月桃，長腿一抬，坐在炕沿上。

「那她呢？」張月桃無理取鬧地瞪著洛瑾。

「她跟妳不一樣。」莫恩庭連眼皮都不抬。「天晚了，回正屋吧，舅舅應該要走了。」

張月桃哼了聲，賭氣地撞洛瑾一下，跑出西廂房，似乎還傳來一聲輕輕的抽泣。

「謝謝你，二哥。」洛瑾站穩身子。沒想到莫恩庭會幫她，畢竟對方是他的表妹。

站在門邊的身影還是那般單薄，搖曳的燈火下，看不清她的容顏。

「我知道不是妳做的。」莫恩庭淡淡道。這女人那麼膽小，哪敢存壞心思，怕是驕縱的張月桃故意欺負她。

「要不，我幫你再抄一本吧？」洛瑾看了看矮桌上的書。

「再說吧！」莫恩庭聽見外面的動靜，知道張屠夫要回家了，出了西廂房送客。

洛瑾則去正屋，收拾用過的茶碗，拿去清洗。

送走張屠夫父女，莫振邦進屋，對跟在身後的莫恩庭說：「你放假了，明日切一塊好的豬肉送去給先生。」

「是。」莫恩庭應下，便回去休息了。

第二日的天氣不太好，天色有些發黃，趙寧娘說，可能又要下雪。

年節將至，有很多事情要準備，莫恩席繼續上山拾柴；莫恩升則帶著莫大峪去坡裡下了幾個兔子套；莫恩庭提著一塊豬肉，去了鎮上的先生家。

趙寧娘拿了刀和砧板，走到存肉的大缸旁邊，搬下壓在蓋子上的石頭，彎腰從裡面拿出一塊肉。

洛瑾端來盆子，見趙寧娘將肥肉和瘦肉切開，問道：「切下這些肥肉做什麼？」

「肥肉用來熬豬油，瘦肉先放著，等要吃時再切。」說著，趙寧娘將一塊肥肉扔進盆裡。「妳把它洗乾淨，再切成小塊。」

熬豬油，就是將肥肉放進鍋裡熱，熬出油脂，剩下的肉渣成了脂渣，可以炒菜。

肥肉滑膩，洛瑾拿刀切得小心，沒一會兒，切了近一盆，等著下午時熬豬油。

午飯後，天空飄下雪花，下一陣、停一陣，莫恩席堆好拾回的柴火，說要再上山一趟。

張婆子在裡屋裁衣服，想為莫大峪縫件新棉襖，過年時穿。她拿他的舊衣服量著，但眼力不太好了，喚洛瑾幫忙穿針。

洛瑾將幾根穿上線的針扎在線團上後，回了正屋，準備熬豬油。

趙寧娘將洗好的肥肉倒進鐵鍋，蓋上蓋簾，點火加熱。灶裡的火燒得不大不小，鍋裡漸漸有了動靜，噼啪響著。

「雪怎麼又下起來？」趙寧娘望著院子，擔心上山的莫恩席。「天不好，不該上山。」

「快回來了，不用擔心。」洛瑾寬慰她。

趙寧娘嗯了聲，掀開蓋簾，拿勺子在鍋裡攪了攪，水氣中帶著油膩味，飄散在正屋裡。

一會兒後，豬油熬好了，趙寧娘小心地把油舀進罈子，再將罈子輕輕推到灶臺靠內的角落，讓豬油慢慢凝固。

鍋底的脂渣被收進小盆子，回到家的莫大峪嘴饞，非要吃幾塊，燙得嘴都不敢閉。

趙寧娘敲了敲他的腦袋，囑咐他離灶臺遠一點，這時掀倒了油罈子可是要命的事。

晌午，雪下大了，天地間一片紛紛揚揚。

莫恩席終於扛著柴回來，趙寧娘跑出去，幫忙卸下木柴。

洛瑾把熬油的鍋刷洗乾淨，身上已經滿是油腥味，味道還滲進頭髮裡。

「這麼大的雪，看來今晚爹和二郎不會回來了。」趙寧娘看著往鍋裡舀水的洛瑾，道：「滿身都是油味，今晚好好洗洗。」

「好。」洛瑾應道，轉頭瞧見莫恩升進屋，想起向他打聽繡活的事，可是不知道該怎麼開口，人家又會不會幫忙？

正如趙寧娘所說，直到過了晚飯時辰，莫振邦和莫恩庭還沒回來，想來是因為雪大，留在糧鋪了。

做飯的鍋，早早被洛瑾加了水，用灶裡剩下的火溫著。

這時，莫恩升從裡屋出來，準備回東廂房，洛瑾便叫了聲。「三郎。」

這是洛瑾第一次開口叫他，莫恩升還以為自己聽錯了。「二嫂，妳叫我？」

「那個，我想問問，鎮上可以領到繡活嗎？」洛瑾抬眼瞅著莫恩升。

莫恩升想了想。「現在年底了，應該不會收，妳想繡花掙錢？」

「嗯。」洛瑾點頭，有些失望。

「等過完年吧！到時候，我去幫妳問問。」莫恩升很好說話，也樂意幫人。

「謝謝。」洛瑾道謝。

莫恩升笑了笑。「妳就是愛說這句。」說完就回了東廂房。

莫恩庭沒有回來，西廂房自然不會點燈，幸好有雪光，屋裡不似前幾日那般黑。

洛瑾攥著一把頭髮聞了聞，皺起眉，果然都是油味，遂鬆開頭髮，把溫水倒在盆裡，像前幾次一樣，跪在地上用水清洗，再擦擦身子，換上乾淨的衣裳。

趙寧娘算算時辰，一會兒過來鎖上西廂房。

清洗乾淨，沒了油味，整個人清爽不少。連忙兩天，洛瑾有些累，一躺上木板便睡著了。

這一覺睡得很好，洛瑾在夢裡見到母親和弟弟。陽光明媚，後院的花都開了，她和弟弟坐在祖父為他們搭的鞦韆上。

突然，一陣冷風吹來，接著響起開門的聲音。

眼看美好的景象就要消逝，洛瑾不想失去，她眷戀這份溫暖，開口挽留。

「娘……」

進屋的莫恩庭聽到角落裡細弱的聲音，看見縮成小小一團的洛瑾，知道她在說夢話。

一直睡在角落裡，不會凍壞嗎？莫恩庭生出放人走的念頭，隨即嘆了口氣。花了三十兩，要是人沒了，張婆子豈不氣瘋？

回到裡間，莫恩庭沒點燈，將從同窗那裡借來的書放在矮桌上，上炕睡了。

雪一直下到後半夜，地上積了厚厚一層，映亮了夜色。

莫恩庭習慣早起，就算放假，依然早早起床。外間傳來輕微聲響，洛瑾應該也起來了。

早上沒事，倒是可以寫幾副對聯。莫恩庭想著，掀開門簾，去正間拿紙。

雪光照進屋裡，比以往的清晨明亮些，女子跪坐在正間角落的木板上，正在摺手裡的麻袋，聽見聲響，抬頭看過來。

莫恩庭愣住，手依舊握著門簾。

女子很美，一張小臉如無瑕白玉，眼睛清澈如水，精緻的鼻子，薄薄的嘴唇中間嵌著唇珠，看上去像柔軟的花瓣；黑亮柔順的髮直垂腰際，空靈得像從雪裡走出的、不染凡塵的精靈。她剛剛睡醒，目光猶帶著矇矓，讓人想伸手捏她的臉。

只是下一瞬，那雙眼睛裡便閃過了驚慌。

「二哥？」洛瑾低下頭，不知道莫恩庭是什麼時候回來的？

「嗯。」莫恩庭回神，壓下心中的驚訝，轉身走到架子前拿了一疊紙，回到裡間。

洛瑾摸了摸自己的臉，挽起頭髮出門。天亮了，她要去做飯了。

外間傳來開門又關門的聲音，莫恩庭把紙放到矮桌上，想著剛才看到的一幕，明白了一件事。

爹幫他買回來的媳婦在提防他，而且從一開始就在提防。

雖然洛瑾看上去很柔弱，但其實一直有自己的想法——想離開這裡，可是，她真以為能一直藏著臉？

想到這裡，莫恩庭又有個疑問。按理說，女子長成這般模樣，不是福就是禍，絕不是區區三十兩就能買回來的，她到底發生了什麼事？

想了許多，莫恩庭才記起自己要寫對聯，伸手拿紙，才發現居然拿錯了。

另一邊，洛瑾走到柴堆前抽出一些柴，抖掉上面的雪，心裡想著，被莫恩庭瞧見她真正的容貌，以後會怎麼樣？

這時，東廂房的門開了，莫恩升走出來，身上披了厚襖，準備上山撿兔子。

「二嫂，我幫妳。」莫恩升走到柴堆邊，直接拿下一小捆。「這種柴有刺，小心些。」

「我知道了。」洛瑾往後讓了讓。「你要上山？」

「嗯。」莫恩升甩掉手上的雪。「下了雪，恐怕抓不到兔子，我還是去看看，把套子收回來。」

一陣風吹過，吹開洛瑾臉上的碎髮，露出一張無瑕的臉蛋。

「小心些。」洛瑾說了聲，彎腰抱起柴，往正屋走去。

莫恩升站在雪地裡，回頭看洛瑾，簡直難以置信，她明明髒兮兮的，為什麼會長得這麼好看？

洛瑾去正屋做飯，心裡忐忑，趙寧娘說的話，一句也沒聽清。

以前她聽說過外面的事，害怕自己像別的女人一樣，被男人欺辱，甚至想到了素萍，才選擇裝醜。

「柴夠了，不用燒了。」趙寧娘拍了拍洛瑾的肩膀。「不舒服？」

洛瑾搖搖頭，把灶前收拾乾淨。

早飯時，莫家三兄弟來了正屋，莫大峪紅著小臉蛋跟在莫恩升身後，問他有沒有捉到兔子？

洛瑾把飯菜端到裡屋的矮桌上，偷偷去看莫恩庭，發現他和往常沒什麼兩樣。

飯後，莫恩席和莫恩升出了正屋，莫恩庭去找趙寧娘，說昨日莫振邦交代，要送些豬肉去莫鐘家。

趙寧娘有些為難。「你也知道，你大哥因為這件事，心裡有氣，不想和那邊來往，我就不過去了。」

莫恩庭點頭。「這件事，的確不能怪大哥。」

趙寧娘想了想，道：「這樣吧，我把肉拿出來，你跟洛瑾送過去，行嗎？」

「就這麼辦。」莫恩庭應下。「回頭我跟三郎再去段村瞧瞧，過了幾天，想必那些人的氣也消得差不多了，看能不能再談談？」

於是，趙寧娘按照莫振邦的吩咐，拿了些肉和骨頭出來，讓莫恩庭跟洛瑾送去莫鐘家。

下過雪，沒什麼活要做，村人多半在家裡歇著，所以路上的人並不多。

洛瑾是第一次跟著莫恩庭出門，他走在前面，手上提著肉和骨頭；她則端著盆子，裡面盛了豬血和豬腸子之類的下水。

出門後，莫恩庭一直沒說話，對洛瑾的態度似和以前一樣，讓洛瑾覺得自己想多了，也暗自笑話，她是不是太高看自己？人家是讀書人，怎會看上這樣的她？

莫恩庭回頭，看了看低頭走路的洛瑾，她一腳一腳踩在雪裡，走得仔細，遂放慢了腳步。

到莫鐘家門前，大黑狗從院子裡跑出來，想來是聞到肉味，圍著莫恩庭轉一圈後，便直朝洛瑾而去。

洛瑾嚇了一跳，把手裡的盆子舉得老高，兩隻眼睛盯著黑狗，動都不敢動。

「別怕，牠不咬人。」莫恩庭走過去，把黑狗喚到自己這邊。

洛瑾繞過黑狗，快步往院子走，一腳沒踩實，差點摔倒，還好及時穩住，才進了院門。

素萍聞聲出來，見是洛瑾，忙上前接過盆子，看著跟進來的莫恩庭。「二郎來了。」

「嫂子。」莫恩庭叫了聲。「大伯母的身體好些了？」

「剛喝藥，歇下了。」素萍發現莫恩庭手裡提的東西，知道他們的來意，客氣道：「總是讓二叔惦記。」話裡有些無奈。

黑狗又跑到洛瑾身邊，嚇得她往素萍身邊靠。

「快進屋吧！」素萍用身子護著洛瑾，帶他們進去了。

莫鐘的老娘已經睡了，三人便去西間坐。

西間沒什麼擺設，只有一口放在角落裡的木箱子，上面擱著陳舊的油燈。

素萍想到正屋燒水給他們喝，卻被莫恩庭叫住。

「嫂子，不要忙了。」莫恩庭坐在炕沿上。「等會兒我想和三郎去段村。」

素萍站在門邊。「哦，剛放假就先歇幾天，下過雪的路，也不好走。」

莫恩庭的意思是，他想去段村看看莫鐘的情況，但素萍卻沒有開口關心自己的男人，要不要帶點穿的，或是別的，可以看出她對莫鐘根本沒有情分了。

「反正我也沒事，快過年了，段村那邊，總不會留著鐘哥吃年夜飯吧！」莫恩庭說道：「希望經過這次的事，鐘哥能長長記性。」

素萍勉強一笑。「總是麻煩你們。」莫鐘不在的日子，她陪著婆婆，雖然過得清苦，卻也寧靜。這回莫鐘真會如莫恩庭所說的，改變一些嗎？

洛瑾站在一旁，安安靜靜的，像是個外人。

其實，莫恩庭之所以想在這時去段村，是因為莫振邦已經回來兩天，想必耐心耗得差不多，搞不好會跑去段村帶人，到時免不了被敲榨些銀錢。

「時辰不早了，我回去和三郎收拾好就出門。」莫恩庭起身。「嫂子，妳先忙，有事過去找我們。」

莫恩庭說完，帶著洛瑾告辭。

出了莫鐘家，路上偶爾有村民走動，見到莫恩庭便打聲招呼，看到他身後跟著的女人，猜到那是莫振邦買給他的媳婦，都好奇地瞧著。

洛瑾默默地低頭走路，不想理會那些眼光。

第十三章

回到莫家，莫恩升已經跟張婆子說了去段村的事。張婆子心裡不快，不停嘮叨，那邊的事為什麼總要這邊幫忙，又不是欠他們的。

這件事，莫恩席不知道，他帶莫大峪去了一戶同村的人家，商量著明年開春去西山採石場幹活。

「洛瑾，現在沒事，到我屋裡做衣裳吧！」趙寧娘幹完活，搓了搓雙手。

「我不會。」洛瑾為難道：「我只會縫些小東西跟繡花，不會裁衣。」

「布要先泡過水，直接用新布做衣裳，容易縮起來。」趙寧娘教她。「我裁布，妳來縫，其實也不難。」

「好。」洛瑾點頭。

這時，莫恩庭跟莫恩升要出發去段村了，趙寧娘叮囑了兩句路上小心，就回了老屋。

洛瑾按照趙寧娘的吩咐，到西廂房拿胭脂色的新布，泡在水盆裡，再過去老屋學裁衣。

她剛站起來，有個人影走進院子，傳來熟悉的尖笑聲。

「天這麼冷，小心把手凍傷。」鳳英道：「二郎媳婦，莫二嬸在家嗎？」

「鳳英嫂子。」洛瑾叫了聲。「婆婆在屋裡。」

「我來買對聯。」鳳英對洛瑾笑。「我先進屋跟莫二嬸說幾句。」

洛瑾想，既然來買對聯，自然要問人家需要哪些，好幫忙拿來，便跟著去了正屋。

一會兒後，鳳英歡快的笑聲與張婆子的說話聲傳出了裡屋。

「看妳衣裳的針腳，就知道手藝不錯。」張婆子捏著鳳英的袖口瞧。「樣式也好看。」

鳳英有些得意。「不瞞嬸子說，我以前出門幹活時，人家有請師傅教小姐女紅，我也看了兩眼，學了些。」

洛瑾掀簾進來，先喊張婆子一聲，才對鳳英道：「嫂子要哪些對聯？我去幫妳拿。」

鳳英伸手拉住洛瑾。「不急，我還想多跟莫二嬸說幾句。」抬手拂開洛瑾臉上的碎髮。「頭髮擋住臉了。」

洛瑾沒有躲，已經被人看見，沒有藏的必要了。

鳳英看清她的容貌，吸了口氣，挪不開眼。「嘖嘖，這小臉跟剛做好的嫩豆腐似的。」

坐在炕上的張婆子看過去，心裡也是一驚。難怪這幾日莫大峪總跟她說洛瑾是個妖精，原以為是小孩子亂講，不想竟是真的，這樣貌，附近十里八鄉根本找不出來。

洛瑾往後退了退，抽回手。除了家人，她不喜歡別人碰她。

鳳英笑了笑，對於洛瑾的疏遠，並不以為意，說出自己需要的對聯。第一次見面時，她就覺得洛瑾嬌滴滴的，手更是軟得像沒有骨頭，雖然一身髒兮兮，但應該是個美人，如今看來，真的沒錯。

洛瑾記下，出了正屋。

日頭很盛，雪開始融化，洛瑾站在院子裡，回想剛才鳳英的舉動，抬頭望著碧藍天空，深深吸了口氣。

對聯已經賣得差不多，西廂房外間的架上空了些，只剩下沒有裁的紙。

鳳英要的是兩副屋門對聯，既然鳳英和張婆子在裡屋說話，洛瑾便將矮桌搬到外間，準備直接幫她寫。

洛瑾正要鋪紙，鳳英走進了西廂房，笑道：「妳還會寫字呀？」

洛瑾搬來小凳子請她坐。「嫂子先等一等，我很快就好。」

「哎喲，連說話都這麼好聽。」鳳英打量著洛瑾。以前她當過富貴人家的丫鬟，說起看人，還是有一套的。「嫁來這裡，有些委屈了。」

「不會。」洛瑾輕聲道。跟不熟識的人說話要小心，以前姑姑教過，人心隔肚皮，害人之心不可有，但防人之心不可無。

鳳英坐下，舉起自己的袖子問洛瑾。「莫二嬸說，這衣裳的樣式好看，妳看怎麼樣？」

洛瑾抬頭瞧，鳳英身上是件帶紅頭的褂子，襯得塗了粉的臉越發的白，衣裳應該是被改過，隱隱凸顯身材，這樣的衣裳，她是不敢穿的。

「好看。」洛瑾道。

「要不要我教妳？」鳳英問她。「我看妳在盆裡泡了一塊布料，過完年天就暖了，正好做件外褂穿。」

「謝謝嫂子。」洛瑾的聲音軟和。「可是已經說好跟大嫂學了。」

鳳英笑了兩聲。「這樣啊，那以後再說。」

洛瑾嗯了聲，把寫好的對聯擺在地上，等著晾乾，趁空將矮桌搬回裡間。

「剛才看見二郎和三郎出了村，是去辦事？」鳳英好打聽，就算不關她的事，也想問上兩句。

洛瑾蹲在地上，吹著對聯上沒乾的墨跡。「我也不知道。」

「妳這小娘子的話真少。」鳳英笑了聲。

「乾了。」洛瑾摺好對聯，交給鳳英。

鳳英接過。「妳算算，要多少銀錢？」

「我不懂，妳去問公公吧！」

「好！」鳳英捲起對聯。「我先回去了，妳別老在家憋著，有空去我那裡坐坐。」

「知道了。」洛瑾走到院中，送鳳英出去。

趙寧娘見洛瑾沒去老屋，便到前院瞧瞧，看見鳳英出去的身影，眼中閃過不屑。

「嫂子。」洛瑾走到趙寧娘跟前。

「她跟妳說什麼了？」趙寧娘問道。

「沒什麼，就是做衣裳的活而已。」洛瑾回答。

「別跟她走得太近，她的人品不好。」趙寧娘轉身往老屋走，邊走邊說了些鳳英的事。

以前鳳英的確在大戶人家做過丫鬟，但心思不正，整日想著當姨娘，不管老爺還是少爺，找著機會便往前湊。

後來，有人向夫人告密，夫人一生氣，直接帶人把鳳英從少爺的床上拖下來。為了警告一些不安分的丫鬟，鳳英被發賣，後來輾轉來到大石村，跟了村裡的光棍牛四。

說著，兩個女人進了老屋，趙寧娘招呼洛瑾上炕。炕上已經有裁好的布料，看顏色大小，應該是莫大峪的衣服。

「我幫妳在布邊摺出痕跡，下針沿著這條線走就行。」趙寧娘用指甲在布上劃出線來，教洛瑾縫製。

洛瑾點頭，拿著線團引線，再把頭髮抿到耳後，拈起針，對著照進窗口的天光找針孔。

「妳……」若非知道自己領進屋的是洛瑾，趙寧娘真以為炕上坐的是別人。「妳瞧，長得這麼標致，偏偏非得把臉藏起來。」

洛瑾不接話，暗暗嘆口氣，開始縫衣裳。

趙寧娘打量洛瑾，不由心疼。這麼漂亮的姑娘，什麼樣的父母會這麼狠心，把她賣了。她整日和洛瑾在一起，知道洛瑾過得苦。

「我收拾屋子時，找到一條被子，好像是前幾年做的。」趙寧娘想著，去開牆角的木櫥，從裡面拿出舊被子，放到炕沿上。「妳拿回去蓋吧！」

「不用，晚上不太冷。」洛瑾有些不好意思。

「前幾天，家裡的對聯都是妳寫的，還沒少幹活。」趙寧娘嘆氣。「不至於連條被子都沒得蓋。」她不能說婆婆的不是，家裡大多是男人，也不好管洛瑾的事。

洛瑾不再推辭，謝過收下，和趙寧娘一起幫莫大峪做衣服了。

晌午，莫恩席領著莫大峪回家，見兩個弟弟不在，趙寧娘便對他說，兩人去了鎮上。

另一邊，洛瑾將泡了半天的布料從水裡撈出來擰乾，搭在院裡晾，沒一會兒，料子就被凍得硬邦邦的。

這時，院門開了，莫恩庭和莫恩升走進來，後面跟著拖著腳步的莫鐘。不知道是不是覺得沒臉見人，莫鐘的樣子有些蔫。

在院子裡修理杴柄的莫恩席瞧見莫鐘，扔掉手裡的活，氣得起身回了老屋。

莫恩升見狀，連忙跟上去。

莫鐘瘦了些，想必是在段村吃了虧，他掃了洛瑾一眼，耷拉著頭走進正屋。

莫恩庭奔波一天，想回西廂房洗臉，走到門前，看到和以往一樣低著頭的洛瑾，未曾說什麼，抬腳走進去。

沒一會兒，屋裡傳來他的聲音。「我的布，妳沒有一起下水嗎？」

「啊？」洛瑾瞬間會意，走進裡間，問道：「二哥，你的料子放在哪裡？」

莫恩庭指著木箱。「那裡。」

洛瑾拿了布料，到外間取盆子舀水，將那塊墨灰色的新布泡進去。

「洛瑾。」莫恩庭叫了聲。

「嗯。」洛瑾抬頭看著從裡間走出來的人。「二哥還有事？」

原來沒有看錯，莫恩庭總以為是早上時眼花了，想再確定。明亮的天光下，那張臉好像更好看了，氣質清雅。

「我帶了紙回來，妳裁成書本大小。」莫恩庭從背後拿出上次那本被張月桃毀掉的書。「上次妳說，可以幫我抄一本。」

洛瑾點頭。「但我不知道被墨汁染黑的地方寫些什麼？」

「我大致記得，遇到不會的，來問我。」說完，莫恩庭把書放在旁邊的架子上，舉步去了正屋。

洛瑾把水盆移到門後，拭乾手上的水，拿起那本被染壞的書。書不算太厚，可書頁毀得實在嚴重，這樣豈不是抄兩個字就要去問莫恩庭？萬一把他問煩了，怎麼辦？

「嬸嬸。」莫大峪跑進屋裡。不知道是趙寧娘教的，還是他自己喜歡，對洛瑾改了稱呼，不再叫她買來的女人。

「大峪。」洛瑾捧住他紅紅的小臉蛋，總覺得能看到弟弟的影子。

「叫您去燒水。」莫大峪掙脫洛瑾的手。「妳的手好涼。」

洛瑾聽了，低頭看了看自己的手，笑了笑，覺得這孩子實在可愛。

「我知道了，走吧！」說完，她帶著莫大峪出去了。

走到院子，洛瑾便聽到莫鐘的粗嗓門，信誓旦旦地說著如何痛改前非之類的話。

她進了正屋，添水生火，再從飯櫥拿出茶碗。

另一邊，張婆子盤腿坐在炕上，臉上沒什麼表情，實在不相信莫鐘說的話。

「二嬸，以往都是您和二叔幫著我，這次能回來，要感謝老天。」莫鐘似乎忘了，他能回來，是莫恩庭和莫恩升去段村討人的。「這樣吧，今晚去我家，我請大夥吃一頓。」

張婆子抬起眼皮，細小眼睛露出精明的光。「大鐘，二嬸只希望你以後做事踏踏實實，吃不吃飯，倒不重要。」

「就這麼定了。」莫鐘沒理會她的暗示，一拍大腿。「晚上二叔回來，你們一起去。」

正屋的水燒開了，洛瑾舀水沖進茶壺，提到裡屋，將矮桌上的茶杯倒滿。

「二郎媳婦。」莫鐘看了看默不作聲的洛瑾。「等會兒妳去我家，跟妳嫂子說一聲，說晚上大家過去吃飯。」

洛瑾點頭應聲，轉身出去。

「對了。」莫鐘叫住往外走的洛瑾。「妳留在那邊，幫她一起準備。」

洛瑾剛要出聲，坐在凳子上的莫恩庭開了口。「她不能過去，要幫我抄書，前幾日月桃毀了我的書。」又看著支著腿坐在炕上的莫鐘。「鐘哥，你該回家看看了吧？」

「走了一路，累得很。」莫鐘說著，拿起茶杯灌了兩口。「再說，家裡有那女人呢！」

「大伯母的病一直沒好，這幾天很擔心你。」莫恩庭伸手搭在炕沿上。「素萍嫂子一直操持著家務，你是不是要回去幫幫她？」

被堂弟教訓，莫鐘有些不爽，但話都說到這份上了，也不能賴在這裡，遂捶了捶胳膊。

「二郎說得對，我回去瞧瞧。」

送走莫鐘，張婆子將沒縫完的小棉襖鋪在炕上，找著上次收針的地方。線團上插著幾根針，線已經用完了。洛瑾有眼色地拿過線團，拽下線，穿進針眼裡。

張婆子瞇起眼睛看洛瑾，透過薄薄的碎髮，能瞧見那張白淨的小臉，這會兒，閒話怕是已經傳遍了村裡。

洛瑾穿完針，出了正屋，望著天空，日已西下。冬日的白天就是這麼短，連地上的雪都還未融盡。

她回到西廂房，從水盆裡撈起莫恩庭的布料擰乾，趁著暮色，搭在院裡晾乾。

接著，洛瑾進屋，問早她一步回來的莫恩庭。「二哥，我要不要去幫素萍嫂子？」

莫恩庭放下書。「妳去做什麼？那是他家的事，自然要由他做。」

「那你剛剛還說，要我裁紙？」

「妳站在外面，能拿到紙？」莫恩庭懷疑自己臉上寫了「壞蛋」兩個字，讓洛瑾避他跟避什麼似的。

洛瑾掀簾進去，見莫恩庭坐在炕上溫書，好看的手指著炕東頭，那裡有一卷沒裁開的宣紙。

洛瑾拿起紙往外走，又被莫恩庭叫住。

「被子是誰給妳的？」莫恩庭問道，他回來時，看見外間角落疊著一床舊被。

「是嫂子。」不知道莫恩庭是不是因此不高興，洛瑾忙道：「我這就送回去。」

莫恩庭無言了，他只是隨便問問，卻被曲解意思，這女人腦子裡到底怎麼想的？

「留著吧！」

洛瑾哦了聲，走了出去。

莫恩庭望著她的背影，不由失笑。活了近二十年，第一次有人把他當壞蛋，避之不及。

第十四章

天黑後，莫振邦回來了，可能是路上走得急，喘得有些厲害。回來後，將驢子拴好，便對著西廂房喊人。莫恩庭走出來，叫了一聲爹。

「你們做事都不用跟我商量了？」莫振邦手裡提著布搭子。「我回來經過段村，想打聽大鐘的事，結果人家說，你和三郎把人帶回來了。」

果真如莫恩庭所料，莫振邦去找莫鐘了，幸虧早一步去段村。

「爹，進來說吧！」莫恩庭看看正屋。「娘的病剛好，別當她的面說，讓她煩心。」

莫振邦嗯了聲，抬腳進了西廂房。

洛瑾正跪著裁紙，見莫振邦進來，便站起身。

「妳忙吧！」莫振邦擺擺手。「我跟二郎說說話。」說完便走進裡屋。

進屋後，莫振邦坐上炕沿，伸手捶腿。「說吧，怎麼回事？」

「學裡放假了，我就和三郎去把鐘哥接回來，總不能讓他在段村過年。」

「這些我知道。」莫振邦轉了轉肩膀。「他們怎麼肯放人？」回來這兩天，他打聽過，押走莫鐘的人家的確不好惹，哪會這麼容易放手？

「段九不好說話，所以鐘哥會吃些虧。」莫恩庭說著。「不過，既然他們肯放人，便證明他們不想再糾纏下去，快過年了，誰都想高高興興的。」
莫振邦頷首。「他們要了多少銀錢？」
莫恩庭搖頭。「他們沒要銀錢，即便要，鐘哥家也給不出。」莫鐘沒錢，肯定會來這邊向莫振邦借，若是借出去，就討不回了。
「沒要錢？」莫振邦疑惑。
「我跟段九說，鐘哥沒有錢，給不出最後商量好的十兩銀子，可以繼續扣著他。」莫恩庭道：「不過，若肯放鐘哥走，倒是有塊地可以押給他們。」
莫振邦皺眉，知道那是莫鐘家最後的生計。「那以後大鐘家吃什麼？」
「地還是讓鐘哥耕種，只是地契先放段九那裡。」莫恩庭仔細解釋。「雙方簽了張契約，若半年內還清十兩銀子，鐘哥便可拿回地契。」
「那還不清，就拿不回了？」莫振邦在心裡盤算著。
「只要鐘哥勤勤懇懇地幹活，怎會掙不到十兩銀子？」莫恩庭怕莫振邦心軟，勸道：「倒是可以藉著這半年，磨磨他的性子。」
莫振邦也覺得這樣處理最為妥當。「過年了，人回來就好。」
「爹，這次，您千萬別心軟。」莫恩庭知道莫振邦的脾氣，說好聽是人實在，說句不好聽的，就是濫好人，淨做些吃力不討好的事。
莫振邦聽兒子這麼說，當即道：「不用你說，我也知道該怎麼做。」仔細想想，如果莫鐘真能從這件事情吸取教訓，也算一件好事。

父子倆剛說完，院子裡便傳來莫鐘的聲音，過來叫人去他家吃飯了。

莫振邦走到院子，上下打量著莫鐘。「以後在外面，凡事小心，莫要吃酒壞事，自己還受罪。」對於大哥留下來的獨子，他也算是操碎了心。

「二叔，我知道了。」被人扣在段村，實在不是件光彩的事，就算莫鐘臉皮厚，也不喜歡人家對他指指點點，背地議論。

「以後你就踏實幹活，」莫振邦仍忍不住嘮叨。「你媳婦也勤快，好好待人家。」

「好。」莫鐘壓下心中的不耐煩。「我是來請大夥去吃飯的。」

莫恩庭道：「鐘哥，我就不去了，晚上要溫書。」

「好，那我去叫大郎和三郎。」說完，莫鐘猶豫了下，去了後面的老屋。

沒一會兒，老屋的方向傳來一陣爭吵聲，仔細聽，像是莫恩席在趕人。

接著，莫鐘沮喪地走回正屋，去找莫振邦。

莫恩席心裡還有氣，想著當日被丟下當替罪羔羊，就恨不得衝上去揍莫鐘一頓。

莫振邦只好勸著他，說手足要相互扶持，既然莫鐘請大家吃飯，證明他已經知錯了。

莫鐘聽了，忙在旁邊幫腔。「大郎，我家裡一直放著一罈酒，就是準備跟你喝的，總不能不給堂哥面子。」

「不去！」莫恩席的脾氣也有些倔，不搭理莫鐘。

「都是我的錯。」莫鐘上前拽住莫恩席的胳膊，往自己身上打。「要不，你揍我吧？」

「夠了！」莫振邦喝了一聲。「讓人家聽去，這算什麼？都過去，二郎也去。」就這樣，莫家人全得去莫鐘家。莫振邦想著，上門吃飯不能空手，便裝了幾顆雞蛋，綑了一把粉條，準備帶過去。

張婆子嘴裡嘟囔著，成天往那邊送東西，家都要搬空了。

事實上，莫鐘家真沒有多少東西，除了白菜、蘿蔔，就是莫恩庭送去的肉。巧婦難為無米之炊，素萍知道要請客，只能將所有吃食翻出來，好歹湊了八道菜。男人們在西間吃飯喝酒，女人不能上桌，只能留在東間，等男人吃完，才輪到她們。東間燒了火，張婆子帶莫大峪去看莫鐘的娘，三個女人坐在灶前說著家常。

「明天雪化了便上山，砍些粗柴回來。」趙寧娘拍了拍身上的灰。「過年就得燒那種粗的，耐燒又暖和。」

「這家裡還什麼東西都沒準備呢！」素萍看著空盪盪的屋子，有些發愁。「人家過年歡歡喜喜，我們家……」沒說出口的話，變成一聲嘆息。

「別這麼說。」趙寧娘用眼角餘光瞥了西間一下。「鐘哥剛回來，別惹他不快。」意思是勸素萍，惹火了莫鐘，倒楣的還是她。

一會兒後，男人們喝完酒，坐在炕上說話。女人們將冷掉的飯菜拾掇到正屋，配著溫在鍋裡的餅子，將就吃了頓晚飯。

莫振邦勸莫鐘好好過日子，說年後看能不能幫他找個長久的活計，一直說到很晚，才帶家人回去。

外面漆黑一片，安靜得很，冷風直往脖子裡灌。

白日裡的雪沒有化盡，現在結了凍，路上滑得很。莫大峪睡著了，被趙寧娘包得嚴嚴實實，放到莫恩席背上，再扶著張婆子慢慢走。洛瑾跟在兩人後面，小心地看著腳下。

回到莫家，洛瑾有些累，躺上床，把麻袋鋪在身下，蓋著舊被子，閉上了眼睛。

一夜過去，第二天的天氣不錯，莫家人早早起來，各自忙活。

莫振邦去了糧鋪；莫恩席要上鄰村找鐵匠，修補磨損的工具；莫恩升去港口，說是晌午後，出海的船會回來，想去買些海貨。

洛瑾裁好紙，向趙寧娘借了納鞋底的錐子，想把紙裝訂起來，可是她的力氣不大，雖然用力，但錐子好像不太聽她的使喚，還把紙弄亂了。

洛瑾放下錐子，看著已經變紅的手心，想去找趙寧娘幫忙。

「怎麼了？」莫恩庭走出裡間，發現洛瑾對著自己的手嘆氣，看到放在她腿邊的錐子，立時明白發生了什麼事。

洛瑾抬頭。「沒什麼。」將手藏到身後。

莫恩庭心裡不由想起「壞蛋」兩個字，覺得有些不甘心。在別人眼裡，他不是才貌雙全嗎，為什麼這女人那樣怕他？

「給我。」他走過去，對洛瑾伸出手。

「什麼？」洛瑾不明白。

「把紙給我。」莫恩庭覺得那雙清澈的眼睛很好看，可是總帶著提防。「我來釘。」

洛瑾忙把錐子和紙送到莫恩庭手裡，小聲解釋著。「我只是不太會用。」

「不要緊。」莫恩庭拿著東西，進了裡間。

天氣好，雪化得快，早上還凍得結實的土地變得鬆軟。

莫恩庭裝訂好冊子，去外面弄回黃黏土，在院子裡加水和開，再找出泥板，想趁著好天氣，補一補屋裡的牆皮。

洛瑾翻了翻晾在院子裡的兩塊布料。今兒天好，肯定會乾的。

「洛瑾，等會兒來幫忙。」莫恩庭蹲在地上，將和好的黏土裝進舊盆。

洛瑾走過去。「要先補哪間屋子？」

「正屋，妳把娘扶到東廂房坐。」莫恩庭站起來，端著盆子進了正屋。

洛瑾應聲，扶張婆子去東廂房，再進正屋裡間。

莫恩庭已經把炕上的蓆子捲起來，支在地上，踩著凳子，在牆壁上糊了一塊黏土，再用泥板慢慢抹平。

「妳上來呀！」莫恩庭對洛瑾叫了聲。「幫我端著盆子。」

「哦。」洛瑾爬上炕，捧起泥盆，站到莫恩庭身旁。

莫恩庭繼續補牆皮，他踩著凳子，洛瑾的個子只到他腰間，看起來小小的。

洛瑾端著盆的手臂有些痠，又不能放下，勉強撐著。

「這是黃黏土，黏性很大，可以用來補牆皮。」兩個人都不說話，氣氛有些怪異，莫恩庭遂開口解釋。

「我沒見過這種土。」洛瑾盯著泥盆。她記得家鄉是一望無際的平原，或許也有黃黏土，只是她沒出過門，不知道而已。

「妳家在平縣？」莫恩庭爬下凳子。

「嗯。」洛瑾點頭。

高處的牆皮補完了，下面的用不著洛瑾端盆子，只要莫恩庭伸胳膊去糊就行。

「妳回西廂房收拾，等會兒我過去補。」見洛瑾下炕，莫恩庭又道：「把妳睡的地方也整理好。」

洛瑾嗯了聲，忽然回神，以為自己聽岔了。「我睡的地方？」

「是。」莫恩庭盯著牆面，手下不停，心裡浮起一絲笑意。

洛瑾出了正屋，碰見莫大峪。「嬸嬸，我要捏泥人，妳幫我好不好？」

洛瑾看莫大峪的兩隻小手全是黃黏土，道：「快去洗洗，你娘會說你的。」以前弟弟也喜歡玩泥巴，但娘不肯讓他玩。

「我去找二叔。」莫大峪見求錯人，跑進了裡屋。

洛瑾搖搖頭，回了西廂房。

莫恩庭住的裡間，其實很乾淨也很整潔，只是有些舊，所以沒有太多要收拾的地方。把矮桌挪到外間，將炕上的蓆子捲起來綑好，擱在角落裡，就算準備妥當。

至於外間的角落，實在破舊，牆上露出磚石，怕是很久沒有補過牆皮了。

洛瑾把被子收到一旁的架子上，再把床板搬出屋外。

這時，有人進了院子，是個婦人，年紀比張婆子小些。

婦人見到洛瑾，表情一愣，隨即問了聲。「妳就是二郎媳婦吧？」

雖然總聽見別人這樣叫她，可洛瑾還是覺得彆扭，只點了點頭。

婦人走過來，上下打量著洛瑾。「真是標致的媳婦。」

張婆子聽見聲音，從東廂房伸出頭。「上次妳家小子不是來拿過對聯了嗎？是缺了？」

「沒有，過來和妳說說話。」婦人笑了笑。「聽說二郎找了個好看媳婦，剛才瞧了，還真是沒得說。」

張婆子臉上閃過一絲不高興。「家裡在補牆皮，到東廂房坐吧！」從早上到現在來的人，全是來看洛瑾，不由暗罵鳳英嘴碎，又擔心家裡養了這麼個女人，到底是福是禍？

另一邊，莫大峪也被莫恩庭說了一頓，有些不高興，蹲在泥堆旁，學著大人賭氣。

莫恩庭幹完活，往盆裡填了些泥，瞅了瞅莫大峪。「二叔留點黏土給你，等你三叔回來，讓他幫你做。」

莫大峪聽了，眼睛亮起來，咧開嘴巴，笑著點頭。

第十五章

半天過去，西廂房的牆皮已經補得差不多，洛瑾將空了的泥盆端出去，擱在門外。

莫恩庭把兩隻泥手伸進水裡洗淨，一盆清水立時變得混濁。

洛瑾回到裡間，想鋪蓆子，轉頭看見用手巾擦手的莫恩庭，道：「二哥，你的臉。」示意他臉上沾了泥點。

莫恩庭伸手摸了摸臉。「哪裡？」

洛瑾用手指著自己的臉，示意泥點的位置。

不想，莫恩庭看著她，竟忍不住笑起來，聲音很好聽，像山間清溪滑過了鵝卵石。

洛瑾呆了呆，不明白莫恩庭為何發笑？

「妳的臉。」莫恩庭反過來提醒她。

洛瑾低頭看自己的手，指尖還有未乾的泥水，剛才一指，臉上肯定是沾了泥，忙用手背去擦，不想卻直接抹花了臉；但好看的臉蛋沒有因為那些泥漬而變醜，反而比以往多了些生氣，多了些真實，不再像個安靜美麗的木偶。

「去洗洗吧！」莫恩庭道了聲，現在知道自己臉上的泥點在哪裡了。

洛瑾不好意思，本來想幫別人，結果自己也出了醜，忙跑去舀水把臉洗乾淨。

她洗完後，轉身看見自己睡覺的角落，現在完全變了樣，時不時往下掉砂礫的牆已經補好，牆角也被修得整齊。

因為牆面還沒有乾，洛瑾把收進來的床板放遠些，擺好被子，似乎還能聞到牆上帶著濕意的土腥味。

莫恩庭從裡間出來，臉上已經洗乾淨了，走到外間的南牆角，伸手翻著那堆舊物。

「找什麼？我幫你。」洛瑾站起來，補牆的事，她是感激莫恩庭的。

「妳找不到。」莫恩庭繼續翻著，喃喃道：「記得就在這裡。」

洛瑾站著，看莫恩庭從雜物堆裡拖出一口鍋子。

西廂房是有灶臺的，和老屋的差不多大，以前莫恩庭要用水，多半是等趙寧娘在正屋燒好，他直接提回來，所以很少用到灶臺。

莫恩庭把鍋子搬上灶臺安好，又出去找了些黃黏土，糊好邊緣，以防以後燒火冒煙。

做完這一切，莫恩庭拍了拍雙手，回頭吩咐洛瑾。「把鍋子刷一刷。」

洛瑾點頭，去正屋拿鍋刷，將鍋子刷乾淨，又問：「二哥，要我幫你燒水嗎？」

過了一會兒，裡屋才傳來莫恩庭的聲音。「晚上再燒，這樣牆壁乾得快。」

傍晚莫恩升回來了，背後的竹筐裡塞了不少東西。莫大峪眼尖，跑過去好奇地問東問西。

張婆子走出來，瞧見大半筐魚蝦，心疼道：「這得花多少銀錢？家裡又吃不了，放壞了怎麼辦？」

莫恩升身上有一股魚腥味，故意抱著莫大峪蹭了蹭。「我跟蕭五販魚去他們村賣，這是剩的，讓大嫂幫忙挑，好的留著過年，雜的那些，今晚煮來吃。」

趙寧娘聽到動靜，端著兩個盆子出來。「還真不少，你就這麼揹回來了？」看莫大峪嫌棄地推著莫恩升，笑道：「快去換件衣裳。」

這次帶回的海貨，有幾條寬刀魚、一網子扇貝、墨魚等等，趙寧娘逐一地放到盆裡。張婆子指著一條大小適中的黃花魚，道：「這條魚留著，過年時祭拜用。」

趙寧娘應下，把挑出來的一大盆海貨端到正屋東窗的屋簷下，外面罩了竹筐，又搬了塊石頭壓在上面。冬天冷，魚放在屋外能存些日子，別讓貓叼去就好。

莫大峪拿著兩顆扇貝跑來跑去，完全忘了要讓莫恩升幫忙捏泥人的事。

洛瑾坐在正屋，拿著鍋刷清洗扇貝殼上的泥，殼上刺多，總覺得會扎進肉裡。

趙寧娘手腳快些，進屋沒一會兒，便將小雜魚洗乾淨，抓了些鹽，揉在魚身入味。

「三郎的腦子就是活，總能讓他找到掙銀子的方法。」趙寧娘誇著莫恩升。「就是不喜歡看書，整天想往外跑。」

來了這些日子，洛瑾也發現，莫恩升性子很好，又機靈，是走到哪裡都餓不死的人。

莫振邦回來後，看了看兩個忙著做飯的兒媳，便讓莫恩升送了些魚蝦給莫鐘家，此舉又換來了張婆子的臭臉。

晚飯時，莫恩升說著碼頭上的趣事，莫大峪一邊吃、一邊聽，臉上露出對外面的嚮往，問個不停，一家和樂融融，才讓張婆子消了氣。

吃過飯，洛瑾收拾完正屋，抱著柴回西廂房。莫恩庭說過，晚上要燒火。外間沒有燈，洛瑾摸黑生火。這口灶是第一次用，裡面很空，所以很費火，水熱得慢。

莫恩庭沒等水熱，便提了溫水進裡間。白日補牆皮落了一身灰，愛乾淨的他無法忍受。

裡間傳來嘩啦啦的水聲，洛瑾坐在灶前，不知是不是被灶裡的火烤的，覺得臉有些熱。

屋外，莫恩升走到院子，把自己換下的衣裳丟到木盆裡，想回屋洗一洗。

「三郎，我這裡有溫水。」洛瑾聽到動靜，叫了聲。「舀些給你。」

莫恩升應好，轉身走到西廂房前。

洛瑾舀水，聞著衣裳散發出的魚腥味，覺得莫恩升未必能把衣裳洗乾淨，遂道：「我幫你洗吧！」反正她現在沒有事，聽見裡間的水聲又心亂，不如做點活。

「那煩勞二嫂了。」莫恩升性子爽快，也沒推辭，回了東廂房。

裡間，莫恩庭清洗完，掛好簾子，想把水拿出去倒，卻看見洛瑾坐在黑影裡搓洗莫恩升的衣裳，有些納悶。

洛瑾聽到動靜回頭，看見莫恩庭站在門簾邊，一頭黑髮披在肩上，濕漉漉的，水珠順著髮梢滴落。

「二哥，你的衣服要洗嗎？」洛瑾問道。

莫恩庭嗯了聲。「妳讓開些，我把水倒出去。」

洛瑾起身，端著盆子站到門後。怪不得他站在那裡不動，原來是她擋住人家的路。

莫恩庭倒完水，把水桶放到院子裡，回到屋中。「明日再洗吧！」前些日子，他在家的時候少，現在才知道，洛瑾要做不少活。難為她以前嬌生慣養，現在卻在農家洗衣做飯。

「快好了。」洛瑾回道：「擰乾了，我就幫三郎送去。」

莫恩庭點頭，沒說什麼，進了裡間。

臘月二十七，是年節前最後一個大集的日子。莫恩席和莫恩升去了鎮上，採買用品。趙寧娘趕著縫製新衣；洛瑾掃著院子，這日有些陰冷，沒一會兒，手就凍得發麻。

這時，院門被人從外面推開，一名少婦猶豫著走進來，朝院裡張望。她穿得很厚，像是怕冷的樣子，臉深深地藏在兜帽裡，面色蒼白，卻難掩美貌。

洛瑾瞧見，掃帚掉到地上，不敢相信地看著少婦。「姑姑?!」

「瑾兒！」洛玉淑晃了晃身子，眼看就要倒下去，伸手想抓住門框。

有隻手飛快地扶住洛玉淑，一個清瘦的中年男人趕上來，眼中帶著關切。「慢些。」也看向洛瑾。

「姑父！」洛瑾叫了聲，朝院門跑去。「你們來找我了！」

洛玉淑拉住洛瑾，眼中含著淚。「我苦命的孩子。」伸手摸著姪女的臉，盡是心疼。

「我沒事。」洛瑾拭去洛玉淑臉上的淚水，知道她身體不好，不能傷心。

「現在找到人，妳就別擔心了。」紀玄安慰妻子，又問洛瑾。「瑾兒，家裡可有人？」

突然見到親人，洛瑾心裡激動，拉著洛玉淑的手不放。「在屋裡。」

紀玄望著正屋的方向。「既然來了，該過去打聲招呼，這是禮數。」說著，擔憂地凝視妻子。「妳還好嗎？」

「去吧！」洛玉淑點頭。「看看他們要怎樣才肯放人？」

紀玄想說什麼，張了張嘴，還是把話吞下，舉步去了正屋。

另一邊，莫恩庭聽見動靜，出了西廂房，打量洛瑾緊緊拉著少婦的模樣，心裡猜到幾分，這兩位長輩應該是她的家人，或許是來要人的。

紀玄剛邁出去的腳步停下來，見莫恩庭相貌出眾，身如玉樹，長袍雖然有些舊，卻十分乾淨，眉眼間透出淡淡的書卷氣。

「洛瑾，這兩位是？」莫恩庭先開口問道。

「是我的姑姑和姑父。」洛瑾扶著洛玉淑，感覺她的身子抖了下。

「見過兩位長輩。」莫恩庭上前，對紀玄夫婦彎腰行禮。「晚輩是莫恩庭，家父不在家，不知你們會來，實在是怠慢了。」

紀玄上下打量著莫恩庭。「令堂可在家？」

「在正屋。」莫恩庭做了個請的手勢。「請進屋坐。」

紀玄點頭，跟莫恩庭去了正屋。

洛玉淑站在原地，低聲問洛瑾。「是他嗎？」

「二哥人不壞，他沒有……」洛瑾猜出她的意思，只是不好意思明說。「我沒事。」

洛玉淑這才鬆了口氣。「別怕，跟我過去，妳姑父會幫妳的。」

洛瑾扶著她往正屋走，想起那三十兩銀子，還有那張賣身契，不由黯然。

難道讓姑姑付這筆錢？可是，姑父已將錢全花在給姑姑治病上，怎麼拿得出來？

坐在炕上的張婆子看著來客，習慣地想叫洛瑾去燒水，話到嘴邊，又吞回去。

「你們是二郎媳婦的姑父、姑姑？」張婆子瞧紀玄和洛玉淑的打扮，看起來家境還可以，並不像鄉下人。

「冒昧前來，打攪了。」紀玄客氣道：「實在是內子掛念瑾兒，看著長大的孩子，總想知道她過得好不好，咱們做長輩的都是這樣，對吧？」

洛瑾知道姑父很會說話，便扶著姑姑，坐在炕旁的凳子上。

雖然張婆子平時嘴尖舌巧，說到底依然是個沒見過世面的農婦，讓她胡攪蠻纏、欺軟怕硬，她行；讓她正經坐下來談事情，她就蔫了，家裡的大事都是男人拿主意，現在只能示意莫恩庭開口。

「前些日子我娘病了，這才剛好。」莫恩庭對紀玄道：「您有什麼吩咐，可以直接跟晚輩說。」

眼前的年輕人生得一副好皮相，紀玄想著，單論容貌，和姪女倒是相配，只是與周家相比，家境還是差了些。

「莫大嫂，要不，妳先休息。」紀玄臉上浮起歉意。「真是我們的不對了，妳病了還來打擾，那我們去跟妳家公子說說話。」

張婆子點頭，突然記起那三十兩，萬一他們要把洛瑾領走，銀子得討回來，可是當著這麼多人的面，她不好明著跟莫恩庭說，只能乾笑兩聲，送他們出去了。

莫恩庭把人領回西廂房，和紀玄進裡屋說話，洛瑾和洛玉淑便坐在外間。

洛玉淑伸手摸著那塊粗糙的床板，嘆氣道：「這裡怎麼能睡人？還不把人凍出毛病來，女兒家的身子，要好好養著的。」

「不要緊。」洛瑾笑了笑。「這不是有被子嗎？晚上灶裡燒了火，沒那麼冷。」

雖然洛瑾這麼說，洛玉淑還是心疼，摸了摸她的腦袋。「不過，這也讓我放心了些。」既然睡在外間，證明姪女還是個姑娘，又不禁想，姪女這般模樣，那年輕人真沒動過心思？

「您和姑父過來，那表弟呢？」洛瑾問道。

「在他大伯那裡。」洛玉淑說著，皺起眉頭，手摀住胸口，抽著氣，表情難受。

「又疼了？」洛瑾幫她拍背順氣，洛玉淑身體差，路上肯定受了不少罪。

洛玉淑蒼白的臉上扯出一絲笑。「要不是妳姑父，恐怕我早已不在了。」

「不會的。」洛瑾安慰道。洛玉淑的身子很弱，從娘胎裡帶了病根，容易生病，病了也不容易好，不少大夫說她活不過三十歲，可是紀玄拉住了她，沒有鬆手。

「其實，我知足了，至少我幫妳姑父留下一個兒子。」疼痛緩了些，洛玉淑深吸口氣。

洛瑾看著洛玉淑，心情複雜。老天給她一身治不好的病，卻也給她一個最好的夫君。多年來，紀玄對她一心一意，耗盡家財。母親曾說過，這樣的男人是打著燈籠也找不著的。

「我娘跟睿哥兒好嗎？」洛瑾岔開話，問起母親和弟弟。

洛玉淑攏了攏身上的斗篷，低頭道了聲。「都好。」

「我好久沒見到他們了。」洛瑾揪著自己的手指，有些不安。「我爹他……」

「他也好。」洛玉淑打斷她。「瑾兒，姑姑渴了，幫我倒碗水來。」

洛瑾應好，起身去了正屋，想追問父親為什麼賣了她，到底還是沒問出口。

正屋，趙寧娘知道家裡來客，已經燒水沖了茶，看著洛瑾有些紅的眼眶，心裡生出感觸。或許這樣的姑娘，真的不應該留在山裡。

「拿去吧！」趙寧娘把裝好熱茶的茶壺遞給洛瑾。

「謝謝嫂子。」洛瑾提著茶壺，又從飯櫥裡拿了幾個茶碗，回了西廂房。

裡屋，紀玄還在跟莫恩庭說話，洛瑾掀簾進去，擺好茶碗，倒了茶，便要回外間。

紀玄叫住她。「瑾兒，妳等等。」

洛瑾疑惑地看他，紀玄有些不忍，嘆氣道：「家裡有些事，暫時不帶妳回去。」

洛瑾愣住，張了張嘴，低下頭，沒有說話。

「不讓妳回去，是為妳好。」紀玄皺眉。「放心，姑父和姑姑不是不管妳，現在知道妳在這裡，下次帶著妳表弟來看妳。」

「好。」洛瑾低聲應道。

「妳向來聽姑父的話，姑父也從沒騙過妳。」瞧見姪女失望的樣子，紀玄很捨不得。「以後，姑父定會來接妳，妳先待在這裡，千萬別回平縣。」

聽到這裡，洛瑾覺得不對勁，問道：「我家出事了？」

「是妳爹闖了禍。」紀玄搖頭嘆息。「等事情過去，我就來接妳，好不好？」

洛瑾點頭，紀玄這才鬆口氣。「方才我跟莫二公子說了，他曾和妳約定，一年內還清銀子就把賣身契給妳。我瞧他行事光明磊落，妳不要擔心。」

莫恩庭聽著，在一旁道：「您還是叫我恩庭或二郎吧！」

紀玄點頭，心疼地看著姪女。「瑾兒這孩子膽子小，見了生人便不愛說話，請你多擔待。這多少是被她爹嚇的，小時候可不這樣。」

莫恩庭應下，有禮道：「快中午了，兩位長輩留下來吃飯吧！」

「內子的藥還留在鎮上的客棧裡，得回去喝。」紀玄站起來，走到洛瑾面前。「為了讓妳姑姑安心，妳跟我們去一趟。」

洛瑾看向莫恩庭。「二哥，可以嗎？」

「去鎮上的路，我比較熟悉，跟你們一道去吧！」莫恩庭起身，伸手整理衣袍。「我爹正好在鎮上，有什麼事情，長輩之間可以再談談。」

「也好。」紀玄不由有些讚賞，覺得莫恩庭年紀輕輕卻明白事理，做事有分寸。

於是，四人去正屋向張婆子道別，去了金水鎮。

第十六章

冬日蕭索，兩旁的田地光禿禿的，看不出生氣。

鄉下的土路並不平坦，因為洛玉淑的身體不好，紀玄雇了一輛騾車給她坐，還吩咐車伕趕慢些，可即使如此，依然顛簸得很。

這是洛瑾來到這裡之後，第一次離開大石村。她想知道家裡到底發生什麼事，可看見洛玉淑微微蹙著眉，曉得她難受，不忍心開口，只能把疑問嚥回去。

路上的人不少，想來是去趕年前的最後一個大集。

到了鎮上，已經過午，紀玄夫婦住的客棧離市集遠，倒不嘈雜。

簡單向夥計點了吃食，紀玄便把洛玉淑扶回房間。

「早說我去就行了，妳偏要跟著。」紀玄攙著洛玉淑坐到床邊，嘴裡是關心的埋怨。「妳歇歇，等會兒飯菜來了，妳和瑾兒先吃。」

「你呢？」洛玉淑的臉更加蒼白，嘴唇也少了些血色，看起來很疲憊。

「我去見見莫家老先生。」紀玄拉開被子，為妻子搭在腿上。「瑾兒留在這裡。」

「可是，咳咳……」洛玉淑說得有些急，引來一串輕咳。「真的不能帶她回去？」

「不是說好了嗎？先來看看她。」紀玄幫她拍背。「雖是苦了些，可我見莫家二郎不是心腸壞的人，通情達理，瑾兒留在莫家，還是妥當。」

洛玉淑攥著手，嘆道：「都是我那傷天理的兄長。」

「別多想了。」紀玄安慰她。「交給我辦。」

洛瑾站在門邊，看紀玄和洛玉淑說完話，才走進去。正巧，夥計也送了飯菜過來。

莫恩庭見紀玄出來，便帶他去莫振邦幹活的糧鋪。

兩日勞頓，加上原本身體就差，洛玉淑靠在床上，只覺渾身骨頭都疼，又放心不下從小看到大的姪女。

「姑姑，吃飯了。」洛瑾挾了兩筷子菜，放進小碗裡，送到床邊。「姑父交代，吃完飯，得把藥喝了。」

洛玉淑支撐著起身。「姑姑不餓，瑾兒先吃。」

「趕了一路，怎麼會不餓？」洛瑾剝了塊饅頭塞到她手裡。「我知道姑姑心疼我，我不要緊的。」

「傻丫頭。」洛玉淑眼眶泛紅。「姑父和姑姑不是不想帶妳回去，是……」

「我知道，姑父都說了，家裡有事。」洛瑾低下頭。「莫家人對我挺好的，您瞧，我哪像受過委屈的樣子？」

「把筷子給姑姑。」洛玉淑不忍再看洛瑾佯裝無事的模樣，伸手接過饅頭，送到嘴邊。

一會兒後，洛玉淑吃完飯，喝了藥，躺在床上睡了。

洛瑾一直守在她旁邊，像小時候一樣，賴在她的床上不走。不知道姑父和莫振邦商量什麼，又說了什麼？不過姑父一定是在幫她，始終忐忑不安的心放鬆了些。

過了一個時辰，紀玄和莫恩庭回到客棧，見妻子睡著，紀玄放輕了腳步，莫恩庭則守禮地站在房外過道上等。

紀玄走到床邊，摸了摸妻子的額頭，沒有發熱，輕輕舒口氣，把洛瑾叫到一旁。

「瑾兒，我跟莫老先生說了，讓妳先留在莫家。妳姑姑身體不好，我們不能久留。」

「知道了。」洛瑾點頭。「我不會亂跑。」

「還有……」紀玄猶豫一下，仍是沒有開口提到周家。「妳照顧好自己，我見莫家二郎不像壞人，是個正直的年輕人。」

洛瑾應下，覺得姑父說的有道理，若是碰到別的男人，她的下場應該沒這麼好。

「妳跟二郎回去吧！」紀玄嘆口氣。「妳姑姑醒了，我怕她捨不得妳，又難受起來。」

「好。」洛瑾道：「姑父，您告訴姑姑，我沒事，我先回去了，你們保重。」

紀玄帶洛瑾出去。洛瑾的表情看似平靜，眼眶卻微微泛紅。

「二郎，瑾兒年紀小，沒出過門，有時不懂事，往後還請擔待。」紀玄把洛瑾交給莫恩庭，彎腰道謝。

莫恩庭連忙還禮。「您折煞晚輩了，洛瑾在我家也幹活，並未給任何人添麻煩。」

紀玄擺擺手。「天冷路遠，早些回去吧！」

出了客棧，洛瑾安安靜靜地跟在莫恩庭身後，心裡不捨。

「他們會回來看妳的。」莫恩庭停下腳步，回頭看她。「有親人來找妳，證明他們關心妳，總比被人忘卻得好。」

洛瑾抬頭，清澈雙眼望著莫恩庭，總覺得他的話有些悲傷。

「不知道大集散了沒有？」莫恩庭岔開了話。「昨日欠大峪一個泥人，想買一個給他，要不，我們去看看？」

洛瑾點頭應下。

走過兩條街，到了市集，不少攤子已經開始收拾，人們抓緊最後的工夫採買。

泥人攤子上，擺著所剩不多的泥人，莫恩庭走過去挑，選了一個放在掌心瞧。

小販見有生意，忙站起來招呼，說是剩的不多，便宜賣。再三天就過年，誰都想把自己的貨賣完。

攤上有隻泥老虎，洛瑾拿起來前後拉碰，發出嘎吱嘎吱的聲音。

小販見狀，招呼著說：「買一隻泥老虎，送一個泥人，天這麼冷，我也想早些回去。」

「行。」莫恩庭掏了幾個銅錢給他。

洛瑾道：「大峪應該會很高興，一下得了兩件。」把泥老虎送到莫恩庭眼前。

然而，莫恩庭只拿著泥人走了。「快回去吧，等會兒天黑，狼就出來了。」

洛瑾抬頭看了看陰沈沈的天，快步跟上。「二哥，你是不是騙人？」莫家人也走夜路，沒聽說他們遇過狼。

「沒騙妳。」莫恩庭嘴角微翹。「有一次下學，回去得晚，在荒坡上碰到了。」

「真的？」洛瑾手裡攥著泥老虎，樸素裙襬掃過青石板路。

「我教妳啊！」莫恩庭看著街上那些黏在洛瑾身上的目光，覺得煩躁，慢下腳步，和洛瑾並行。「聽過狗怕人蹲、狼怕站嗎？」

洛瑾搖頭，她從小長在後院，哪裡知道這些。

「那是說，不管見了狼還是狗，都不能轉身跑。」莫恩庭解釋著。「見到狗，妳就蹲下，牠以為妳在撿石頭，會嚇跑；見到狼，妳要站直身子，讓牠覺得妳有東西可以打牠，不敢靠近妳。」

好像有道理，不過，洛瑾還是希望不要碰上這種事情。「那你就站著把狼嚇跑了？」

莫恩庭覺得洛瑾有些傻氣。「狼生性狡猾多疑，不容易騙到，所以還是要盡快找機會保護自己；若能找到棍子，牠就不會輕易上前，而且千萬不能讓狼知道妳在害怕。」

洛瑾聽得身上發冷，拿著泥老虎，搖了兩聲。

「真不明白，孩子怎麼會喜歡這東西？」莫恩庭盯著手裡的泥人。

洛瑾看他。「小時候不是都玩過嗎？」

「小時候……」莫恩庭的手一頓。「都玩過嗎？」

看莫恩庭的樣子有些奇怪，洛瑾道：「二哥沒有嗎？」

莫恩庭垂下拿泥人的手，望向前方。「小時候的事，不記得了。」

不想一句話戳到人家的痛處，洛瑾覺得有些抱歉，低下頭，不再說話。

出了金水鎮，路上有不少採買完趕回家的人。有的人挑著扁擔，有的人推著板車，皆是裝得滿滿當當，準備過個圓滿的年節。

「二郎！」不遠處的茶棚裡，有人叫了一聲。

莫恩庭看過去，臉色變了變，隨即笑著道：「九哥。」

從茶棚裡走出來的正是段九，他混跡街市，每逢大集，都會到攤子上收幾個銅錢。

段九善於打鬥，雖然長得乾瘦，卻十分靈活，下手又狠，在金水鎮是出名的，為了平安，小販們只能交錢，以免惹怒他而挨揍。

段九晃到莫恩庭面前，瞅了瞅跟在後面的洛瑾，笑開了。「哎喲，你妹子？」

莫恩庭用身子擋住洛瑾。「九哥，你兄弟好些了？」

段九有些不悅地瞪著莫恩庭。「我老覺得不對勁，上次的事，是不是辦得太簡單了？」

「你跟鐘哥連契都簽好了，怎麼看都是公平的。」莫恩庭十分厭惡段九這種無賴潑皮。「若覺得有不妥的地方，去找鐘哥談。」

事情辦完，他也把莫鐘帶回去了，算是仁至義盡，沒必要為這件事糾纏個沒完沒了，就算還有紛爭，也是段家和莫鐘要解決的，與他們家無關。

突然，段九想起一事，身子往旁邊探了探，盯著洛瑾道：「她就是那晚的小娘子？」

洛瑾被段九看得有些害怕，往莫恩庭身後躲。

「那日讓九哥見笑了。」莫恩庭眼神一冷。「內子儀容不佳，有失禮之處。」

段九嘿嘿兩聲。「原來是你女人？長得真是水嫩。」

這種輕薄之語讓洛瑾覺得羞憤，藏在袖子裡的手攥得緊緊的。

「九哥這話說得過了。」莫恩庭冷哼。「要說是讚美之詞，也要看對什麼人，花街那些女子，應該很喜歡聽九哥這麼說。」

「讀書人說話就是不一樣。」段九沒怎麼琢磨莫恩庭的話，只聽清了花街兩個字。「段清跟你一樣，咬文嚼字，改天九哥帶你和段清去花街瞧瞧，保准你們大開眼界。」

莫恩庭不願再和段九糾纏，轉頭對洛瑾說：「走吧！」

段九見狀，雙手環胸，歪著腦袋，對走遠的人影喊道：「二郎，慢走啊！」

離開段村，莫恩庭走在前面，回頭看看跟在後面的小身影。

「妳不要放在心上。」莫恩庭解釋道：「剛才的話，只是為了應付段九。」

「我知道。」洛瑾曉得莫恩庭那麼說，是不想讓段九糾纏。「我沒往心裡去。」

「妳就不生氣？」莫恩庭不信。即便脾氣再軟，也會有不滿吧？生氣？她是被莫家花銀子買回來的，如果生氣，不會被主家打嗎？以前家裡的丫鬟做錯事，祖母就是那麼罰的。

「行了，我不問了。」莫恩庭轉身，身影筆直，儘管寒風冷冽，卻好似一點都不在乎。

離大石村越近，路上的人越少，走了這麼多路，洛瑾的腳有些疼，漸漸跟不上莫恩庭。

這時，兩人碰到趕車回村的牛四，莫恩庭便央求牛四，讓洛瑾坐車。牛四是鳳英的男人，做著趕車拉貨的活計，平常誰家想用車拉東西，就會找他。

車子進了村，鳳英看見牛四回來，再看坐在車上的洛瑾，笑著道：「進家裡坐坐吧！」

洛瑾下車，叫了鳳英一聲。「還要回去燒火煮飯，不進去了。」

「留下來吃就好了。」鳳英熱絡道：「二郎跟你四哥喝幾盅。」

「謝謝嫂子。」莫恩庭客氣地說：「這次多謝牛四哥了，我娘還在家裡等著，年前總是有許多活要做。」

「那不勉強了。」鳳英的目光落到洛瑾身上。「天冷了，快回去吧！得了空，過來找嫂子說說話。」

洛瑾記得趙寧娘曾經提醒過她，不要和鳳英走得太近，遂只點了點頭，應了聲好。

回到莫家時，天色已經開始發暗，寒風利得跟刀子似的。

兩人一進院門，就看見院子中間擱了不少東西，有幾張新蓆子，包袱裡是香紙、蠟燭，莫恩席正拿了一卷新蓆子往正屋走。

莫恩升和莫大峪笑鬧著，小孩子的朝天辮一顫一顫的，煞是可愛。

「我要糖球，三叔。」莫大峪見今天莫恩升趕集沒買東西給他，追著莫恩升不罷休。

「大峪！」莫恩庭叫了聲。「我這裡有好玩的給你。」

莫大峪聽了，朝莫恩庭跑去，接過小泥人，咧著嘴笑開了，露出還沒長齊的新門牙，轉頭又瞧見洛瑾手裡的泥老虎。

「去年我也有一個。」他指著泥老虎。「後來被川子打破了。」

洛瑾把泥老虎遞給莫大峪。「拿著吧！」

莫大峪一手一個，開心極了。「這是妳買給我的？」

洛瑾剛想說不是，莫恩庭卻搶先道：「是，去玩吧！」

莫大峪聽了，高興地往正屋裡跑。

「爹快回來了，妳去幫大嫂燒火煮飯吧！」

莫恩庭說完，走到院中拿新蓆子，進了西廂房。

正屋裡，趙寧娘已經開始做晚飯，看到洛瑾回來，招呼道：「走了一路，很累吧？」

「沒有，半路碰上牛四哥，坐車回來的。」洛瑾想了想，掀開簾子進裡屋。她回來，應該去跟張婆子說一聲。

裡屋，莫恩席已經把新蓆子鋪好，是用高粱稈編的花蓆，沒有完全平整，有些鼓起，但染得鮮豔的紅和明亮的淺黃交織，讓人覺得喜氣。

莫大峪得了新玩意兒，高興地在炕上打滾。張婆子拍他的腳丫，寵溺道：「皮猴兒。」

「婆婆，我回來了。」洛瑾站在炕沿旁。

今天，張婆子一直在想，洛瑾會不會被家裡人帶回去？那三十兩能不能要回來？當洛瑾站在她面前時，又有些不相信，換成別人，可是不會再回來。

「這隻老虎是嬸嬸買給我的。」莫大峪舉起泥老虎炫耀著。「明兒我就拿去給川子瞧瞧，只讓他看，不給他玩。」

張婆子摸了摸他的頭，看向洛瑾。「妳去幫妳嫂子吧！」

洛瑾應聲去了。

正屋外，莫家三兄弟各將自己屋裡的蓆子拿回去鋪好，剩下香紙之類的，全搬去東廂房的倉庫。

「妳和二郎的衣裳做好沒有？」趙寧娘問洛瑾。「不會裁的話，我幫妳裁開，妳縫起來就行。」

「前日已經過了水，明日嫂子幫我裁一下。」洛瑾往灶裡添柴。仔細想想，莫家人對她還算不錯，若碰到像莫鐘那樣的人，她實在不敢想像自己的下場，別的不說，清白肯定是保不住的。

姑父向來看人極準，既然讓她留下，表示莫家是可以相信的。

只是，她依然沒猜到家裡到底發生了什麼事，姑父和姑姑都不開口，又叮囑她不要回平縣，讓她有些不安，怕自己的母親和弟弟出事。

洛瑾想著，手下不停，心事更重了。

第十七章

晚飯做好時，莫振邦回來了，牽著的驢子也馱著好些雜貨。過年就是這樣，總要往家裡搬不少東西，表示過得殷實。

驢背上有個小竹筐，裡面塞滿稻草，莫恩升過去，和莫振邦小心地把竹筐搬進正屋。

張婆子走出來。「又買了什麼？家裡的東西都置辦齊了。」

莫振邦坐在方桌旁的凳子上，放下掛在身上的布搭子。「咱們家人多，過年當然要添些新碗筷。」

過年買碗筷，也是一種講究，表示家裡人丁興旺，家業盛。竹筐裡有十個盤子、十只碗、一把新筷子，寓意十全十美。

「那過年走親戚時，是不是提提三郎的事？」張婆子拿起莫振邦的布搭子，習慣地伸手捏捏裡面。

莫振邦曉得她指的是莫恩升和張月桃的婚事，低頭想著。以前張屠夫跟他透過話，想把張月桃許給莫恩庭。

可是莫振邦心裡明白，莫恩庭不可能看上張月桃，倒不是嫌她長得不好，而是總覺得不相配，而且張月桃性子又強，怎麼看都不行。

若是莫恩升，說不定張屠夫不願意，他是機靈，但單看以後的前途，根本比不上莫恩庭。

「過完年再看看吧！」莫振邦接過洛瑾送來的熱水。「還是先幫他找件活幹，別一天到晚瞎跑，這樣哪個姑娘願意跟他？」

「又在說我不是？」莫恩升走進屋裡。「聽到瞎跑，就知道肯定是說我。」

趙寧娘在一旁笑道：「娘說，找房媳婦管著你，省得整天瞎跑。」

「媳婦啊？」莫恩升沒皮沒臉地湊到張婆子旁邊。「我要長得好看的。」

「去去去。」張婆子嫌棄道：「還好看的？你乾脆養朵花過一輩子算了。」

低頭燒火的洛瑾聽著，不由翹了翹嘴角。雖說莫家人各有各的脾氣，但都在盡力維護這個家，比起支離破碎的洛家，多了些溫暖。

晚飯後，洛瑾收拾完碗筷，準備回西廂房，卻被莫振邦叫住，道有事要說。

洛瑾跟在莫振邦身後，進了裡間。莫恩庭的炕也換上新蓆子，他正坐在油燈下讀書，燈光映著他的臉，格外好看。

見到莫振邦進來，莫恩庭忙下炕，扶莫振邦坐下。

「今天洛瑾的姑父來了，實在是招呼不周。」莫振邦講究禮數，覺得一定要盡心招待好客人。「也知道二郎媳婦心裡有不少疑問。」

洛瑾道：「姑父說，讓我先留在這裡。」

「當初是我考慮得不周，現在想想，換成別的姑娘，也不會願意被人隨意安排。」莫振邦又看向莫恩庭。「既然你們兩個都無意，硬湊在一起也不行。」

莫恩庭看著莫振邦，白天兩個長輩說話時，他在場，知道莫振邦肯定是心軟了，說不定，下一句話便要直接認洛瑾當乾女兒。

於是，他開口道：「現在洛瑾沒有去處，暫且留在咱們家，等她家裡的困難解決了，再商討銀子的事。」

洛瑾點頭。到時候，也要感謝莫家的收留之恩。

莫振邦沒想到莫恩庭會提起銀子，安慰洛瑾。「妳先住下，我應了妳姑父，不用擔心，別怕有人欺負妳。」

「沒有人欺負我。」洛瑾忙道：「家裡人對我很好。」

「洛瑾膽子小，以前少說話，可能是怕說錯了，惹人生氣。」莫恩庭接話。「以後，就當成自己家吧！」

「快過年了，家裡也準備得差不多。」莫振邦看著嶄新的蓆子。「妳姑父看起來是會辦事的人，妳不用擔心家裡。」

洛瑾應好。「我知道了。」這兩年，姑父的確幫了她家不少，別的親戚見洛家敗落，都躲得遠遠的，只有他時常過去關照。

「對了，再一個多月就要縣試，要準備些什麼嗎？」莫振邦問著莫恩庭。縣試可是一件大事，考過了，才可以繼續考州試。

「不用，多溫書就行。」莫恩庭回道。

「這樣的話，過年走親，你不用去了，專心在家唸書。」莫振邦對莫恩庭寄予厚望，雖說以他的學識，應付縣試沒問題，但還是有些不放心。「你看，考場那邊可要打點一下？」

「爹。」莫恩庭勸道：「您不用擔心太多，不過是場考試。」

「你說得倒輕鬆。」莫振邦覺得兒子年輕，還不明白外面的人情世故，縣試可是關乎他以後的路，哪裡能馬虎？

莫恩庭見狀，應道：「那我再去問問段清，看他如何準備？」

莫振邦點頭，搓了搓手。「今兒天冷，把炕燒熱些，院子有的是柴，沒必要那麼省。」說著站起來，準備出去。

「爹，您慢些走。」莫恩庭為莫振邦掀開門簾。

「走了一天的路，你們早點睡吧！」

臨出門前，莫振邦又看了看洛瑾，心裡有一絲納悶。當初見到她的模樣，便覺得兒子肯定能看上，難道是他看走眼了？

送莫振邦出去後，洛瑾問莫恩庭。「二哥，要生火嗎？」

「先等等。」莫恩庭開口。「妳跟我進來一下。」

洛瑾走進裡間，莫恩庭坐到炕沿，他的腿長，一隻腳落在地上。

「想知道妳姑父今日說了什麼嗎？」莫恩庭問道。自從洛瑾來到莫家，今日好像是兩人說最多話的一次。

洛瑾點頭，她當然想，只是不知該不該開口問？「姑父有說我爹到底闖了什麼禍嗎？」

「這個，紀先生不曾提過，只說平縣的事不好處理，叫妳千萬不要回去。」莫恩庭語氣平穩。「他說會再寫信給妳。」

她爹除了好賭，還能惹出什麼事？洛瑾不禁擔心母親和弟弟。他能賣她，那會不會……

「二哥，姑父有無提起我娘跟弟弟？」洛瑾試探著問，害怕從莫恩庭嘴裡聽到她不願聽到的事。

「他沒說，只是託我好好照顧妳。」

莫恩庭說著，手摸向腰間的荷包，掏出一錠銀子，放在矮桌上。

燈火照耀下，銀子靜靜散發出光芒。

「這十兩銀子，是妳姑父給我的，說是照顧妳的酬勞。」莫恩庭看著洛瑾，小臉恬靜，一雙眼睛眨了眨，眼睫彎彎，像小兔子一樣，讓人想伸手抓過來。

以姑父家的情況，十兩實在不少，現在還要為她拿出這筆錢，覺得心裡有些悶。自己都這麼大了，不該再讓姑父和姑母擔心。

只是，這會兒莫恩庭掏出銀子，又是為什麼？洛瑾不解地看著莫恩庭。

「銀子，還是妳收著吧！」莫恩庭把矮桌上的銀子往洛瑾那邊推了推。

「這是姑父給你的，我不能要。」洛瑾推辭。「再說，我的確是在莫家吃住。」

「那妳不是也幹活嗎？」莫恩庭嘴角一彎。「不然，以後幫我多抄幾本書？」

這一提，洛瑾才記起，前日說要幫莫恩庭抄書，竟是到現在都沒有動手，那本裝訂好的冊子，還擺在外間的架子上。

「我明天就抄。」洛瑾覺得，莫恩庭或許是在提醒她了。

「等妳得空吧！」莫恩庭盤起腿。「這兩天，妳先幫大嫂做家裡的活，要開始準備過年了。」

「好。」洛瑾應了聲。

「收著。」莫恩庭拿起銀子，送到洛瑾面前。

洛瑾猶豫了下，搖搖頭。「還是放在二哥這裡，我怕不小心丟了，之後再給你二十兩，就湊夠三十兩了。」

「也好。」莫恩庭收回手。「去燒水吧！」看來，她還是惦記那張賣身契。

洛瑾應了聲，掀開簾子往外走。以前她少跟莫恩庭說話，多少有些防他的意思，現在覺得，其實他挺和氣的，也通情達理。

「等等。」莫恩庭叫住洛瑾。「以後別再把自己弄得跟從土堆裡爬出來似的。」

洛瑾一愣，想起前些日子的邋遢模樣，想來在愛乾淨的莫恩庭眼裡，十分看不慣吧？

屋外的冷風時不時從門縫裡鑽進來，但正間燒了火，冷風似乎也沒了力道，柔和許多。鍋裡的水熱了，洛瑾將水舀進盆裡，端進裡間。她也累了，腳有些難受，想泡一泡，便去院子裡拿盆子。

洛瑾坐在灶前，等莫恩庭洗完睡下，她就可以洗了。

今晚，西廂房的門沒人來上鎖。

等莫恩庭熄了燈，洛瑾將鍋裡剩下的熱水舀進盆裡泡腳，雙腳感受到暖意，身體也跟著舒服了些。

今日見到親人，雖只說了一會兒話，但仍讓她覺得安心，至少姑父跟姑姑還掛念她、關心她。

洛瑾趴在自己的雙腿上，伸手輕輕攪著水。以後要好好地，只要家裡的事處理好，就可以回家了。

另一邊，莫恩庭並沒有睡著。黑暗裡，他望著棚頂，外間傳來輕微的水聲，想起白日裡紀玄說的話。這姑娘還是有親人惦記的。

莫恩庭翻了個身，有些自嘲地笑了笑，覺得自己是在胡思亂想，便閉上眼睡了。

離年節只有兩天，莫家開始準備過年的用物。莫振邦發了話，平時可以省，但過節就該把最好的拿出來。

明日是臘月二十九，糧鋪不開門了，但莫振邦要幫東家算帳、點貨，怕忙不過來，遂帶著莫恩席一起去。

莫恩升依然執著於山裡的野味，帶莫大峪去坡裡下兔子套。

女人們則要做各式饅頭，趙寧娘早早發好麵，放在正屋炕頭，用被子捂得嚴實。炕頭熱，比較好發。

洛瑾把莫振邦買回來的紅棗洗乾淨，放在碗裡，等會兒做饅頭用得上。

正屋飯櫥後面，放著一張揉麵板，是莫恩升學木工時做的，大了些，搬起來有點費力。做過年的饅頭，張婆子要盯著，以前她婆婆也是這樣，對媳婦們的手藝和揉麵的力道有些挑剔，總是覺得不如自己。

尤其是洛瑾，她力氣小，以前沒做過饅頭，儘管使了最大的勁，可麵團依舊揉得疙疙瘩瘩。

張婆子嫌棄道：「跟沒吃飽飯似的。」說著，拿過麵團，單手揉著，力道均勻，麵團慢慢變得圓滑柔潤。

「娘，您這手藝真是沒幾個人比得上。」趙寧娘讚道，轉頭看洛瑾。「妳跟娘好好學學，我學了好久，都不得要領。」

洛瑾聽出趙寧娘是在幫她，從張婆子手裡接過麵團。「婆婆，我來。」她看了張婆子的手法，不再讓麵團在揉麵板上亂跑，找準一處位置，來回揉搓，很快就把麵團揉好了。

「過年的饅頭要用來祭拜祖宗，哪裡能馬虎。」張婆子拿著紅棗，一顆顆嵌在饅頭上。「到時候上墳擺出來，豈不是讓人家笑話？」

「今年，東家會有些表示嗎？」趙寧娘聊起家常。「去年給了袋豆子。」

「沒聽妳爹說嗎，今年買賣難做。」張婆子手下不停。「妳爹又老實，不給他，他也不會有怨言。」

饅頭做好了，要放到鍋裡蒸，得多加點水，以免燒乾了鍋。趙寧娘在箅子上擺滿乾淨的麥秸，再放上饅頭，之間留了些空隙，因為饅頭蒸了會脹大。接著，用粗柴燒火，火必須旺，連蒸帶捂，得花半個時辰。

由於是過年用的，饅頭出鍋時，會用筷子點上紅點，代表好寓意。

這時，莫大峪跟著莫恩升回來了，跑進正屋裡，正好饅頭出鍋，便向趙寧娘討要。過年的饅頭，老人沒有動，沒有孩子先吃的道理，趙寧娘自是說不能。

莫大峪不樂意了，癟著嘴，就要哭鬧。

「過來，我幫你點個紅點。」洛瑾拉過莫大峪，用筷頭輕點他的額。「這下跟個仙童似的。」

「喲，哪兒來的小郎君？」莫恩升進屋，看著莫大峪，打趣道：「這模樣俊的，趕明兒幫你找個小媳婦回來。」

「下好了？」趙寧娘問道。

莫恩升嗯了聲。「這次保准逮隻大的。」說完，進了裡屋。

上午蒸完饅頭，抬進東廂房收著，下午又蒸了黃米膏，在蓋簾上拍平，按上紅棗，切成塊，也送到東廂房。

傍晚，莫振邦回來，說糧鋪東家今年給了十幾斤小米。莫振邦辦事實在，東家一直很讚賞，每年都會給些東西，意思一下。

張婆子見狀，笑得小眼瞇成一條縫。「這是今年的，看顏色就能看出來。」吩咐趙寧娘把小米收進了東廂房。

忙了一天，洛瑾回到西廂房，看見裁好的布料，想起再過一日就是年節，但衣裳還沒有縫製起來。她自己的不要緊，反正她不用出門，可莫恩庭要去給先生拜年，得穿新衣。

洛瑾拿起布料，走到門簾旁，問道：「二哥，我能進來嗎？」

莫恩庭正在看書。「進來吧！」

洛瑾掀簾進去。「外間沒有燈，你還有蠟燭嗎？」

莫恩庭看了看洛瑾手裡攥的布料，知道她要趕著為他縫衣裳了。「蠟燭不夠亮，壞眼睛，妳進來縫好了。」

洛瑾也這麼覺得，油燈的確比蠟燭亮堂不少。「不會打擾到你嗎？」

洛瑾搖頭。「不會。」

莫恩庭把書捲起來，好笑地看著她。「難不成妳縫衣裳，會像敲鑼打鼓似的？」

「那就是了。」莫恩庭搖頭。「有時妳就是顧慮太多，妳在這裡，根本礙不到我。」

既然人家都這麼說了，洛瑾便把針線和布放在炕沿上，想去外間搬小凳子來坐。

「妳又要做什麼？」莫恩庭問道。

「我去搬凳子。」洛瑾回答。

莫恩庭被她搞得有些哭笑不得了。「有炕不坐，要去搬小凳子？」

洛瑾眨眨眼睛，小聲道：「你不是不喜歡人家動你的東西嗎？」

是不喜歡，很不喜歡；不過話說回來，他要是有自己喜歡的東西，一定想去動。

莫恩庭打開書，繼續看。「我是不喜歡別人弄髒我的東西。」

好像是這樣沒錯。洛瑾想了想，坐到炕頭另一側，拿起針，穿了一條線，低頭靜靜地認真做衣裳。

她的側影看起來很美好，又有些不真實，彷彿一陣風過，就會被吹走。

不知為什麼，平日多晦澀難懂的書，莫恩庭都能耐著性子讀，現下卻完全看不了，她真的打擾到他了，還不輕。

「明日我讓三郎找找。」莫恩庭乾脆放下書，假裝看累，按了按眼睛。

「什麼？」洛瑾抬頭，沒聽懂莫恩庭的意思。

「之前三郎不是抓到兔子，剝了兔子皮嗎？」莫恩庭用裁紙的小刀挑著油燈的燈芯，讓整個房間亮了些。「那些皮子都收拾好了。」

洛瑾納悶，等著莫恩庭接下來的話。難道他也要像莫恩升那樣，上山下套逮兔子？

對面的人安靜地等著他開口，乖乖的模樣，是莫恩庭從沒見過的。村裡的姑娘，平時做著農活，說笑隨意，行事也少了些文靜。

「我答應妳姑父，要照顧妳。」好像在找一個光明正大的理由，莫恩庭道：「外間實在太冷，我讓三郎把皮子找出來，妳幫自己縫個墊子。」

洛瑾搖頭。「晚上燒了火，不冷的。」

「下次妳姑父來，看到妳還和以前一樣，將就睡在角落裡，我怎麼交代？」莫恩庭義正詞嚴。「做人要講誠信，答應的事，就一定要做到。」

「那也不用皮子呀！」洛瑾覺得不妥。「再說，那是三郎的東西。」

莫恩庭聽了，把目光挪回書頁上，不再說話。

洛瑾以為莫恩庭同意了，便低下頭忙自己的。她的針線活做得不錯，針腳細細密密。農家人穿的衣服沒什麼講究，洛瑾動作也快，只剩下收邊。

見夜有些深了，洛瑾揉了揉眼睛，把那件即將縫完的長衫搭在炕沿上。「二哥，明天就縫好了，你早些休息，我出去了。」

她有些睏了，目光矇矓，過大的素色衣裙襯得她身形格外纖細。

「去吧！」莫恩庭點頭。

第十八章

隔日，洛瑾起得早，整個村裡還是靜悄悄的，東廂房也沒有動靜；若是以前，莫恩升應該早就起來去抓兔子，想來是睡沈了。

莫振邦早起習慣了，就算今日不用去糧鋪，勤快的他還是早早起來，在院子裡轉一圈，看看哪裡還要再拾掇？

一會兒後，趙寧娘穿戴好，過來正屋做飯。早飯吃得簡單，依舊是烙餅跟鹹菜。

一家人正吃著飯，忽然有人在院子裡喊了聲。「莫二叔在家嗎？」

洛瑾聽出這是鳳英的聲音，以往來時都是笑的，怎麼這次帶了哭腔？而且大清早的，莫家的人還在吃飯，她來做什麼？

除了張婆子和莫大峪，其餘人都放下筷子，去院子瞧瞧。

院子的石墩上，鳳英坐在那裡，見有人出來，嘴裡痛苦哼唧著。「三郎，你看看，這是你的東西嗎？」手裡有個兔子套，只是上面的鐵圈已經變了形。

莫恩升走過去瞧。「是我的，鳳英嫂子，妳怎麼了？」

莫振邦見鳳英一直揉著自己的腳踝，問道：「這是傷了腿？」

「二叔，你說我這是怎麼了？」鳳英唉聲嘆氣。「昨日牛四的煙袋鍋子掉在坡裡，今兒早上我去撿，想著別再丟了。」

莫家人看著她不吭聲，既然鳳英找上門，肯定和自家有關。

「我走在小路上，心想或許是掉在路邊的亂草裡。」鳳英的聲音有些尖，有時讓人聽起來不舒服，現在做出一副可憐的樣子，更覺得有些假。

「那找到了？」莫振邦問道。

「本來想找，誰知腳不知被什麼套住，我沒站穩，就栽倒了。」鳳英說起當時的凶險，還比劃著。「那邊是下坡，陡得很，我趴在地上，前面有塊石頭，離額尖只有兩指遠。」

莫家人聽懂了，鳳英應該是被莫恩升下的兔子套套住，摔了一跤。

「我痛得爬不起來，在地上緩了好一會兒。」鳳英一臉苦相。「怕是身上也摔傷了。」

雖說莫恩升性情爽朗和氣，但也能看出鳳英是裝的，坡上長了不少亂草，就算摔倒，也不至於那麼嚴重，就想開口辯駁。

莫振邦擋住莫恩升，怕他衝動。「這樣啊，讓大郎媳婦幫妳看看傷得厲不厲害？」又對氣得不得了的莫恩升使眼色。「我叫三郎去請王伯過來，千萬別傷了骨頭。」

在場的人心知肚明，傷了骨頭哪是現在這副模樣，還不疼得叫破了嗓子。

「不用了。」鳳英開口阻止。「我是過來還三郎東西，不是來找碴的，我回去了。」說著，扶著石墩想站起來，好像沒站穩，又坐了回去。

「二郎媳婦，把鳳英扶回去。」莫振邦皺眉。臘月二十九清早遇到這種事，實在觸霉頭。

「可要麻煩妳了。」鳳英裝虛弱地扯了扯嘴角，抓住洛瑾的手臂。

「爹，我跟去看看。」莫恩庭過來。「萬一鳳英嫂子不舒服，可以幫牛四哥跑跑腿。」

莫恩庭做事，莫振邦向來放心，可是這孩子從不吃虧，讓他有些猶豫，但最後還是點頭了。他不能讓莫恩升過去，萬一衝動起來，再和人家吵就不好了。

看著莫恩庭跟洛瑾走遠，這頓早飯，誰也吃不下了，好好的一天似乎被破壞了。最氣的還是莫恩升，他堅決不相信，一個兔子套就能把鳳英傷成那樣，嘴裡直說她是裝的。

誰都能看出來，可人家就是摔了，能怎麼樣？

明晚是除夕，村民都早起準備，看鳳英一瘸一拐還被個姑娘扶著，便問是怎麼了。其實也不用問，鳳英是從莫家出來的，這傷肯定跟莫家人有關。

到了家，鳳英還沒進門，便扯著嗓子叫。「死鬼，還不出來？要看老娘死在外面？」

牛四聽見喊聲，披著棉襖跑出門，嘴裡還嚼著飯，伸手扶住鳳英。

「牛四哥，鳳英嫂子在坡上摔著了。」莫恩庭回道，並沒有把責任攬在自家身上。「先讓嫂子進屋，看看要不要緊？若是傷得厲害，還得儘早去鎮上找大夫。」

牛四張嘴道：「沒……啊！」

洛瑾看見了，牛四沒說出的話是被鳳英掐回去的，下手可是一點都不馬虎，在她男人的胳膊上狠狠擰了下，還咬了牙。

「三郎又不是故意的。」鳳英被攙進了屋裡。「你們別往心裡去。」

牛四家也是老屋，和莫鐘家一樣，分東、西兩間。馬兒卸了車，正低頭吃槽裡的乾草。

鳳英坐在炕上，莫恩庭和牛四到院子裡說話。

「鳳英嫂子，妳把腿露出來，我幫妳看看。」洛瑾見鳳英一直往窗外瞧，似是想聽兩個男人在說什麼。

「好。」鳳英慢慢彎腿，挽起褲管，嘴裡不停吸著氣，好似疼得要命。

有些粗的腳踝露出來，上面只有一圈淺淺的印子，應該是被鐵絲勒的；可是，冬天本就穿得厚實，說是疼成那樣，連洛瑾這後院長大的姑娘都不信。

「沒有腫起來，真是萬幸。」洛瑾鬆口氣，這證明沒傷到骨頭。

鳳英聽見這些話，不高興了。「喲，二郎媳婦在說嫂子是裝的？想訛你們家？」

沒料到鳳英會這麼回話，洛瑾愣住。「我沒有，嫂子怎會這麼說？」沒事難道不好嗎？眼前的小娘子滿臉單純，一看就是沒經過事的，心思淺。鳳英軟下口氣，道：「當時摔在地上，怕是身上有哪裡摔著了。」

「鳳英嫂子，妳覺得哪裡不舒服？」莫恩庭隔著門簾問。

鳳英靠在身後的牆上，哼哼兩聲。「方才不覺得，現在全身的骨頭都疼。」

「摔成這樣，身上怕是要留瘀青。」洛瑾說了聲。

「有瘀青不要緊，就是怕身上疼，幹不了活。」鳳英嘆氣。「明兒就是年節了。」

「洛瑾，妳出來。」莫恩庭喚道：「讓嫂子先躺一會兒。」

鳳英本想再套些話，這下只能扯了扯嘴角。「二郎就是懂事理。」眼神卻不像她的話那般溫和。

洛瑾應好，跟鳳英說了聲，出去了。

牛四家過得一般，但家裡牆壁黑得不成樣子，東西雜亂，與鳳英的打扮不太相襯。

洛瑾出了房間，乖巧地站到旁邊，不去打攪兩個男人說話。

牛四懼內，剛才被鳳英掐了一把，現在不管莫恩庭說什麼，要不點頭，要不就是笑笑，不敢多說話。

眼前的事再清楚不過，鳳英根本摔得不重，無非是想從這件事撈點好處，和一個無理的婦人爭長短，莫恩庭是不屑的，但也不能平白讓莫恩升受這口惡氣。

「牛四哥，還是請王伯過來。」莫恩庭再次開口。「萬一真摔傷了，也能及早醫治。」

這時，莫振邦帶王伯來了，進屋後，先問了聲鳳英人怎麼樣？

牛四迎上去，覺得事情鬧得有些大。

莫振邦先請王伯進去看看鳳英，說這裡有他就好，讓莫恩庭和洛瑾回去。

出了牛四家，莫恩庭站在門外想了想，隨後邁開步子往村東頭走。

洛瑾快走幾步跟上去。「二哥，你去哪兒？」這不是回莫家的路。

「我有事要辦。」莫恩庭看了看洛瑾，道：「不如，妳也跟來吧！」

雖然洛瑾不知道莫恩庭要去哪裡，但他開口了，就跟著他。

莫恩庭先到村長家，跟村長說了幾句話，見村長點頭，才告辭離開。

接著，莫恩庭帶著洛瑾，沿村東的小路上山。

「妳覺得鳳英是不是真的傷了？」莫恩庭邊走邊問。

「腳踝沒腫，應該沒扭到，骨頭也沒事。」洛瑾回答。「不過可能摔疼了吧！」

莫恩庭心道，這丫頭果然好騙，鳳英不過哼哼唧唧幾聲，就當真了。「妳來的時日不長，鳳英這人從來不吃虧，以後不要和她來往。」

「大嫂早說過了。」洛瑾走在小路上，坡有些陡。「二哥要上山頂嗎？」

「不是。」走上半坡，莫恩庭停下腳步，四下張望。「老三都是在附近下套子的。」

「你要幫三郎收套子？」洛瑾問道。可是下套的地方，不是只有莫恩升知道嗎？

「洛瑾，就算我想幫他收，也找不到地方呀！」莫恩庭笑了聲。「我是來找東西的。」

洛瑾不解，這裡是半山腰，因為地形不平，開墾的地也大小不一，有些雜亂。

「要找牛四的煙袋鍋子。」莫恩庭往前走。「妳尋個地方坐著吧，等我找到就回去。」

「這不好找吧？」洛瑾不明白莫恩庭為什麼要這麼做？

看洛瑾懵懂的樣子，莫恩庭知道她沒弄明白，便解釋給她聽。「按理說，趕車的活計不錯，牛四哥又起早貪黑，能掙到些銀錢。」目光掃過路旁的草叢。「但鳳英好吃懶做，整日無所事事，還想著吃好的、穿好的。」

這個，洛瑾看得出來，鄉下地方很少有農家娘子把臉塗滿脂粉，還整天在外晃悠。

「牛四哥懼內，掙了多少，全交給鳳英。」莫恩庭又往前走，低頭看著腳底。「鳳英也不好惹，但凡惹到她的，她能跑到人家門口，坐在地上罵一天。」

「二哥是說，見了她一定要躲？」洛瑾也見過刁蠻的女人，罵起人來實在難聽，像她爹的相好就是。

「不是躲。」莫恩庭搖頭。「是讓她說不出話來，過年了，別讓她上咱們家找晦氣。」

洛瑾懂了，低頭看著小路兩旁。「我幫你找。」

兩人在坡裡找著，山風吹來，揚起洛瑾的髮絲，發現煙袋鍋子靜靜躺在一顆石頭旁。

洛瑾彎腰撿起來，喊道：「二哥，找著了！」舉手揮了揮。

「妳走慢些。」

「哎喲！」莫恩庭的話還沒說完，洛瑾就滑倒了。

莫恩庭忙跑過去，扶起洛瑾。「這裡全是粗砂，容易滑倒，有沒有傷到？」

洛瑾拍了拍身上的土，將煙袋鍋子遞給莫恩庭。「是這個嗎？」

「妳的手？」莫恩庭沒接煙袋鍋子，而是拉過洛瑾的手瞧，細嫩手心雖沒有流血，卻被砂石壓出不少印子。

洛瑾一慌，想抽回手，低頭道：「沒事的。」

莫恩庭沒放開。「別動！」掏出帕子幫洛瑾擦手，又仔細看了看。「還好，沒破皮。」

洛瑾見狀，道了謝，飛快抽回手，藏到身後。

「妳是不是很冷？」莫恩庭收好煙鍋袋子，問了聲。「手是冰的。」

「不冷。」洛瑾搖頭。「我的手一直都這麼涼，夏日也是，可能因為不怎麼出汗吧！」

莫恩庭腦子裡瞬間閃過一個詞：冰肌玉骨。還記得剛才那雙手的柔軟，心裡像被羽毛劃過，有些癢。

「我先送妳回去。」莫恩庭上下打量洛瑾。「真沒摔著？」

「沒有。」洛瑾被看得有些難為情。「二哥還是去牛四哥家吧！」

莫恩庭點頭，先把洛瑾送回家，再去找牛四。

莫家院子裡，莫恩升悶不吭聲地砍著柴，看得出在生悶氣。沒想到，他下個套子也能傷到人，還是村裡最難纏的女人。

「我看她是存心的，故意選這天給咱們家找晦氣。」張婆子坐在正屋咕噥著，氣得臉都皺了。「上次拿對聯回去，也沒送錢來，現在還想訛人？」

趙寧娘洗著菜，小聲勸著，又不敢說太多，怕張婆子把氣撒到她身上。

洛瑾進了正屋，叫道：「婆婆、嫂子。」

「二郎呢？」趙寧娘問：「沒一起回來？」

「二哥說還要去牛四哥家。」洛瑾回答。

「不行。」張婆子拍了大腿一下。「我過去看看，省得他被那蹄子算計了去。」

「娘，那邊有爹和二郎，您還是別去了。」趙寧娘忙上前勸阻。張婆子去了，豈不和鳳英吵起來？那女人是躲都來不及，別說吵了。

「妳說，她整日往家裡搬的東西還少嗎？」張婆子也不管兩個媳婦是不是在跟前了，說著鳳英做過的齷齪事。「描畫得跟女鬼似的，她跑了多少光棍的家，誰不知道？」

見張婆子這般生氣，趙寧娘和洛瑾不好說什麼，只能低頭幹活。

另一邊，莫恩升始終覺得嚥不下這口氣，進屋道：「娘，我要過去看看！」

一見小兒子衝動，張婆子立刻站起來拉住他不放。「你去做什麼？別人經過她門前都是繞著走，你還往上湊，不怕身上髒啊？」

正說著，院門開了，莫振邦沈著臉走進來，莫恩庭跟在後面。

莫恩升緊張了，跑到莫振邦面前。「爹，這件事真不能賴給我。」

莫振邦看了看他，抬腳進正屋坐下。「這事就過去吧！過年了，別為一些小事不高興。」

「她是不是要咱們家給銀子？」張婆子覺得鳳英不可能輕易算了。「半斤粉就是半斤粉，什麼缺德事都做得出來，現在還算計到我頭上了。」

「好了！」莫振邦抬高聲音。「當著孩子的面，亂說什麼？」

被自家男人喝斥，張婆子不服氣地嚷著。「那你說，這事到底怎麼解決？」

莫振邦便說起剛才在牛四家發生的事。「二郎幫牛四找到煙袋鍋子，村長也過去了。」

這件事，不過是鳳英得了機會，想占些便宜。那女人臉皮厚，想著莫振邦好說話，過年家裡存的東西又不少，正好藉著腿傷，搬些東西回她家。

莫恩庭看穿鳳英的心思，鳳英越惦記，他越要把事情鬧大，不但請王伯跟村長過去，還親自送回牛四丟的煙袋鍋子，在別人眼裡看來，顯然是幫了牛四，如果鳳英還胡攪蠻纏，那實在是沒道理了。

鳳英不傻，當下便嚷著她不是要訛人、若存著那種心思就不得好死之類的話。
最後，村長和王伯出面說和就算解決，不然鳳英定會跑到村裡罵，年也別想過好了。
即使這樣，莫恩升依舊氣憤，一個兔子套哪能把人傷成那樣？倚在門框悶不吭聲。
「三郎。」莫恩庭拍了拍弟弟的肩。「我記得昨日你說這次一定能逮隻大的，現在看來，果然如此，不過，卻是隻有毒的。」
莫恩升終於笑出了聲。「你別笑話我，你這麼對付她，說不定她已經記恨了。」說完，吐了一口氣。
「這件事，到底是因為你的兔子套。」莫恩庭看了看張婆子，知道接下來的話，她肯定不愛聽。「你還是拿些東西過去道聲歉，讓鳳英徹底無話可說。」
「為什麼?!」張婆子罵道：「是她自己不小心，怪得了誰？要是這樣，天下的好事都成她的了！」
「娘，過年了，有些小事不用計較。」莫恩庭勸著。「總比她那張嘴出去亂說得好。」
「二郎說得對。」莫振邦吩咐莫恩升。「以後就在咱們家果園附近下套子，別跑遠。」
莫恩升應了聲，直起身，頭也不回地往院門走。
張婆子忙喊道：「你要去哪裡？」就怕小兒子衝動，現在跑去牛四家鬧。
莫恩升回頭。「去坡裡把套子全收回來。」
莫家人聽見，鬆了口氣，知道莫恩升想開了，便各自去幹活了。

第十九章

莫恩席在院子裡收拾豬頭，用燒紅的鐵棍去掉殘留的豬鬃，再用砍柴的刀把豬頭劈成兩半。

女人們燒水後，燙了豬頭，撈起浮在水上的血沫，除去異味。佐料是張婆子加的，在她看來，年輕媳婦根本不可靠，還是親自動手放心。張婆子的廚藝的確好，但平常是不下廚的。

煮豬頭要花些工夫，洛瑾乾脆拿著沒縫完的衣裳，坐在灶前顧火，想把邊收起來。

「往後一點。」張婆子見狀，說道：「若火星掉到衣裳上，就是一個洞。」

洛瑾抬頭應好，拿起小凳往後挪。

這時，莫振邦從東廂房出來，把裝了東西的包袱放在正屋桌上，打算吃完午飯後，帶莫恩升去牛四家。

煮好豬頭，洛瑾也收好了衣裳的邊。待豬頭涼些，趙寧娘就將骨肉分開，肉放入盆裡，端進飯櫥。

見正屋裡的活都幹完了，洛瑾便拿著做好的衣裳，回西廂房去。

西廂房裡，莫恩庭將外間架上寫剩的對聯紙捲起來，用繩子綑好。

「二哥，你的衣裳縫好了。」洛瑾站在門邊道。
莫恩庭轉身。「洛瑾，皮子放在那裡，妳接起來，以後鋪著吧！」指著床板上的布袋。
洛瑾沒想到，莫恩庭還是把皮子拿來了，只好出聲應下。
「妳喜歡做什麼？」莫恩庭放下手裡的活，忽然問道，總覺得那雙眼睛無欲無求。
「以前嗎？」洛瑾想了想，把衣裳遞給莫恩庭。「沒有特別喜歡的，我幾乎不出門，就待在家裡。」
真是純真的一張臉，讓人不忍傷害；可莫恩庭不禁想，如果欺負她，她會是什麼反應？
「哪裡也不去？」莫恩庭接過衣裳，搭在手臂上。「是否太無聊了？」
洛瑾以為是兩人之間閒聊而已，遂道：「習慣了，因為從小就是這樣。」
所以她什麼也不會，來到莫家扮醜，以為這樣會安全，還換了張欠據。
洛瑾說完，看了看外面，差不多中午了，便去正屋燒飯。
因為家裡人多，下午時，活就忙得差不多了。
莫振邦帶莫恩升去牛四家，事情最好就此壓下去，搭上幾斤小米也算值得。
臨出門前，莫振邦給了莫恩庭另一個包袱。「去吧！」
莫恩庭接過來，低頭看了看。「我要帶洛瑾一起去。」
莫振邦一愣，看著在正屋裡掃地的洛瑾。「可……那你去問問人家。」
「知道了。」莫恩庭點頭。

眼見日頭西斜，莫恩庭把洛瑾喚到身邊。「我要去個地方，妳跟我一道去。」說著將包袱掛在肩膀上。「不是很遠。」

「好。」洛瑾點頭。

兩人出了莫家，沿著去水井的小路走，經過家裡的菜地，兩壟菠菜被凍得蔫蔫的，緊著的幾排蔥，也是一副無精打采的模樣。

洛瑾跟著莫恩庭走，莫恩庭解釋道：「這裡是小路，比較近。」

穿過小路，前面的路寬了些，離村子不遠，仔細看，竟是個岔路口，周圍沒有人家，只有光禿禿的田地。

莫恩庭蹲下身，解開包袱。洛瑾在旁邊看著，裡面是紙錢、三炷香，以及一只小葫蘆。

「我不是莫家的孩子。」莫恩庭把紙錢放在地上，點了火，紙錢很快便燃燒起來。「妳知道了吧？」

洛瑾應了聲。她是從鳳英嘴裡聽來的，因為不關自己的事，不好多打聽。

「每年臘月二十九，我就會來這裡燒些紙錢，祭奠死去的父母。」莫恩庭去路旁撿了根木棍，輕輕將疊在一起的紙錢挑開。「但是我什麼都不記得了。」

洛瑾不會安慰人，現在開口好像也不妥當，遂安靜地站著。

紙錢很快化為灰燼，寒風一吹，再找不到痕跡，只留下被熏黑的砂石。

接著，莫恩庭將葫蘆裡的酒澆在地上，插上三炷香，跪下磕了三個頭。

「他們會知道你的孝心的。」洛瑾憋出了一句話。

莫恩庭起身，拍了拍膝蓋處的塵土，對洛瑾一笑。「妳根本不會安慰人。」

見洛瑾低下頭，莫恩庭望著遠處。「我不知道他們是誰，爹說看我當時的樣子，應該只有八歲。那時我昏睡了好幾天，醒來後，什麼也不記得了。」

洛瑾知道自己不會說話，就安靜地聽，還是不明白，莫恩庭要她跟過來做什麼？

「怎麼了？」莫恩庭看著洛瑾乖巧順從的樣子，冷風吹拂過她的裙襬，好似隨時會隨風而去。「其實，這麼多年來我早已習慣，連別人背地裡說我是私生子，也無所謂了。」

天色漸晚，四周景色跟著昏暗下來，路邊荒草被冷風吹得瑟瑟發抖。

洛瑾的髮絲被風揚起，抬手理了理。「二哥，不回去嗎？」這邊是風口，有些冷。

「妳終於開口了。」莫恩庭撫上那張小臉，拇指劃過細嫩臉頰，果然和他想的一樣滑。

洛瑾瞪大眼睛，因為莫恩庭突如其來的舉動，愣住了。

這樣子看得讓人想得寸進尺。莫恩庭笑了笑，捏了捏洛瑾的腮幫子。「妳老看我做什麼？醒醒呀！」

洛瑾忙後退兩步，逃開他的手。「我……」她沒有看。

「風大，回去吧！」莫恩庭收起包袱，轉頭看洛瑾。「臉被我捏疼了？」

「不是。」洛瑾的聲音很小聲，彷彿風再大一點，就會吹散她的聲音。「你為什麼捏我？」

「因為覺得有趣。」莫恩庭直接道：「沒有人說過，妳像一隻兔子嗎？」

「沒有。」難道兔子就該被人家捏臉？

「在莫家，妳沒必要害怕。」莫恩庭往前走，見洛瑾沒動，回頭示意她跟上。「他們脾氣雖然不一樣，不過都是好人。」

洛瑾點頭。「我知道。」所以他要她跟來，就是想告訴她這件事？

洛瑾跟上莫恩庭，越想越不解了。

兩人回到家，趙寧娘已經開始張羅晚飯，讓大家早點吃，等會兒還要熬豬蹄凍。

趙寧娘帶著洛瑾將豬蹄切成小塊，先燙過，再用火慢慢燉煮，佐料依舊是張婆子加的。熬到最後，湯汁濃稠，用筷子挑出骨頭，將肉汁裝進盆裡放涼，豬蹄凍就好了。

忙完後，身上沾了味道，頭髮裡也是，不洗掉的話很難受。

洛瑾回到西廂房，發現外間不像以前那麼冷，看了看爐灶，裡面是黑的，卻有些熱，蓋簾也是熱的，應該是莫恩庭嫌她回來晚，所以先燒水清洗。

這時，裡間的門簾被掀開，莫恩庭端著水盆出來，墨髮披肩，衣衫鬆鬆地披在身上。

「二哥。」洛瑾退到旁邊，不敢抬頭。

「我已經熱好水，妳不用燒了。」莫恩庭走到門前，把水潑出去，停在洛瑾身旁。

黑暗中，他離她只有一步而已，似乎一直盯著她。

「你要做什麼？」洛瑾感受到莫恩庭的呼吸，雙手按在身後的灶臺上，聲音有些抖。

「洛瑾，妳身上是什麼味道？」莫恩庭嗅了嗅，站直身子。「能熏死人。」

洛瑾一聽，有些尷尬地抬起袖子，湊近鼻尖聞，氣味的確不太好。「熬豬蹄凍的時候，衣服上沾了味道。」

「鍋裡還有水，妳用來清洗吧！」莫恩庭想了想，道：「等會兒我要去大哥那裡，明天事多，要商量商量，會晚些回來。」

洛瑾明白，這是莫恩庭怕她難為情故意找的藉口，點頭道謝。

莫恩庭應了聲，回裡間穿戴好出來，把手裡的油燈放在灶臺上，出了西廂房。

洛瑾關好門，往盆裡舀著熱水。或許以前真是她防備心太重，現在放下心來，覺得莫家人其實都挺好的。

油燈的火苗晃動，她散開頭髮，掬起熱水清洗。洗完後，換下的衣裳泡在盆裡，用剩水洗乾淨，再找根竹竿搭在後窗與架子之間，好晾衣服。

收拾完，洛瑾坐到床板上，摸到一旁的布袋，裡面是兔子皮，掏出來看，皮子已被莫恩升處理過，所以很柔軟。

洛瑾想了想，拿出針線，搬了小凳子坐到油燈下，想把皮子接起來。皮子和布料不一樣，形狀不規則，縫時要仔細，接好兩塊兔子皮，再好好收邊，就變成很不錯的軟墊。

莫恩庭回來時，沒有聽見水聲，便敲了敲門。「洛瑾，我進來了。」

洛瑾跑去開門。「二哥。」

「還沒睡？」莫恩庭看見洛瑾手裡的兔子皮。

「想縫一個軟墊。」洛瑾抬手，將尚未完工的兔毛軟墊送到他面前。「給婆婆用。」

莫恩庭接過去看，邊沒有縫好。「給娘？」

洛瑾點頭。「婆婆怕冷，就做了。」自從莫大峪說她買了泥老虎給他開始，張婆子似乎就不像以前那麼討厭她了。

「妳都不記仇？」莫恩庭細看軟墊的針線，就跟她縫的衣裳一樣細密整齊。「之前娘還打算把妳交給段九。」

「可是她並沒有真的傷害我。」洛瑾低頭道：「其實還是二哥幫了我。」

「哦？」莫恩庭嘴角一翹。「什麼時候？」

「泥老虎。」洛瑾長長的頭髮沒有乾透，黑得發亮。「你說是我買的。」

「大峪是娘的心頭肉。」莫恩庭把軟墊還給她。「既然做了一個，不如再做一個。」

洛瑾抬頭。「給大峪？」

「妳自己想呀！」莫恩庭說完，抬腳進了裡間。「小丫頭，其實妳挺懂事的。」

洛瑾看著手中的墊子。莫大峪一個頑童，應該用不到軟墊吧？

第二十章

年節到了，莫家人早早起來，女人們忙著做飯，男人也開始了各種準備。

莫大峪起得特別早，穿上張婆子縫的新棉襖，還沒吃飯，就嚷著要去找川子玩。

與往常不一樣，張婆子親自去東廂房拿來小米，讓媳婦們洗乾淨，放進鍋裡煮，叮囑早上要吃的菜是哪幾樣，必須是雙數之類的規矩。

「娘，您歇著吧！」趙寧娘道了聲。「我和洛瑾做就行了。」

「這不是平日，哪裡都不能出錯。」張婆子坐在正屋裡。「還有，今日不許多說話。」

「知道了。」兩個媳婦應聲。

吃過飯，莫恩席和莫恩庭要貼對聯，趙寧娘早已把漿糊打好；莫恩升挑水，把家裡的水缸全裝滿，過年之前，不會再去挑了。

趙寧娘和洛瑾則到地裡菜窖挖了些白菜、蘿蔔，又拔了幾棵菠菜，正巧碰到來挑水的素萍，三人打了聲招呼。

「素萍嫂子，家裡都準備好了？」趙寧娘問道。

素萍放下扁擔。「差不多了。」

「鐘哥在家忙呢？」趙寧娘又問。可能是前些日子受了罪，這兩天莫鐘倒安分，不曾往莫家跑。

素萍只應了聲，不知道是不是回答。

趙寧娘見狀，不好接話，又跟她聊了兩句，便招呼洛瑾把菜拿回家了。

兩人到家後，便要準備祭祖。擺供品的活，由張婆子親自動手，一來是對祖宗的敬重，二來總覺得交給趙寧娘不放心，怕她擺錯。

莫振邦在正屋的後牆上掛了族譜，香爐、蠟燭則擺在前面的方桌上。祭品準備了不少，碗裡是白肉、豆腐、黃花魚、雞蛋等等；碟子則裝了水果、點心和花生。

燙過的菠菜，顏色變得翠綠，洛瑾拿去給正在擺供品的張婆子。

張婆子把菠菜放進碗裡，撥開葉子搭在碗沿上，像一朵開了的花。

另一邊，天公作美，風不大，在外面貼對聯並不受罪，偶爾傳來兄弟倆說話、遞東西的聲音。

洛瑾忙完正屋的活，拿著布袋進裡屋，見張婆子坐在炕上，正擦著矮桌。

「婆婆。」洛瑾叫了聲，將布袋放到炕上，不知道怎麼開口？

「什麼？」張婆子看了布袋一眼，臉上沒有表情。

「二哥從三叔那裡要了兔子皮，我接了起來。」洛瑾把軟墊拿出來，送到張婆子面前。

張婆子聽了，放下手裡的濕布，接過軟墊，拿到靠窗的位置，瞇著眼睛細看。

洛瑾有些忐忑。「我縫了軟墊，您看坐著合不合適？」

張婆子應了聲，目光瞥向站在炕沿下的洛瑾。「針腳還算不錯。」

「還有……」洛瑾拿出另一張接起來的皮子。「您幫大峪做過衣裳，能不能告訴我尺寸？剩的皮子，可以縫件背心給他。」

張婆子走過來，拿過那塊皮子看了看。「所以，向老三要了皮子，是想做這些？」

「我沒做過，知道做得不好。」洛瑾依舊小聲地說。

「等會兒我來裁，裁得大些，能多穿兩年。」張婆子把皮子放在身旁。「說了尺寸，又怕妳裁壞了，那多可惜。」

「謝謝婆婆。」洛瑾道。張婆子說得對，裁衣不是裁紙，衣服裁壞可沒辦法補救。

午飯多了兩道菜，莫振邦還從東廂房搬出一罈酒。

洛瑾覺得，莫家雖然是小門小戶，但極講規矩，年節不能多說話，以長為尊，長輩不動筷，其他人就要等著。

飯後，男人們帶了香紙、供品，去祭拜東山頂上的祖墳；莫大峪年紀雖小，也要跟著去；女人則在家裡準備年夜飯。

趙寧娘搬出揉麵板，反面朝上，一刀將洗好的白菜切成兩半，動作乾淨俐落。

洛瑾在正屋燒火，留意著不讓火太旺，因為張婆子在炒芝麻，火大芝麻會糊掉，鍋鏟輕輕翻兩下，就可以起鍋。

接著，把炒好的芝麻放在板上，用擀麵棍碾碎。這個活由洛瑾來做，苦了沒有力氣的她，沒一會兒胳膊就痠了。

張婆子看了眼，沒說什麼，去存放魚蝦的地方挑魚，拿回正屋裡。年夜飯必須有魚，寓意年年有餘。

趙寧娘將白菜剁細，擠出多餘的水分，盛進盆裡，和剁碎的肉放在一起。

調餃子餡，也由張婆子親自動手，除了碾碎的芝麻，還加上各式佐料，再用筷子拌勻。

接著，三個女人圍著揉麵板包餃子。張婆子不開口，其餘兩人是不會說話的。

洛瑾學得很快，沒一會兒，餃子皮被她擀得又圓又薄，一雙嫩手沾滿了麵粉。

街上偶爾傳來幾聲炮竹的聲響，想來是哪家的孩童在玩耍。過年時，孩子總是最開心的，洛瑾記得弟弟也是，不知道平縣那邊怎麼樣了？父親闖的禍，會不會禍及母親和弟弟？

「餃子要這樣包。」張婆子做給兩個媳婦看，她包得好看，圓滾滾的餃子跟元寶似的。

「我手粗，包出來的餃子也大。」趙寧娘笑了笑，看向洛瑾。「洛瑾，妳包得怎麼樣？」

「我不會包。」現在洛瑾只能打打下手，她從來沒包過餃子。

「不會？」張婆子在餃子上抹了些麵粉，再整齊地擺上蓋簾。「哪家媳婦不會包餃子？」

洛瑾猶豫，盯著揉麵板上的麵皮，想著要不要拿起來試試？

「大過年的，妳別動。」張婆子拿走麵皮。「過完年再學吧！」

家裡人多，足足包了兩蓋簾餃子。這是莫振邦交代的，過年時，什麼都要準備得多些。

包完餃子，洛瑾的兩隻胳膊也沒了力氣，痠得很。

見正屋裡沒有活要做，張婆子進裡屋幫洛瑾裁皮子，裁完便去休息，晚上還要熬夜。

洛瑾謝過張婆子，收起皮子，回了西廂房。

洛瑾走進西廂房，拿出針線坐下，想趕緊把背心縫好。因為初一不能動刀剪，會影響下一年的運氣。

山頂上傳來一陣陣鞭炮聲，是上墳的人們在祭祀。

洛瑾下針穿過皮子，默默思念家人。她來這裡已經一個月了，心裡漸漸平靜，但依然期待能夠早日回家團圓。

裙襬下，她的繡鞋露出來，鞋頭已經磨損不少。這鞋子是來時趙寧娘給的，有些大，走路時得拖著走。

「嬸嬸。」莫大峪忽然跑進西廂房。「您幫我畫隻狗，我拿去給川子看。」

小孩子不知輕重，上來就拉洛瑾的胳膊，洛瑾的手指被針扎破，指腹冒出一粒血珠。

莫大峪一看，不敢動了，知道自己做錯了事。

洛瑾不在意，以前繡花也會被扎到，問他。「山上好玩嗎？」

莫大峪搖了搖頭。「不好玩。」

「我沒有紙，不能畫給你。」洛瑾解釋著。

「二叔有紙，您去拿他的。」莫大峪瞄向裡間。「您是他媳婦，當然能用他的東西。」

「我不是。」洛瑾摸了摸莫大峪的小腦袋。她和莫恩庭早已約定，還清銀子便能離開，況且現在姑父跟姑姑也知道她在這裡，離開是遲早的事。

兩人正說著，莫恩庭走進來，見莫大峪纏著洛瑾，問了聲。「鬧什麼呢？」

「二叔，嬸嬸說她不是您媳婦。」莫大峪指著洛瑾，一副告狀的樣子。

洛瑾哭笑不得，拉住莫大峪的小手。「小孩子別亂說。」

「那您幫我畫小狗嗎？」莫大峪問道。

「什麼？」莫恩庭追問。

莫大峪把剛才發生的事說了一遍，問莫恩庭。「二叔，您說呢？」

「我說呀，」莫恩庭看了看洛瑾。「我說行。」

遂了心願的莫大峪拉起洛瑾。「去幫我畫呀！」

洛瑾被莫大峪拽進裡間，莫恩庭跟進去，抽了一張紙鋪在矮桌上。

莫大峪爬上炕，趴在矮桌上。「畫隻大狗！」

「知道了，和後山大宅那隻一樣，對吧？」莫大峪太可愛，洛瑾忍不住用筆桿敲了敲他的小腦袋。

筆尖落在紙上，一隻狗的輪廓初現，是隻奔跑的狗兒。

「我要會咬人的。」莫大峪伸出小手指，指著狗的嘴巴。「有尖牙。」

莫恩庭在一旁瞧著，覺得洛瑾性子溫，畫出的狗也不凶；不過看得出來，洛瑾是會畫畫的，下筆流暢，不拖泥帶水。

「好了。」洛瑾畫好，把紙推給莫大峪。

「我去找川子了。」莫大峪從炕上跳下去，拿著畫跑出門。

看人跑遠，莫恩庭問洛瑾。「妳會畫工筆畫？」

「以前學過，只會畫些花鳥魚蟲。」洛瑾收拾著矮桌上的筆墨。「人物總是畫不好。」

莫恩庭點頭。「吃完年夜飯，家裡會有人來拜年，正屋人多，妳回西廂房抄書吧！」

「知道了。」要抄的書，至今一個字都沒動，晚上倒是有工夫讓她抄了。

年夜飯要近午夜才吃，天黑以後，趙寧娘和洛瑾就開始準備。

正屋兩旁掛了紅燈籠，再貼上新的對聯跟福字，一片過節的喜氣。

莫鐘來了，進裡屋和莫振邦說話。張婆子不喜這個姪子，拿著兔毛軟墊去正屋坐，看到媳婦們哪裡做得不好，總要說上兩句。

院子裡，莫大峪跟著莫恩升放爆竹，一點燃，小腿飛快跑回屋裡，用雙手摀著耳朵。

洛瑾不會做菜，負責燒火，由趙寧娘炒菜，但廚藝還是比不上張婆子。

菜做好後，要先放在方桌上供一下，才能端進裡屋。

「嫂子，大峪的背心做好了，放在西廂房。」幹完活，洛瑾和趙寧娘站在正屋說話。

「多謝妳想著大峪。」趙寧娘笑道：「吃過飯，再跟妳拿。」

兩人說著，村裡開始響起鞭炮聲，有人家已經開始過年了。

莫振邦領著三個兒子出來，炕上矮桌擺滿吃食，有菜、有肉、有魚，不精緻卻很豐盛。

趙寧娘忙拉著洛瑾進裡屋。男人們祭祖，女人得迴避，張婆子也是一樣。

祭拜完，男人們去院門口放鞭炮，噼哩啪啦，送舊迎新，希望來年紅紅火火。

莫振邦進屋洗手，上炕和張婆子坐在一起。晚輩跪在地上，對他們磕頭，說句新年好。

「好，都好！」莫振邦看著一屋子的人，心裡高興。「起來吧！」

男人們上了炕，開始吃菜喝酒。莫大峪偎到張婆子身邊，想吃年糕。

媳婦們還不能吃，得去下餃子。

餃子包得多，鍋裡倒了不少水，因為是用粗柴燒火，不必時不時添柴，趙寧娘和洛瑾也可以說說話。

餃子端上去時，男人們的酒正好喝完，一家人一塊兒吃餃子。莫振邦叮囑，因為是過年，什麼菜都要吃一點。

飯後，莫家三個兒子出去拜年，媳婦們把家裡收拾乾淨，準備迎接上門的客人。

矮桌上擺了花生、茶水，莫振邦和張婆子坐在炕上；莫大峪穿著兔毛背心跑來跑去，背心實在有些長，蓋住了屁股。

張婆子走到正屋道：「大郎媳婦，妳再去東廂房拿些花生過來，我怕不夠。」

趙寧娘聞言，擦了擦手上的水，拿了個葫蘆瓢走出去。

接著，張婆子轉頭看洛瑾。「妳回西廂房，這邊不用幫忙了。」這臉到底長得太招搖。

洛瑾道是，回了西廂房。

西廂房的裡間點著燈，莫振邦說過，除夕，不管哪間屋子，都要點燈到天亮。

洛瑾從架上拿下冊子和書，跪坐在炕上，拿起毛筆蘸墨，開始抄書。幸好書的前幾頁毀得不算嚴重，還能認出原來的字。

外面的鞭炮聲依舊不停，莫家來了客人，彼此道著過年好。

莫大峪無聊，跑來西廂房，爬上炕，看著洛瑾寫字。

「嬸嬸，我睏了。」莫大峪揉了揉眼睛。「您講上次的故事給我聽吧！」

洛瑾放下筆，知道來拜年的人不少，趙寧娘恐怕顧不上莫大峪。「那你在這裡睡吧！」

她將莫大峪的兔毛背心脫下來，捲了捲，當成小枕頭，塞在他頭下，又去外間把自己的被子拿進來，替他蓋上。

「您跟我一起睡。」莫大峪伸出小胳膊，抓住洛瑾的手。「娘都是躺著講故事的。」

洛瑾想了想，把矮桌移開，靠在炕沿躺下，摸了摸莫大峪的額頭，小皮猴現在乖得很。

莫大峪的小指頭纏著洛瑾的頭髮，聽著故事，慢慢睡去，洛瑾也不爭氣地睡著了。

當莫家三兄弟拜完年回來，天已經快亮了，見沒什麼事，便回了各自的屋子。

莫恩庭走進西廂房時，就看見莫大峪抓著洛瑾的頭髮，在炕上睡得正香；洛瑾側躺著，胳膊枕在頭下，稍微一動，就會滾下去。

莫恩庭失笑，撈起自己的枕頭，輕輕塞在洛瑾的後背，免得她真的摔下床，再幫兩人蓋好被子，出了西廂房。

莫大峪在這邊睡，他還是要跟趙寧娘說一聲的。

大年初一不會因為除夕熬夜就能晚起，趙寧娘和洛瑾依舊早起做飯，今天的事也不少。

洛瑾起來時，發現自己竟然睡著了，再看旁邊的莫大峪，一時還有些暈乎乎的。

感覺身後有東西掉了，洛瑾轉身，忙下炕撿起枕頭，伸手拍去上面的灰土，重新幫莫大峪掖好被子，才輕聲出去。

到了外間，她梳好頭髮，理了理身上有些寬大的衣裳，出了門。

院子裡有說話聲，是莫振邦和莫恩庭，等會兒都要出門。莫振邦要帶莫恩席去東家拜年，順便捎些家裡去年曬乾的蘑菇；莫恩庭則跟同窗約好了去先生家。

「公公、二哥。」洛瑾對兩人叫了聲，便拿柴去正屋。

早飯很簡單，只須加熱昨日剩下的飯菜就行。

昨晚，張婆子熬了一宿，精神不濟，只問了莫大峪睡覺有沒有踢被子，就進去休息了。

女人不出門拜年，村裡幾個和張婆子交好的婆子便都來莫家坐，跟她坐在炕上說話。

洛瑾在正屋燒水泡茶，不時能聽見張婆子對人家說著鳳英的種種不規矩，想來還在對前日的事生氣。

做完正屋的活，她便回西廂房繼續抄書了。

近中午時，屋外有了動靜，一個清脆的女聲響起，讓洛瑾拿筆的手一頓。

院子裡，張婆子迎出門外，看著進來的一群年輕人道：「也不早些過來！」

「姑姑，過年好。」幾個年輕人彎腰行禮。

「到屋裡坐。」大年初一，張婆子娘家的姪子都會過來看她。

這時，張月桃跑上前，甜甜地叫了聲。「姑姑。」

張婆子一愣。「桃丫頭？妳也來了？」

「我來給您拜年。」張月桃從兄長手裡提起一塊肉。「爹讓我帶了驢肉呢！」

「真是的。」張婆子示意趙寧娘把肉接過去，臉上雖然笑著，心裡卻覺得，姑娘家怎能在初一出門，弟弟一家也太慣著姪女了。

家裡只有莫恩升一個男人，自然是他出來招呼幾個表兄弟，聊了幾句，就進了正屋。

「叫洛瑾出來燒水。」張婆子想了想，又道：「算了，家裡人這麼多，太擠了，讓她留在西廂房照看大峪吧！」

趙寧娘應聲，把驢肉放進存肉的大缸。

另一邊，洛瑾聽到動靜，穿上鞋，準備去正屋燒水，卻碰到進屋的趙寧娘。

趙寧娘手裡端著盆子，裡面是要洗的菜，還有幾個盤子。

「洛瑾，正屋人多，妳在這邊幫忙就行。」趙寧娘放下盆子，也知道洛瑾過去，會礙張月桃的眼。「幫我看著大峪。」

「好。」洛瑾也不想過去，她不喜歡張月桃。

莫大峪在西廂房玩了一會兒，說要去找川子，便跑出門。

今天天氣不錯，屋頂上的麻雀嘰嘰喳喳。洛瑾由他去了，把菜洗好，裝到盤子裡。

這時，門忽然被推開，陽光灑了進來。

「洗得差不多了。」洛瑾以為是趙寧娘來拿菜，便道了聲。

沒人回她。洛瑾抬頭，陽光刺眼，她眯起雙眼，見門外的少女居高臨下地看著她，眼裡帶著得意。

但那份得意很快就消失了，取而代之的是不相信，張月桃喝道：「妳是誰?!」

「表姑娘來了。」洛瑾站起來，對張月桃福了福身。

這下，張月桃還有什麼不明白的，這分明是當日那個邋遢的女人！上次的事，她一直耿耿於懷，莫恩庭居然為了一個髒女人教訓她。

張月桃瞪著門檻。上次莫恩庭說過不讓她進西廂房，但她還是抬腳邁進去，將擋路的菜盆踢到一旁。

洛瑾端起菜盆，沒有理會張月桃，去了正屋。

正屋，趙寧娘看洛瑾過來，道：「大峪怎麼還沒回來？妳幫我去院門那裡看看。」

洛瑾放下盆子出去，轉頭看了眼西廂房，有些擔心。張月桃不會再把她抄的書毀了吧？大街上沒什麼人，看不到莫大峪跑去哪裡，洛瑾走了幾步，瞧瞧四周。

莫振邦和兩個兒子回來了，莫恩庭見狀，上前問道：「妳怎麼出來了？」

「二哥，我在找大峪。」洛瑾回道，又喊了莫振邦跟莫恩席一聲。

「妳回去吧，我去叫他。」莫恩庭說完，轉身去了。

第二十一章

洛瑾回到西廂房時，張月桃依舊沒有離開，坐在她睡覺的木板上，抱怨道：「這麼硬，硌死人了。」

洛瑾沒說話，她不想招惹張月桃，便掀簾進裡間抄書。

孰料，此舉讓張月桃生氣了，顧不得上次莫恩庭說過的話，抬腳跟著進去。

洛瑾剛拿起筆，就被人猛地抽走。

「妳要做什麼？」洛瑾看著手心上的墨跡，有些無奈。她不犯人，為什麼張月桃要咬著她不放呢？

「喲，會開口呀！」張月桃表情尖酸，嘴巴不饒人。「我還以為變啞巴了！」

「表小姐，妳為什麼不喜歡我？」洛瑾覺得張月桃不是單純地討厭她而已。

「別裝出一副可憐兮兮的樣子。」張月桃把毛筆扔到矮桌上。「我可不吃妳這套，跟個狐狸精似的。」

「妳胡說！」張月桃憑什麼說她是狐狸精！她向來安分守己，討厭被人這樣羞辱。

「哈哈！」張月桃笑了，她看出來了，洛瑾不會罵人，連說句重話都沒有狠勁。「我就說妳怎麼樣？狐狸精！」

「妳……」洛瑾的臉被氣得鼓鼓的，不知道怎麼罵回去。「不許說！」

張月桃見狀，更加大膽，上前兩步，推了洛瑾一把。「那妳來打我呀！」

洛瑾身子一斜，連忙伸手按在炕上才沒有被推倒。看見張月桃又準備動手，遂抓起桌上的東西丟過去。

「妳——」張月桃尖叫，扭曲了五官，一雙美目幾乎冒出火來，一團黑墨留在她的俏臉上，煞是滑稽。

洛瑾看過去，也傻了，剛才她竟扔了桌上的毛筆，好巧不巧，正好砸在張月桃臉上，花了人家一張臉不說，還劃髒了她的新衣。

「我……」洛瑾不由想往炕裡躲。「是妳先推我的。」

「妳給我過來！」張月桃聽不進去，只想整治眼前的人，刁蠻的她，一把抓住洛瑾的腳踝就往炕下拖。

「放開！」洛瑾掙扎，想抓住什麼穩住自己，結果拽散了莫恩庭摺好的被褥。

「啊！」張月桃想將炕上的狐狸精直接拖下炕，摔殘了她，冷不防卻被掙扎的洛瑾踢了一腳，差點岔了氣，更是怒火中燒。

洛瑾簡直要哭出來，張月桃力氣大，若真的被拉到炕下，那還得了？

「做什麼?!」

一聲大吼傳來，張月桃拽著她腳踝的手鬆開了，洛瑾連忙爬起來，鑽到炕裡面。

莫恩庭格開張月桃，看了看淚汪汪的洛瑾，平時整齊的屋子，現在一片狼藉。

「月桃，」莫恩庭的語氣一如既往，卻莫名讓人聽出了寒意。「上次我說的話，妳沒聽清楚嗎？」

「表哥，是她！」張月桃指著躲在炕上的洛瑾。「你瞧，她把我的臉畫成這樣！」

「妳沒有回答我。」莫恩庭道：「妳來西廂房做什麼？」

「我……」張月桃支支吾吾。「我來找大峪。」

「幹啥？」莫大峪的小腦袋從門簾外露出來。

張月桃說不出話，表情十分委屈，但臉上那黑黑的一團墨，卻讓她怎麼看，怎麼好笑。

西廂房鬧的動靜太大，張婆子走了進來。平日，她很少過來這裡，但大年初一的，誰家會這般鬧騰？

「姑姑！」張月桃挽著張婆子的胳膊，以為找到了靠山。「二表哥不講理。」說著，瞋怪地看向莫恩庭。

「娘，其實沒什麼。」莫恩庭道了聲。「表妹只是過來找本書看。」

「不是！」張月桃立即反駁，伸手指向洛瑾。「是她欺負我！姑姑，您看我的臉。」好似怕張婆子不信，把臉往她面前湊。

張婆子瞇起細小的眼睛。姪女怎就如此不懂事？說人家欺負她，也要先說清她怎會在人家屋裡？剛才莫恩庭已經幫她找了臺階下，她還這般胡攪蠻纏。

「妳大表嫂準備了點心，妳陪我去東廂房吃。」張婆子拍了拍張月桃的手。「臉上用水好好洗洗就乾淨了。」

張月桃不明白，以前張婆子都會幫她，怎麼這次沒有？瞪向洛瑾的眼神更加不善。「她就會裝可憐，她就是……」

「月桃！」張婆子打斷張月桃。「這裡是西廂房，再怎麼說，洛瑾也是莫恩庭名義上的媳婦，姪女這樣鬧，對莫家實在不尊重。大年初一在這裡吵，是希望莫家這一年都不平安嗎？」

張月桃看著張婆子的臉色，知道她有些生氣了，遂閉上了嘴。

接著，張婆子對洛瑾斥了聲。「趕緊將屋子收拾一下，大過年的這麼亂，不像話！」說完領著莫大峪，帶張月桃出去了。

見人走遠，洛瑾坐直身子，將被扯亂的被褥整理好。

「二哥，我這就幫你收拾。」

莫恩庭彎腰撿起地上散落的紙筆，瞥見那雙破舊的繡花鞋。自從洛瑾來到莫家後，好像就沒有過新衣，連過年都是穿趙寧娘以前的衣服。

洛瑾把矮桌擺正，小心地從炕上下來，低著頭站在牆邊，兩隻手揪在一起。

莫恩庭拿著那枝扔人的毛筆細瞧，筆頭已經散開，不知道還能不能用？

「二哥，對不起。」洛瑾小聲道，曉得自己闖禍了。平時裡間乾淨整齊，現在簡直是一團糟。

「月桃又欺負妳了？」莫恩庭問道。若洛瑾與張月桃吵起來，挑事的一定不是眼前這個膽小的。

剛才他進屋時，驚見張月桃將洛瑾往炕下拖，只差半個身子就會掉到地上了，洛瑾這麼瘦弱，跌到地上，還不摔暈過去？

「是她先罵我的。」洛瑾還是對那句狐狸精生氣。

莫恩庭第一次見到洛瑾生氣，有些興趣了。「她罵妳什麼？」

洛瑾拽著自己的袖口，氣得不想多說話。

應該是罵了些不好聽的，莫恩庭沒再問她，道：「今日妳待在屋裡，別去正屋了。」過節，家裡講究，不要生事才好。

洛瑾點頭。看來莫恩庭不打算追究了，心裡一鬆，突然感覺腮邊癢癢的，有幾根細長手指劃過，將頰邊垂下的亂髮攏到耳後。

「頭髮亂了。」柔滑髮絲穿過指尖的感覺實在不錯，莫恩庭手指一轉，纏上一綹把玩。

「像門外樹上的喜鵲窩。」

洛瑾忙轉頭躲開莫恩庭的手，也覺得自己狼狽，連身上衣裙都被張月桃扯得不成樣子。

「二哥，我出去整理一下。」

「記著。」莫恩庭說了聲。「下次筆墨蘸足些。」

洛瑾抓著門簾，疑惑地回頭。「啊？」

「啊什麼？」莫恩庭笑了，她這呆呆的樣子實在有趣。「快去吧！」

中午，男人們在正屋喝酒，張婆子和女眷待在東廂房，男人喝完酒，才輪到女人吃飯。

洛瑾待在西廂房抄書，趙寧娘忙完正屋的活，用葫蘆瓢裝了花生過來陪她。

「歇會兒吧！」趙寧娘坐到炕上，抓出一把花生放到洛瑾面前。「還有一會兒才能吃飯，先墊墊肚子。」

洛瑾放下筆，道了聲謝，猶豫著要不要吃花生，那會把矮桌弄髒的。

「吃吧！」趙寧娘勸道：「等會兒收拾乾淨就行了。」這丫頭真是的，莫恩庭都讓她動他的東西了，明眼人誰看不出來，就這丫頭不開竅。

洛瑾拿起一粒花生，用手剝開。花生是年前趙寧娘炒好的，火候剛好，又脆又香。

「妳說，月桃真會嫁過來嗎？」趙寧娘邊吃邊猜。「我看未必呢！」

這些不關洛瑾的事，只乖巧地聽著，反正她不會一直留在莫家。

其實，趙寧娘並不希望張月桃嫁進莫家，那姑娘被張屠夫家慣壞了，事事都要爭，如果真跟了莫恩升，以後可是不好相處。

想到這裡，趙寧娘看了看不太說話的洛瑾。到時候，洛瑾會被欺負得很慘吧？她聽莫恩席提過幾句洛瑾家的事，覺得她日後離開這裡也好。

「大峪呢？」洛瑾問道。

「在東廂房，那小子就知道吃。」說到自己的兒子，趙寧娘笑了笑。「他也跟他爹一樣，不愛讀書，不然，跟著妳和二郎學學，多好。」

「他還小，大一點再說。」洛瑾喜歡莫大峪。「要是他想學，我有空就教他。」

趙寧娘一聽，連忙笑著道：「好，我回去跟他說，那孩子挺喜歡跟著妳的。」

一會兒後，男人們終於喝完酒，輪到女人吃飯，趙寧娘分別把飯送到東、西廂房。正屋裡要喝茶，洛瑾出了西廂房，幫忙燒水，家裡人多，只靠趙寧娘會忙不過來。

張月桃從東廂房走出來，瞪著坐在灶前燒火的洛瑾，心裡有氣。看見這女人兩次，她都沒占到便宜，反倒壞了兩身新衣。

洛瑾感受到張月桃的目光，只當不知道，低著頭做自己的活。

這時，裡屋的男人們出來了，喝了酒，想到院子裡透透氣。

張月桃來了精神。他們張家有的是人，兩個哥哥還有幾個堂兄弟，全是她的靠山。

「哥。」張月桃跑過去。「去山上看看吧？」

「山上有什麼好看？」張家長子搖頭。「咱們家後面也有山，就沒見妳上去過。」

「不一樣。」張月桃用眼角餘光瞥莫恩庭。「二表哥，你帶我去看看後山的大宅子，好不好？」

「丫頭，別胡鬧。」張家長子勸了句，這個妹妹說風就是雨的。

「又不是叫你，我叫二表哥。」張月桃噘嘴，跑到莫恩庭身旁。「行嗎？」

張家的兄弟們見狀，覺得妹妹的行為太過不妥，一個姑娘家怎能對男子這樣說，又不是小時候不懂事；更何況，莫恩庭的媳婦也在，豈不是讓人家難看？

「要不，一起上山看看？」一個兄弟打圓場。

「實在不行。」莫恩庭推辭。「下個月就要縣試，不能耽擱，要回屋溫書，過年這兩天落下了不少功課。」

的確如此，莫恩庭是要考取功名的人，現在正是關鍵，哪能拉著他一起遊玩？

「這樣吧，」莫恩庭道：「三郎對那裡熟，帶你們去看，也是一樣的。」

莫恩升聽了頭大。他可不喜歡張月桃，這個表妹從小就趾高氣揚，又愛生事，但莫恩庭把球踢過來了，只好接住。

「若不嫌遠，便去看看。」莫恩升瞪了莫恩庭一眼。「不過回來的話，天恐怕就黑了。」

「那就在山上看一眼，沒必要跑到跟前去。」張家另一位兄弟道。

一群人商量完，出了院子。

張月桃不甘心地回頭看莫恩庭。她從小沒受過委屈，人又長得好看，村裡的姑娘沒一個比得過她，為什麼就爭不過一個什麼都沒有的受氣包呢？

另一邊，洛瑾進了裡屋，想收拾矮桌上的茶碗。

莫振邦太累，倚在炕上的被子上睡著了。

洛瑾剛想伸手拿茶碗，卻被拉了下，轉身見莫恩庭做個噤聲的動作，把她帶到正屋。

「爹累了，我來。」莫恩庭說著，輕手輕腳進了裡屋，將整張矮桌搬到正屋地上，讓洛瑾收拾。

洛瑾放下門簾，蹲下身，將用過的碗收進盆裡清洗。

「收拾完，回去找我。」看著洛瑾洗碗，莫恩庭總覺得那雙手應該握筆或繡花。「我看妳抄的書有空下的地方，我告訴妳怎麼寫。」

洛瑾點頭。「我收拾好就回去。」

這丫頭真是聽話，好像不會拒絕人。莫恩庭轉身，在方桌的香爐裡添了三炷香，回了西廂房。

爬山的人沒多久就回來了，張月桃不是真的想去，見莫恩庭沒去，沒了興致，走到半路就嚷著要回來。

院裡傳來表兄弟們的說笑聲，抄書的洛瑾抬頭問道：「二哥，我要去正屋燒水嗎？」

「不用，他們應該是要回去了。」莫恩庭起身。張家那幾個兄弟，雖然沒有明著說，可剛才哪個沒有偷偷盯著洛瑾看？「我出去送送就行。」

洛瑾應了聲，低下頭繼續抄書了。

一會兒後，莫恩庭從外面進來。「下雪了。」

洛瑾看向窗戶，因為有窗紙遮擋，看不清外面。

到了做晚飯時，洛瑾才走出西廂房，發現地上已經積滿了雪。

雪紛紛揚揚地下著，整個世界看起來那麼安靜。

因為前幾天的忙碌，莫家人吃過晚飯便回去自己的屋子，想早些休息。

西廂房裡，洛瑾認真地抄著書，看一個字，寫一個字，生怕不小心抄錯了。

莫恩庭走到院子，沒一會兒就折回來。「雪停了，出來看看。」

洛瑾下炕，穿上鞋，跟著走到院子。

山村寂靜，莫家院子裡沒有燈火，黑夜被雪光映得發亮。

莫恩庭回到裡間，吹熄了燈，走到洛瑾身旁。「我帶妳去個地方。」

「這麼晚？」洛瑾小聲道：「過年，女子不准出門的。」

「不走遠，再說，又不是叫妳去別人家。」這丫頭的規矩就是多。

莫恩庭說完，關上了西廂房的門。

「二哥？」洛瑾還是覺得不妥。

「噓。」莫恩庭將手指放在嘴邊。「別吵醒了爹和娘。」

見洛瑾依然猶豫，莫恩庭乾脆拉住她的手往外走，兩人一前一後出了院子。

第二十二章

是夜，村裡的人家大多已經睡下，找不到半點燈火。

腳下的積雪不算厚，鬆鬆軟軟的，洛瑾小小的步子踩過，留下一串痕跡。

洛瑾有些跟不上莫恩庭的腳步，又想抽回被他拽著的手，遂道：「我自己走。」

莫恩庭沒鬆手，軟軟小手握在掌心裡，讓他好想一直牽著。「那我走慢些。」

「二哥。」洛瑾堅持。「你鬆手呀！」

「那妳小心，莫要滑倒。」莫恩庭鬆開手，掌心空了，有些遺憾。

「要去哪裡？」洛瑾跟在後面，看了看四下。這裡是村尾，再往前走就上山了。

莫恩庭回頭。「妳沒聞到什麼？」

他這麼一說，洛瑾才在清冷空氣裡嗅到了一絲香氣，可是，大半夜的，能看到什麼？

「在那裡！」莫恩庭走過去，扶著洛瑾的雙肩，讓她往前幾步，指著一堆被白雪覆蓋的亂石。「後面有梅樹。」

幸虧有雪光，洛瑾瞧見那株樹冠不小的梅樹，應該有些年歲了，想來是花開了，才散發出香氣。

「跟我來。」莫恩庭再次拉起那隻小手。「雪的下面都是石頭，晚上看不清楚，妳踩著我的腳印走。」

洛瑾低頭，小心踩著莫恩庭的腳步往前，這裡的確不好走，稍有不慎就會滑倒。他半夜跑出來，就是為了賞梅花？讀書人愛梅花，她有聽過，可是為什麼要拉她一起？

到了梅樹前，樹身比剛才看到的還要粗壯，白雪落滿枝椏，黑夜裡只能看出淡淡的花瓣影子，分辨不出顏色。

這裡也不平坦，莫恩庭讓洛瑾扶著樹枝，自己一撩袍子，爬到樹上。

「二哥！」洛瑾驚呼。這是晚上，又有殘雪，萬一摔下來怎麼辦。「你快下來！」

莫恩庭沒回應，繼續踩著粗枝上去。最好看的花，永遠在難以觸及的枝頭。

眼看莫恩庭爬得越來越高，枝幹開始搖晃，洛瑾連開口叫也不敢了，怕樹枝突然斷掉。

莫恩庭折下最頂端的梅花，沿原路爬下樹，低頭對樹下的人影搖了搖手裡的花枝。

洛瑾沒想到，平時覺得莫恩庭沈穩、話少，沒想到他也會做出這種事，遂往後面站了站，為莫恩庭空出些位置。

莫恩庭俐落地從樹上跳下來，拍了拍手。

梅樹晃動，枝上的落雪灑了洛瑾一身，沿著脖子鑽進去，讓她打了個冷顫。

「冷嗎？」莫恩庭捧住那張小小的臉蛋，指間還挾著梅花。

洛瑾呆住了，眼前的人這麼近，近得她想轉身逃跑，可是動不了。

「我……」她的聲音又開始發抖了。

「看來真是冷了。」莫恩庭的手指描過細細柳眉，滑向眼角，輕輕撣去洛瑾肩上的雪屑，笑了。「洛瑾願意與我賞梅，我很高興。」這丫頭，讓人越看越想欺負她，就算現在瞧不清她的臉，也知道她慌得很。

洛瑾別開臉。「梅花……真好看。」

「所以洛瑾也很高興？」莫恩庭抓起洛瑾的手，把梅枝送到她手裡。「都說賞花是因人心而定，若高興，花兒便是好看的。」

這黑燈瞎火的，哪裡能看出花好不好看？洛瑾又往身後的梅樹靠了靠。「不回去嗎？」

「不回去。」莫恩庭倚在樹幹上，一隻腳支在上面，抬頭望向遠方。

洛瑾低頭，手裡梅花的香氣襲來。莫恩庭的意思是，她也要待在這裡陪他？

洛瑾靜靜地站在梅樹下，但一樹繁花，哪敵得過她半分？

莫恩庭知道，現在他能給她的，只有一枝花，所以，下個月的縣試，他一定要過，他想留住她，以後給她最好的。

一會兒後，洛瑾試探地開口。「二哥，回去吧？」

夜更深了，四周被白雪覆蓋，但能隱約看出下面紛雜的亂石，靜得讓人發慌。

莫恩庭直起身，手搭在洛瑾身後的梅樹上。「洛瑾，以前我對妳是否不好？」

「沒有。」洛瑾搖頭。「二哥幫過我好多次，我很感激。」別的不說，那次他若鬆口讓段九帶走她，後果怕是不堪設想。

「以後洛瑾會離開這裡的。」莫恩庭輕聲說著，手指勾住她落在梅枝上的髮絲，纏纏繞繞。「這裡太苦，不適合妳。」

「嗯。」洛瑾點頭。「姑父處理完家裡的事，會來接我，我也會還清你的銀子。」

莫恩庭聽了，手指一頓，看著在雪夜裡發亮的雙眼，似是帶著希望。這丫頭不知道，她爹闖了多大的禍吧？

「對呀！」莫恩庭看向自己的手指。「還銀子，妳倒記得清楚。」

「我託三郎幫忙了。」洛瑾道：「他說過完年，就會幫我去問領繡活的事。」

莫恩庭想了想。「也好，不出門就能掙到銀子。」這張臉如果到外面做工，定會惹禍。

見莫恩庭也贊同，洛瑾往前一步，不想頭髮被樹枝纏住了，哎喲一聲。

莫恩庭鬆開手。「沒事吧？」

洛瑾摸了摸頭頂。「頭髮勾在樹枝上了。」

莫恩庭笑了聲，摸了摸洛瑾的頭。「傻丫頭，妳真的什麼也不懂呀！」

她說錯話了？洛瑾伸手解開頭髮。她真是不聰明吧？如此想著，腳不由往旁邊挪了挪。

「啊！」她一腳踩進雪裡，竟卡在石縫裡，幸好抓住了樹枝，才沒有摔倒。

「別動！」莫恩庭見洛瑾想把腳抬起來，連忙制止。「這裡的石頭很尖，會傷到腳。」

他說完，蹲下身，輕輕拂去地上的雪。「妳說妳，好好站著都會出事，不讓人放心。」

洛瑾覺得應該沒有莫恩庭說得那麼嚴重，說不定一抬腳，就抽出來了呢！

「早知道，就不帶妳過來了。」莫恩庭說著，挪開地上的石頭。「好了。」

「謝謝二哥。」洛瑾動了動腳，沒什麼事。

「回去了。」莫恩庭伸出手。「抓著我。」

洛瑾看著那隻手，搖了搖頭。「我自己會小心的。」
「好啊！」莫恩庭轉身。「再卡住腳，我就不管妳了，把妳留在這裡給狼吃。」
「你又嚇唬人。」洛瑾手裡攥著梅花，腳下走得仔細。
莫恩庭回頭。「被妳看出來了？」抓住那隻提著裙襬的手，往前跑去。「走了！」
洛瑾踉蹌一步，身不由己地被人拽著跑出去。
靜靜的夜裡，兩個人影從雪地上跑過，清幽的梅香隨之而去。

回到莫家，莫恩庭輕輕打開院門，帶洛瑾進了西廂房。
一路小跑，讓洛瑾有些喘。這太不合適了，男女有別，莫恩庭怎能隨意抓她的手？可是，要怎麼跟他說？
「二哥。」洛瑾吸了口氣。
莫恩庭端著油燈出裡間。「怎麼了？」
「我……」洛瑾支支吾吾，萬一他只是想幫她呢？只能又把話嚥回去。「你的梅花。」
「妳先拿著。」莫恩庭放下燈，去了院子。
燈火中，洛瑾看清手裡的梅花，嫩黃色的花瓣清雅，幽香沁人。
莫恩庭推開屋門，鞋底沾著雪，握著一只小小的酒瓶。他倒了些水，從洛瑾手中拿過梅花，插進瓶裡。
「好看。」莫恩庭拿在手裡端詳，遞到洛瑾面前。「擺在妳那裡吧！」

「我？」洛瑾疑惑地看著他。

「要我幫妳擺？」莫恩庭的手固執地伸著。「還是，妳不喜歡？」

「我自己來。」洛瑾接過瓶子，看著梅花，呆了呆。

「又發呆？」莫恩庭彎腰，與洛瑾平視。「晚了，不睡了？」

眼前的臉離得很近，讓洛瑾後退了兩步。「知道了。」

莫恩庭把油燈端回裡間，外間暗了下來。

洛瑾坐在床板上，看著黑影中的梅花，最後將瓶子放到原先放紙的架子上。

正月裡，走親訪友的人多，莫家兄弟也出去走動，但二月就要縣試，莫恩庭便留在家裡溫書。

莫家人也將這次考試當成大事，莫振邦吩咐過，家裡大小事都不要去找莫恩庭，連莫大峪都不准進西廂房打攪他。

洛瑾的活做完了，就會幫忙抄書，她做事仔細，抄得也快，只差幾頁就完成了。

趙寧娘還記得洛瑾要教莫大峪讀書的事，有時候會請洛瑾去老屋，要莫大峪跟著唸幾句；可孩子到底小，又不喜歡書，更想跟著莫恩升上山。

每個母親都希望自己的孩子有出息，趙寧娘見兒子對讀書沒興趣，心中有些遺憾。

初六以後，莫振邦上工了，張婆子想著，哪天有空，要去張屠夫家一趟，探探他的意思，如果可以，就在今年訂下莫恩升和張月桃的婚事。

莫恩升壓根兒不知道這些，每日照舊幫家裡幹活，有空便去碼頭看貨，盤算著做生意。

接下來的日子，雖然風大了些，但天氣不似年前寒冷。

莫家的果園在西面坡上，種的都是桃樹，有大人那麼高，天要暖了，是時候為果樹修枝，雜枝太多，會影響收成。

莫恩席和莫恩升負責修剪，趙寧娘和洛瑾則將剪掉的樹枝撿起來，放到旁邊，待乾了以後，拿回家當柴火。

莫大峪坐在一旁的石頭上玩耍，拿著樹枝亂畫。

「這些樹差不多快十年了。」趙寧娘彎著腰，與洛瑾說話。「我嫁過來時就有了，當時樹還小呢！」

洛瑾把撿到的樹枝收在一起。「以前我家後院也種過桃樹，但果子總長不大，後來便只當花來養了。」

趙寧娘笑了。「果樹也是要打理的，還要注意別生蟲。」知道說了這些，洛瑾未必懂，但依然有耐心地解釋。「這些樹結的果子很大，還很甜。」

幹了一會兒活，幾人到旁邊休息。不遠處是幾棵光禿禿的臭椿，沒精神地立著，上面沾著幾片枯葉。

「大峪，跟三叔來。」莫恩升忽然從地上跳起來，拍了拍身上的土，往臭椿走去。

莫大峪連忙跟上。「三叔，等等我！」

莫恩升用力拽下那些乾枯的臭椿葉子，再放到莫大峪手裡。

「三郎就是眼尖。」趙寧娘笑了聲。「什麼好東西都能被他找著。」

莫恩席話少，只看了一眼，用手攏了攏身上的棉襖。

莫大峪雙手抓著葉子跑回來。「娘，您看！」

原來，他手裡的東西是蠶繭，經過一個冬天，已經變成灰色。

莫恩席用修樹的剪子剪破蠶繭，裡面是個胖胖的蠶蛹，不知道是不是感受到寒冷，努力縮著自己的肚子。

「嬸嬸，您看，這麼大！」莫大峪伸出小手，將胖胖的蠶蛹送到洛瑾眼前。

洛瑾往後一仰，連忙別開臉。「我看到了。」這麼大的蟲子，太嚇人了。

「等會兒讓三叔烤給我吃。」莫大峪咧開嘴，跑向莫恩升。「三叔，咱們生火吧！」

趙寧娘見狀，安慰洛瑾。「妳別怕，那是蛹，可以吃的。」

洛瑾腦海裡全是大大的蟲子，實在說不出話，只得對趙寧娘點了點頭。

另一邊，莫恩升已經在背風處生火，莫大峪勤快地替他拿乾草。

「淨瞎鬧。」莫恩席瞅了瞅么弟跟兒子，起身走進果園，趙寧娘和洛瑾也跟上去。

這邊，剪下的桃枝越積越多；那廂，叔姪倆也玩得不亦樂乎，時不時傳來莫大峪著急的問話聲。「熟了沒？」

洛瑾看著修剪好的桃樹，問道：「嫂子，今天就要做完嗎？」

趙寧娘搖頭。「不用，起碼得花三、四天才行，往西走，還有咱們家的地。」

洛瑾想，吃顆桃子倒是簡單，可桃樹竟要如此細心打理。

「嬸嬸。」莫大峪跑過來，拽著洛瑾的衣角。「給您一個。」

洛瑾看了看莫大峪的手心，那裡躺著一顆黑糊糊的炭球，立刻猜到是什麼，連忙擺手。

「我不要。」

莫大峪不解。這明明很好吃呀！遂把熟蠶蛹放進自己嘴裡，嚼了嚼。

洛瑾趕緊邁開步伐，去了桃樹的另一邊。人吃蟲子，太可怕了。

「找你三叔去。」趙寧娘瞧見，攆走兒子，又對洛瑾說：「這孩子一天到晚就知道跟著三郎。」

洛瑾沒應聲，繼續彎腰撿地上的桃枝，再沒朝那叔姪倆的方向看過。

中午，幾個人回莫家吃飯。早上已經做好烙餅，只要熱一熱就行，所以回來時，張婆子已經準備好了。

洛瑾先回西廂房，想洗洗手，也要叫莫恩庭去正屋吃飯。

莫恩庭從裡間出來。「回來了？」

「二哥。」洛瑾放下手裡的盆子。「婆婆說，可以吃飯了。」

莫恩庭看著洛瑾被刮亂的頭髮、乾乾的嘴唇，哪裡還有晨起時的水靈？只是去了坡裡半日，怎麼就變成這樣了？

「妳的手怎麼了？」莫恩庭問。

洛瑾抬起手，手背上有兩道刮痕。「被樹枝劃到了吧？」說著，用另一隻手揉了揉。

「我瞧瞧。」莫恩庭拉過洛瑾的手，還好只是有些印子，並沒有破皮。「妳小心點，不然下次妳姑父來了，我怎麼交代？」

洛瑾慌忙抽回手。「我知道了。」

「妳知道什麼？」莫恩庭笑了笑，她整天就會說這句。「以後去坡裡，記得戴上頭巾，能擋風。」

洛瑾也察覺到了，光半日工夫，手和臉便乾得難受。「我沒想到果園的風那麼大。」

「是很大。」莫恩庭搖了搖頭。「妳這麼瘦，當心被颳跑。」

這是被笑話了嗎？洛瑾低下頭。

「午後留在屋裡抄書，不要去果園了。」莫恩庭道。這嬌弱的身子，哪適合幹農活？看她端著水盆，都擔心那細腰會折斷。

午後，莫家人沒有去果園，莫恩席和莫恩升要清理豬圈和雞籠。桃樹該施肥了，但這些糞肥遠遠不夠，還要加上平時燒火剩下的草灰、盤炕換下的舊炕土，以及河底的瘀泥，得曝曬些日子。

西廂房裡，莫恩庭拿著書，問正在抄寫的洛瑾。「明日要做什麼？」

「嫂子說家裡的柴不多了，打算去後山撿。」洛瑾拿筆蘸墨。「開了春，活多，要多拾些松毛回來。」

「我跟妳們一道去。」莫恩庭翻了一頁書。「不能總讓大哥和三郎忙。」

「二哥不是要考試嗎？」現在莫家人對莫恩庭抱以厚望，結果他不在家讀書，要到山上撿柴？

「書看多了，頭暈。」莫恩庭道了聲。「而且在家裡，洛瑾也不和我說話。」

洛瑾一愣。她的確話少，但現在莫恩庭正須加緊苦讀，誰沒事會找他說話，這不是討罵挨嗎？

第二十三章

第二天，莫恩席兩口子，還有莫恩庭和洛瑾，四人一起上了山。

家裡的粗柴在過年時燒得差不多了，莫恩席準備再砍些。砍粗柴要翻過後山，去對面的半山腰，那裡的柴多。

兩個男人扛著斧頭去了，洛瑾則跟著趙寧娘拾松毛。這裡離山上的大宅子不遠，能看到宅子前的小湖，在陽光下閃著粼粼波光。

地上的松毛很厚，想來因為遠，村裡的人不太過來，兩人很快就堆了不少。

「嫂子，我去解手。」洛瑾拍了拍手。

趙寧娘應好，叮囑她小心些。

洛瑾往前走，找了一塊巨石，躲在後面解決。

山林裡安靜，只有山風吹過。洛瑾解完手，看見腳下有幾棵乾透的辣蘑子，便蹲下去撿。

洛瑾撿完，準備起身，卻見幾步之外有兩隻眼睛盯著她，嚇得癱坐在地，再不敢動，眼睜睜看著那頭狼朝她走來。

狼有一身黑得發亮的毛，走到洛瑾面前，露出一口尖牙，琥珀色的眼睛看上去十分凶狠。

洛瑾連出聲喊都不敢，就怕狼衝上來咬斷她的喉嚨，只能盯著牠，心道這下完了。

狼察覺洛瑾害怕，嘴裡嗚嗚叫著，往她靠近。

忽然間，一聲哨音在靜謐林子響起，狼聽見後，轉身跑了。

樹叢後走出一個人，伸手拍了拍狼的腦袋，把繩子套在牠的脖子上，這才看向被嚇得坐在地上的洛瑾，不由一愣。這姑娘長得真好看，精緻的眉眼、無辜的眼神，顯然是被嚇住了，還沒緩過來。

「妳叫什麼名字？」

洛瑾回神，原來那是大狗，不是狼，但依然蹬著腿往後退，就算是狗，她也害怕。

「牠不會咬妳。」牽狗的人笑了聲。

洛瑾抬頭，因逆光看不清那人的臉，只知道他穿得不錯，應該不是村裡的人。

那隻狗朝洛瑾走了兩步，嚇得她再也不管別的，爬起來就跑，用盡了所有力氣。

「妳等等！」牽狗的人喊了聲。

洛瑾一聽，反而跑得更快，那隻狗凶得嚇死人，不跑才傻。

「哎喲！」洛瑾只顧著跑，沒留意腳下，被地上的樹根絆倒，當場疼得起不來。

「妳跑什麼？」一隻手扶起洛瑾。

「二哥。」見是莫恩庭，洛瑾鬆了口氣。「有狼……不，有狗。」

「狗？」莫恩庭看了看洛瑾身後，什麼也沒有。「叫妳別亂跑，偏是不聽。」

洛瑾心有餘悸，見來路並沒有動靜，才放下心，揉了揉膝蓋。
「摔到哪裡了？」莫恩庭問道：「不是跟妳說過嗎？見了狗不能跑。」
「我當時全忘了。」洛瑾拍掉身上的草葉，一隻狼似的大狗站在面前，誰還記得狗怕人蹲、狼怕站？
莫恩庭伸手拿去黏在她頭髮上的雜草，只輕聲道：「沒事了，等會兒我們就回去。」
「那隻狗真的很大。」洛瑾想想就怕。
「也許是莊子裡的人養的吧！」莫恩庭問洛瑾。「能走嗎？」
洛瑾點頭，幸虧地上長滿雜草，不然肯定摔得更慘。

臨近中午，四人下了山。兩個男人一個扛松毛、一個扛柴，趙寧娘和洛瑾跟在後面。
今日張婆子帶莫恩升和莫大峪去了張屠夫家，所以趙寧娘和洛瑾要回來做午飯。
「應該是去商量婚事。」趙寧娘聊起家常話。「要不怎麼會帶三郎過去？」
洛瑾往鍋裡添水。「表姑娘是長得標致。」
趙寧娘看洛瑾一眼，小聲道：「妳沒看出來？」張婆子不在家，她不用藏著、掖著了。
「什麼？」洛瑾蓋上蓋簾。
「起初，是想把月桃許給二郎的。」趙寧娘看向東廂房。「只是，二郎一直說要讀書，不想談論別的事，明擺著不願意。」
這下，洛瑾總算明白了，原來張月桃喜歡莫恩庭，難怪老是欺負她，讓她覺得自己有些冤。

「其實，舅家也看出了二郎以後肯定有前途。」趙寧娘又道：「可是妳想想，二郎走上仕途後，身邊的夫人怎麼可能是個村姑？到底還是要找個知書達禮、上得了檯面的姑娘。」

洛瑾坐下燒火。「好像有些道理。」

趙寧娘想繼續說，但看著洛瑾，又憋回去。當初公公買回她，就是這麼想的吧！有家教、性情溫婉，莫恩庭帶出去，不會被別人看低。

午飯過後，莫鐘來了，說要與莫恩席商議，過些日子一起去採石場幹活。

莫恩席性情憨厚，不是記仇的人，且莫振邦一再教導兄弟間要互助，便與莫鐘說定，等日子到了，兩人就去採石場。

下午沒什麼事，趙寧娘便和洛瑾將存在屋裡的白菜搬到院子裡曬。

日子過得寧靜，只是洛瑾一直掛念著家裡。過了不少天，姑父始終沒有來信，讓她有些著急。

架上的梅花依舊怒放，書已經抄完，洛瑾想起趙寧娘為她裁的布料，拿出來縫。

張婆子從張家回來後，臉色不太好，想必事情不遂她的願，悶不吭聲地回了正屋。

倒是莫恩升一臉如釋重負的模樣，在院子裡和莫大峪玩鬧。

晚飯後，幾個人便回屋；莫大峪不舒服，趙寧娘抱他回去，正屋只剩洛瑾收拾。

「你沒瞧見。」張婆子說起去張家的事，氣得嘴角直抖。「那丫頭哭著、鬧著要上吊，好像咱們家三郎多不好似的。」

知道洛瑾話少，也規規矩矩，莫振邦夫婦說話便沒避著她。

「不願意就算了。」莫振邦不在意。「三郎也不大，等兩年也行。」

「不行！」張婆子急道：「得快些找，不然好的姑娘都被挑走了。」

莫振邦搖頭。「這件事，孩子也得自己願意吧？妳帶三郎去，他知道是提親嗎？」

「他小，還不得讓我這個當娘的操心？」張婆子覺得自己白費了好心，惹了一肚子氣。「話說回來，桃丫頭的脾氣是大了些。」

她說著，看了看默默擦桌子的洛瑾，心道還是這樣的媳婦聽話些。

洛瑾收拾完出去，莫振邦夫妻還在商議。天下的父母都是這樣，為子女操碎了心。

那她的父母呢？母親到底知不知道她在這裡？

正月十五，農家正式開始了新一年的勞作。

莫振邦想讓莫恩升繼續回去學木工，可是莫恩升有自己的想法，覺得拘在家裡做工太無趣，喜歡在外面闖蕩見識，決定與蕭五合伙做買賣。

莫振邦不贊成，莫家世代為農，若莫恩升從商，怕是會影響莫恩庭的考試。

他想到這裡，又操心起另一件大事，那就是莫恩庭的身分。本朝規定，家世清白者，方可赴考，雖然莫恩庭入了莫家的籍，但畢竟不是親生孩子，怕官府不認，所以之前才想著是否要到考場打點？

讀了這麼多年的書，只為了這一天，若不能赴考，怕是一輩子就這麼耽誤了。莫振邦有些發愁，打算去跟村長商量，雖說有縣裡的舉人替莫恩庭擔保，可他心裡就是不踏實。

莫恩席在村裡人的舉薦下，已經定下去採石場做工的日子。採石場是當天幹活，當天領工錢，需要力氣和鑿石頭的手藝，懶人是幹不了的。

正月十五，當地有散燈的習俗。天將黑時，點燃小紅蠟燭，放在家中各處，據說可以除穢，讓家裡乾乾淨淨。

傍晚，洛瑾燒火，趙寧娘拿出莫振邦帶回來的元宵，準備下鍋煮。出了十五，年節就算真正過完了。

莫大峪提著兩根小煙火在門前玩，小小的火星掉落，響起輕微的聲響。

吃晚飯時，莫大峪道：「川子他爹要帶他去鎮上看燈。」小孩子會察言觀色，家裡哪個人最疼他，他最清楚。「說明晚去。」

「那麼遠？你爹要上工，讓你三叔給你做個小燈籠在家玩，好不好？」張婆子和寶貝孫子商量。

「那叫三叔帶我去。」在家裡，除了張婆子，莫恩升是最慣著他的。

「這次不行，我要去蕭五家。」莫恩升偷偷看了莫振邦一眼。「他找我有事。」

莫大峪有些失望，低下頭，無精打采地用湯匙攪著碗裡的元宵。

「我帶你去。」莫恩庭開了口。「明日我和段清他們去買書，可以帶著你；不過，你要聽話。」

「我會！」莫大峪咧嘴笑開。「二叔，川子說他爹會給他買燈，您也買嗎？」

「小小年紀，學會得寸進尺了？」莫恩庭覷著姪子。「跟你三叔學的吧？」

莫恩升當即反駁。「這不是得寸進尺，這是精明！」

一家人說說笑笑，日子雖不富貴，卻過得充實溫暖。

第二日午後，莫大峪穿得整整齊齊，早早跑到西廂房，生怕莫恩庭撇下他，自己出門。

「洛瑾，妳一起去，幫我看著莫大峪。」莫恩庭叫了聲。「我買書時顧不上。」

「家裡呢？」洛瑾問道。要問問張婆子吧？

「妳先收拾，我去跟娘說一聲。」莫恩庭打量洛瑾。「這衣服太舊了，換一件吧！」

洛瑾抬起袖子看，衣服的確磨得有些糙了，既然要出門，還是換件乾淨的好。

莫大峪坐在洛瑾的床板上，踢著小腳等。

「你還在這裡坐著幹什麼？」莫恩庭走過去拽起姪子。「跟我走。」

「我要找嬸嬸。」莫大峪往後仰著身子，雙腳併攏，死活不離開。

「我還治不了你？」莫恩庭捋起袖子，直接把人扛上肩。「以為什麼東西你都能看？」

一大一小出去後，洛瑾關上門換衣裳，又梳了梳頭髮。小時候，姑姑也帶她看過花燈，但長大以後，家裡便不讓她隨便出門。

前年，她倒是有機會看燈，是周家表哥提的，說是許多姊妹都會去。本來祖母答應了，沒奈何那天下雨，只好作罷。

洛瑾想著，收好木梳，起身去了正屋。

走去鎮上要費不少工夫，洛瑾走得不快，莫大峪倒是一路蹦蹦跳跳的，好不歡喜。路上有不少往鎮上走的人，大概也是要去看燈的。

「累了，就歇會兒。」莫恩庭回頭看洛瑾。她總是跟在他後面，無論什麼時候。

「不累。」洛瑾搖頭。到莫家做活後，她的體力好了不少，有時候還會覺得肚子餓，以前在家時可沒有這樣過。

到了金水鎮，莫恩庭先把洛瑾和莫大峪送到糧鋪後院的小屋，叮囑兩人在這裡等他，他去找同窗會合買書。

小屋真的很小，盤了火炕後，只剩半丈寬的空地。角落裡有個木盆，牆邊擺了張舊凳子，除此之外，再無別的擺設。炕角疊著被褥，平時莫家父子不回家時，就宿在這裡。

院子裡時不時傳來吆喝聲，莫大峪爬到炕上，小臉湊到窗戶邊，好像能透過窗紙看清外面忙碌的人。

這時，莫振邦敲門，等洛瑾開門後，把一個油紙包遞給她。「拿進去吃吧！」說完便去忙了。

洛瑾覺得手心熱呼呼的，將紙包放到炕上打開，是一包栗子，便喚莫大峪過來。

「我最愛吃栗子了！」莫大峪心情好，小嘴更甜得似抹了蜜。「嬸嬸，您幫我剝。」

洛瑾應好，和他一起剝栗子吃。

直到傍晚，莫恩庭才帶著兩本書回來，還帶了一個布包。

「沒搗亂？」莫恩庭將東西放在炕上，拍了拍吃得正歡的莫大峪，又問洛瑾。「餓嗎？」

洛瑾搖了搖頭。「吃了些栗子。」

「養活妳真是簡單，比一隻鳥吃得還少。」莫恩庭拿起布包，送到洛瑾眼前。「看看合不合適？」

洛瑾疑惑地接過布包，打開來，裡面是一雙繡鞋。

「看妳那雙已經舊了，書齋外正好有人賣，就買了一雙回來。」莫恩庭看著繡鞋，他只記得她的腳小，卻不知道合不合適？「妳快試試，天黑前還可以回去換。」

洛瑾拉起裙襬，轉身面對牆角，蹲下身試鞋。

「剛好。」洛瑾說了聲。鞋子的樣式很簡單，上面的繡花也是，但是很合腳。

「那就好。」莫恩庭坐在炕上。

「二叔，什麼時候去看燈呀？」莫大峪趴到莫恩庭背上。

「你不要急，天沒黑，燈還沒點起來。」莫恩庭抓住他的手。「二叔先帶你去吃好吃的。」

「好！」莫大峪從炕上跳下來，穿好鞋子，迫不及待想出去。平常一直待在村子裡，他對鎮上的一切都感興趣。

於是，跟莫振邦說過後，莫恩庭領著姪子和洛瑾上了街。

莫恩庭找了處還算清靜的麵攤，帶著洛瑾跟莫大峪坐下。天還沒黑，吃麵的人很少，老闆很快做好麵端上來。

但熱氣騰騰的麵總不見涼，心急的莫大峪趴在桌上用力吹著。

莫恩庭從竹筒裡抽出幾根筷子，將其中一雙擺到洛瑾前面。「吃吧！」

「二哥，我來！」洛瑾忙伸出手去接。從來都是女人擺碗筷，哪有男人為女人擺的？

「爭什麼？下次換妳來。」莫恩庭一笑。「妳家以前教了妳多少規矩？」

洛瑾把手放在桌下。她不記得自己學了多少，只是平日跟著祖母，聽些教導而已。

「二叔，真好吃！」莫大峪大口吃著，模樣滿足，不像是剛吃完栗子的樣子。

「乖。」摸了摸姪子的頭，莫恩庭示意洛瑾動筷。「妳也吃吧！」

洛瑾拿起筷子，慢慢吃著，就算吃麵，嘴裡也沒有發出聲音來。

天色漸漸暗了，看燈的地方是金水鎮最繁華的街道，兩旁店鋪都掛上了各式的花燈。街道盡頭是衙門和當地富紳出錢辦的燈會，只開十五、十六兩日，所以聚集了不少附近的百姓。

孩子們是最高興的，扯著大人的手到處跑；也有藉著看燈相見的年輕男女，只是有些遮遮掩掩，不像尋常夫妻那樣自在地走在街上。

觀者如織，洛瑾緊緊拉住莫大峪，生怕他被人群衝散，偏偏這孩子就想往人堆裡跑。

前方有座搭起的臺子，正在猜燈謎，猜對就能得到一盞燈。這是莫恩庭擅長的，當下得了一盞，拿回來給莫大峪。

「太擠了，我們去旁邊。」莫恩庭拉住洛瑾，帶他們走出去。「歇一歇，就回去吧！」

「我還要看！」莫大峪沒玩夠，他個子小，看了一路的人，好光景還沒瞧到呢！

「天晚了，早點回去休息。」明天莫恩庭也要上學，不適合玩得太晚。

「下雨了。」洛瑾伸手摸了摸臉，有水滴落在臉上。

夜空中不期然下起了雨，淅淅瀝瀝，潤濕地上的泥土，現在趕回家是不行了。

路旁正好是一間鋪子的屋簷，沒一會兒便擠滿躲雨的人，三個人被擠到角落。再擠，就要被擠出去了。洛瑾背靠著木頭柱子，緊抓著莫大峪。沒想到這雨下得又快又急，猜燈謎的臺子上已經一片狼藉，哪裡還有剛才的半絲熱鬧？

「妳往裡面些，淋到雨了。」莫恩庭與洛瑾換了位置。

孰料，躲雨的人太多，洛瑾的小身子被擠得根本站不穩，又不願意和人碰觸，只能躲。

「過來。」莫恩庭將洛瑾一把扯進懷裡，擋住人群的推擠。

洛瑾的頭髮有著淡淡的香氣，不是任何一種花的味道，而是有些甜、又有些涼的香；還有，她的身子竟然這麼軟，好像輕輕一勒，就會折斷。書中所說的軟玉溫香，就是這樣嗎？

「我……」洛瑾又開始結結巴巴，卻又動不了，只能把莫大峪拉到兩人中間。

看著兩人之間塞進一個小毛頭，莫恩庭道：「今晚看來回不去了。」

雨還在下，不知什麼時候能停。洛瑾想後退，可實在沒有位置讓她退。「那怎麼辦？」

「去糧鋪吧！」莫恩庭摸了摸莫大峪的頭。「爹應該會知道的，以前天氣不好，都是留在那裡過夜。」

「可是……」那裡只有一間小屋，只有一個炕。

「就這麼決定了。」莫恩庭看著姪子想睡的表情。「大峪也睏了，路太遠，還下著雨，不如歇在糧鋪。」

莫恩庭說的有道理，不說揹著莫大峪要走多遠，就說這雨，誰能保證下到什麼時候？雨勢小了些，已經有等不及的人跑進雨裡，想早些回家。

莫大峪一直打著哈欠，一雙眼睛沒了精神，莫恩庭便揹起他。「走吧，雨小些了。」

洛瑾點頭，跟在他後面走了。

路上有些濕滑，洛瑾走得小心，不想將新鞋子弄髒，有些後悔換鞋出來。

「二哥，鞋子花了多少銀錢？」洛瑾問道。

莫恩庭停下腳步，仰著頭想了想。「這麼說吧，算上晚上吃的麵，今日花光了我這個月的錢，還剩半個月，只能喝西北風了。」

「啊？」洛瑾呆住了。

「走呀！」莫恩庭催道：「妳不知道大峪這小子有多沈呢！」

洛瑾快走幾步追上。「要不，你先把那十兩拿去用吧！」莫恩庭的話，讓她過意不去。

「不用。」莫恩庭猜透洛瑾的心思，她算得這麼清，就是不跟他有牽扯，以後斷得乾淨。「那是妳姑父的，到時候，我親自還給他比較好。」

「我會還清銀子的。」洛瑾小聲道。

「若妳姑父不收那十兩銀子，便是妳的。」莫恩庭的髮絲上沾著雨滴。「妳再湊二十兩就行。」

二十兩也不少。洛瑾低頭，不再說話，暗暗希望託莫恩升幫她找繡活的事能順利，好早點開始掙錢。

第二十四章

三人到了糧鋪，從小門進去。莫大峪已經熟睡，瞧不出白日裡的頑皮模樣。

莫恩庭騰出手點上蠟燭，昏暗的小屋頓時明亮起來。

洛瑾鋪好褥子，伸手去接莫大峪，可是力氣太小，根本抱不動，兩人竟直接滾到炕上，幸好莫大峪沒被吵醒。

她趕緊爬起來，在莫大峪頭下塞了枕頭，幫他蓋好被子。

莫恩庭笑了聲。「洛瑾總是這麼有趣。」摸了摸她的頭。「摔著了？」

「沒有。」洛瑾忙閃開，有些不好意思。

「等一下來洗洗臉吧！」莫恩庭端著盆子出門，去院子裡的水井打水。

洛瑾環顧小小的屋子，今晚三個人就要擠在這裡過夜。

「雨又下大了，幸虧沒往家裡趕。」莫恩庭走回來，把水盆放在地上。「洗洗手吧！」

洛瑾蹲到水盆邊，手伸進水裡，輕輕搓洗。這時，另一雙手也伸了進來，手指細長，骨節分明。

洛瑾慌忙收回手，抬頭對上莫恩庭好看的眼睛。

「我也要洗呀！」莫恩庭失笑。「看妳的樣子，像水盆裡跑進了一條毒蛇。」

「沒有。」洛瑾站起來，往後退。

莫恩庭洗完手，把水盆擱在牆角，看洛瑾拘謹地站在炕旁，不知道在想什麼，便朝她走去。

「二哥。」洛瑾一驚，退到牆上。

「把手巾拿給我。」莫恩庭指了指炕頭。「妳到底在怕什麼？」

「哦。」洛瑾忙轉頭去拿，不想動作太大，將蠟燭掃到地上，屋裡頓時漆黑一片。

「糟了。」洛瑾不知道蠟燭掉到哪裡，在炕上摸索著，一隻手在黑暗中攥住她的手，暖得發燙。

「二哥？」洛瑾抽手往後退，但後背抵著牆壁，再無可退。

「手可燙到了？」莫恩庭沒有鬆手，人也毫不客氣地上前，低頭看著模糊的輪廓，再近一點，就可以貼上她。

「沒有。」洛瑾有些害怕。

「洛瑾總是這樣。」莫恩庭嘆氣。「好像我會吃了妳似的。」

他撫摸她的頭髮，順滑中帶些濕意，手停留在細嫩的脖頸上。她在發抖，他感覺到了。

「二哥！」洛瑾想推開眼前的人，但力氣太小，反被捉住，聲音帶著哭腔。

「怎麼就這麼膽小？」莫恩庭鬆開手，依舊把人堵在牆角，摩挲著那張小臉。「這樣，會讓人很想欺負妳。」

洛瑾很想要哭，她也不想膽小，可是真的沒有辦法。

「記住，不要被別人欺負了去。」莫恩庭在她耳旁輕喃。「不是所有人都能欺負妳。」

其實洛瑾並沒聽清莫恩庭話中的意思，連忙點頭。「我知道了。」

黑暗中，莫恩庭輕笑出聲，似乎夾雜著微微的嘆息。「洛瑾會一直這麼聽二哥的話嗎？」

「會。」

眼前的人沒說話，就這樣一直站著，一直看著。洛瑾僵硬地貼在牆壁上，脖子有些痠，低下頭，額上卻觸到一股涼意，轉瞬即逝，似是錯覺。

她再抬頭時，莫恩庭放手了，讓她鬆了口氣，地上傳來窸窸窣窣的聲音，是他蹲在地上找蠟燭。

「我來幫忙。」洛瑾直起身子，上前一步。

忽然間，嘩啦聲伴隨著咯噹聲響起，屋裡接著亮了起來。

莫恩庭點好蠟燭，看了看一地的水，又看了看站在牆角、滿臉無措的洛瑾，輕輕搖頭。「妳還是靜靜待著比較好。」

「我看不清楚，就一腳踢上了。」洛瑾小聲解釋著。「對不起。」

「沒傷著腳吧？」莫恩庭走過去，收好水盆。「到炕上去，地上都是水。」

水很快就滲進地裡，潮濕一片。

洛瑾縮在炕頭，心想這一晚要怎麼過？難道真的要一起睡在炕上？

「妳拿條被子過去，我和大峪蓋一條，湊合一晚吧！」莫恩庭將莫大峪往自己這邊挪了挪，替洛瑾騰出位置。「明日我要上學，早些睡吧！」說完便吹熄了蠟燭。

外面的雨滴滴答答地沿著瓦片落下。洛瑾累了，往旁邊靠了靠，聽著雨聲，面對著牆睡去。

翌日清晨，雨停了，被沖洗過的院子清新乾淨，帶著泥土的清香。

濛濛晨光裡，莫恩庭最先醒來，看了看炕的另一頭，皺了眉頭。

他不知道小孩子睡覺會這麼不老實，也不知道莫大峪幾時跑去洛瑾的被窩裡，更不知道平時對他說不了幾句話的洛瑾，為什麼會讓莫大峪抱著她的胳膊睡？

「起來了！」莫恩庭沒好氣地叫醒莫大峪，把他拖過來。「快點去洗臉。」

「二叔。」莫大峪顯然沒睡醒，惺忪著眼掙脫莫恩庭，想再爬回洛瑾那裡去。

結果，這個清晨便在叔姪倆的鬧騰中開始。莫大峪還是被莫恩庭揪下了炕，小嘴不停地咕噥，洛瑾則將炕上整理乾淨。

莫振邦來得很早，想來是因為昨晚他們沒回去，有些擔心；莫恩升也來了，小小的屋子一下變得擁擠。

莫振邦帶了幾塊烙餅來，簡單吃過早飯後，莫恩庭去學堂，莫振邦進鋪子上工，洛瑾和莫大峪則跟著莫恩升回大石村。

日頭升起，照在還有些濕的路上，莫恩升牽著莫大峪的手，忽然停下腳步。

「二嫂，前面是繡品鋪子，妳要去看一下嗎？」莫恩升回頭問道。

「好。」洛瑾忙點頭。

繡品鋪子的活不是隨便給人做的，布料和彩線要押錢才能拿，待下次送繡好的東西來，再換回去，因為錢不多，莫恩升便先幫忙墊付了。

掌櫃考校了洛瑾的手藝，覺得不錯，給了她兩份活，再拿圖樣給她。

洛瑾謝過掌櫃，把這些東西收起來，拿在手裡，回頭發現莫恩升正盯著繡架瞧。

「二嫂，這是什麼？」莫恩升看著支在角落的木頭架子，不像是家裡常用的器具。

「那是繡架。」洛瑾道：「繡花時，把布固定在上面，撐開來繡，會省不少工夫，若不用了，就併起來，收在一旁，也不占地方。」

莫恩升點點頭。「我們回去吧！」牽著莫大峪跟洛瑾出了繡品鋪子。

三人回到大石村時，還不到中午。

張婆子擔心莫大峪，一宿沒睡好，瞧見孫子回來，抱著捨不得鬆手。

莫恩席去採石場上工，莫恩升到果園巡視，想把上次剪下的樹枝扛回家。

天氣變暖了，雖然周圍景色還是一片死灰，但已能隱隱約約看出幾分綠意，院中梨樹的枝葉也有了油色。

家裡沒什麼事，洛瑾便待在西廂房繡花。她帶回來的是女子後背衣裳的料子，要繡一朵不小的八寶花，不過並不難，想來只是為普通人家做的。

吃完午飯，莫恩升在院子裡打磨木頭，莫大峪蹲在一旁，看得認真。

洛瑾曬著衣服，見莫鐘沈著臉色走進來，垮下肩膀，一副無精打采的模樣。

「鐘哥，下工了？」莫恩升抬頭。「大哥沒一起回來？」

「別提了。」莫鐘擺擺手，找了張凳子坐下。「那活，我幹不了，我的腰受傷了，使不上勁。」

「你什麼時候傷到腰了？」莫恩升繼續低頭幹自己的活，清楚莫鐘是吃不了苦跑回來，哪裡有什麼腰傷。

莫鐘說完，伸手捶自己的腰。「時不時就閃到，怕是以後幹不了重活。」

人家都能做，落到莫鐘身上，就這也不行、那也不能，其實不過是懶而已。

「我看，還是等二叔回來，跟他商量，能不能讓我跟著他去糧鋪幹活？」莫鐘打著自己的小算盤。

「在糧鋪也要抬、要搬，有時候還要去外地收糧，一天走百十里路，不比採石場輕鬆。」莫恩升說道。莫鐘總是看別人的表面，不看人家在底下做了多少工夫。

「二郎媳婦，幫我倒碗水過來。」莫鐘不理會莫恩升，使喚洛瑾。「走了一路，口乾得要命。」

就這樣，莫鐘在莫家待到了晚上。

莫恩席回來時，背上揹著鐵錘和鐵鑽子，瞧見莫鐘在這裡，臉色很不好看，是他帶莫鐘去採石場的，不想才幹半天，人就跑了。

莫恩席不會說話，只能向採石場的管事賠不是，人家見他憨厚，便不再追究。

知道莫恩席心裡有氣，莫鐘一再說自己的腰傷犯了如何如何，最後又賴在這裡吃了頓飯。飯後，莫鐘跟莫振邦提，想去糧鋪幹活。

說實話，莫振邦是不敢讓莫鐘去糧鋪的，這姪兒愛占小便宜，萬一到時候偷拿鋪子裡的糧，這絕對不行，只說會幫忙留意看看。

好不容易將莫鐘打發走，莫家人才各自回屋休息。

洛瑾在西廂房燒好了水，端進裡屋給莫恩庭。

「妳去領了繡活？」莫恩庭問道。

「嗯，回來時，三郎帶我去的。」洛瑾放下盆子。「半個月後回去交繡品。」她算過了，鋪子給的銀錢並不多，就算她多繡些，也不可能在年底湊夠二十兩。

「晚上到裡間來繡吧！」莫恩庭脫掉外衫。「別熬壞了眼。」

洛瑾問：「不會打攪你？」這樣便可以多做一些呢！

莫恩庭挑唇一笑。「妳什麼時候主動跟我說過話？總是悶不吭聲，安靜得像隻兔子。」

洛瑾眨了眨眼睛，她本來話就少；再說，和莫恩庭能講什麼？

「看看，我沒說錯吧！」莫恩庭無奈。「妳先出去，我洗完了，再叫妳進來。」

夜晚寧靜，燈火晃了晃，裡間安安靜靜，一人看書，一人繡花，似乎誰也不礙著誰。

炕頭上擺著繡花樣子，洛瑾會拿起來端詳，再下針。

莫恩庭看著繡花的女子，不由想著，她以前的生活是怎樣的？現在的她穿著不合身的粗布衣服，頭髮簡單地挽起，整個人素素淡淡的，若她一身綾羅綢緞，會是什麼模樣？

「洛瑾。」莫恩庭叫了聲。「如果今年的兩場考試過了，我就會進縣學。」

洛瑾抬頭。「我知道，到時候二哥就是秀才了，可以參加鄉試。」

笨丫頭！莫恩庭放下書。「以後妳回去平縣，想做什麼？」

這個洛瑾沒有想過，只是想回去見娘和弟弟。「跟我娘在一起。」

「然後呢？」莫恩庭又問：「那邊的人問妳消失的這段時日在哪裡，妳怎麼說？」

「就……說去遠方親戚家了。」洛瑾說得小聲。難道要說被人家買去當媳婦？

「妳根本不會撒謊。」莫恩庭凝視低下頭的洛瑾。「若被人知道，一輩子便嫁不出去了。」

「無所謂。」洛瑾表情恬淡，似是看透了。「就陪著娘一輩子。」母親一生過得委屈，她會好好侍奉她。

「妳怕是不知道。」莫恩庭不再說下去，眼神帶著憐惜。

「不知道什麼？」洛瑾問道。

「不知道已經晚了嗎？」莫恩庭藏好眼裡的思緒，收拾矮桌上的書。「早點睡吧！」

洛瑾應聲，將東西收進針線笸，出了裡間。

二月，田間有了隱隱的綠色，河邊的幾株柳樹，枝條已經泛綠，牆角的迎春花也開了。

十幾日後就是縣試，學堂不再上課，莫恩庭留在家裡讀書。莫家人不會過去打攪，連在院裡說話，都小聲了許多。

莫振邦心裡依舊七上八下，總擔心莫恩庭的養子身分會阻礙他赴考，這幾天跑了不少地方打點。

這天，素萍來了莫家，找趙寧娘幫忙裁衣裳。

怕在西廂房打擾莫恩庭，洛瑾到老屋繡花，三個女人便坐在一起說話。

「妳真是手巧。」素萍誇道：「繡得跟真的似的。」

「多虧了三叔做的繡架。」洛瑾將繡架支在炕上，扯平布料，一朵好看的花在布上綻放。沒想到莫恩升的手這麼巧，只看一眼，兩天後就做出來，這樣繡花省了不少工夫。

趙寧娘鋪開布料裁剪，她記得，這布料是上次公公買回來送去的。「不過年、不過節的，怎麼想起做新衣了？」

「後山的大宅子招人做工，我想去試試。」說到這裡，素萍有些無奈。莫鐘成日待在家，什麼也不做，地裡的活也不幹，只會吃喝，家裡的米缸都要見底了。「就是在廚房裡幫忙，還有洗衣這些雜七雜八的活。」

這次後山宅子招人，村裡不少人都想去，男女都有。一天供三頓飯，報酬另計，又不需要費多人氣力，只須多長點眼色便行。

「大宅的主家搬來了？」趙寧娘問道：「不帶自家的僕人嗎？」

「不清楚，只聽說這次用人的時日長。」素萍道：「報酬也不錯，一個月一兩銀子。」

「喲，真不少。」趙寧娘停下手裡的活。「而且也不算累。」

「就是說呀！」素萍接道：「妳不去看看嗎？咱倆做個伴。」

「我是想去。」趙寧娘有些遺憾。「但家裡走不開，果園要有人看著，娘和大峪也要有人照顧。」

「素萍嫂子。」洛瑾在一旁聽了，有些心動。「我能去嗎？」

趙寧娘和素萍看過去，炕上的人兒嬌滴滴的，這模樣出去做工，行嗎？

「我學東西很快的。」洛瑾怕素萍不答應，忙道：「平時在家，跟著嫂子學了不少。」

「不是這個意思。」素萍搖頭。「妳想去的話，得和二郎商量，要他答應才行。」

莫恩庭一定會答應的，每月做工得一兩，再多接些繡活，年底應該能湊夠二十兩，還有姑父給的十兩，就可以還清那三十兩了。

洛瑾放下手中的針線。「嫂子，妳能不能帶上我？二哥會讓我去的。」她早與莫恩庭約定好，用銀子換賣身契，覺得他不會阻攔。

素萍猶豫了下。「好吧，那帶妳去看看。」

「知道了，謝謝嫂子。」洛瑾忙點頭。

素萍走後，洛瑾回屋跟莫恩庭提了要去做工的事，不想他卻蹙起眉頭，盯著她不說話。

「二哥？」洛瑾叫了聲。

「妳真要去？」想到她要去拋頭露面，莫恩庭就覺得心裡不順。「那邊的活，妳能做？」

「我會跟素萍嫂子學。」洛瑾目光閃亮，裡面盛滿希望。「這樣就能儘早湊夠銀子。」

她果然還是想走。「那妳記著，做什麼都跟著嫂子，不要到處亂走。」不知為何，莫恩庭越說越覺得不放心。「還有，村裡人都知道，妳住在莫家。」

洛瑾點頭。「我知道。」

「真知道？」莫恩庭不信，這丫頭只會順著別人的話說，哪會去揣摩人家的心思？「在別人眼裡，妳是我的媳婦，妳明白嗎？」

聽見媳婦兩個字從莫恩庭嘴裡說出來，洛瑾心裡一緊，靜靜地等著他接下來的話。

「所以，妳知道在外面應該怎麼做嗎？」莫恩庭說得很慢。「妳知道，我快考試了。」

洛瑾想了想，莫恩庭的意思是，要她別惹事？他的過往必須沒有污點，才不影響以後的前途。「我一定會注意。」

「妳過來。」莫恩庭對洛瑾勾了勾手。

洛瑾走到炕邊，莫恩庭走下炕，伸手將她的碎髮攏在耳後。「以後在外面，就梳大嫂那樣的髮髻，如果有人欺負妳，不要管他們，回家來。」

洛瑾一嚇，呆呆點頭。「好，我、我要去做飯了。」

莫恩庭噗哧一聲笑了。「現在還不到中午，做什麼飯？」說著，捏了捏她嫩嫩的臉蛋。

「妳跟我說，妳成天都在想什麼？」

「想……」洛瑾說不出，腦子裡像一團漿糊，只知道眼前的人靠得她很近，近得能在他眼睛裡看到自己的影子。

莫恩庭看著她，有些後悔剛才鬆了口。「在外面，不要輕易相信別人的話。」

洛瑾點頭，低聲商量道：「二哥，以後你能不捏我的臉嗎？」

「不能！」莫恩庭說著，似想表明自己的堅決，又捏了洛瑾的另一邊臉頰。

兩日後，洛瑾要跟著素萍去後山大宅子，早早便起來準備。

因為村裡也有人去，加上有素萍陪著，莫家人比較放心。

不知道去了，人家肯不肯收？洛瑾有些沒底，換上那件用胭脂色布料做的新衣，想給宅裡管事留下乾淨俐落的好印象。

她一身合適的衣裳，亭亭玉立，輕輕走過，像春日裡柔軟的柳條，搖曳生姿。

這樣美好的人兒，應該好好藏起來的，現在卻要讓她出去做工。莫恩庭心中不願意，可眼下快要考試，只要他考過了，一切就會改變。

「洛瑾，下工趕緊回來。」莫恩庭還是不放心，總想再叮囑幾遍。「妳也知道山裡晚上有狼。」

「我知道。」洛瑾看了眼外面的天氣，陽光明媚。「我去找素萍嫂子了。」

見洛瑾並沒有把他的話聽進去，莫恩庭無奈。「去吧，小心。」

「嗯！」洛瑾點頭笑了笑，出去了。

莫恩庭愣住。她是第一次對他笑，那張臉笑起來竟然那樣甜，眉眼彎彎的樣子，實在太可愛了。

第二十五章

一路上，洛瑾和素萍說著話，倒不覺得山路有多難走。

「伯母是誰在家照顧？」洛瑾問道。素萍的婆婆癱在炕上，沒人照顧不行。

「妳鐘哥在家。」素萍淡淡地說了聲。家裡有十兩銀子的債要還，可是莫鐘好像根本不放在心上，一點都沒有變。

「他們會收我嗎？」洛瑾覺得自己幹活比不上趙寧娘和素萍，有些擔心。

素萍看了看洛瑾，掏出帕子包住她的頭髮，讓她看上去老成些，像是普通的小媳婦；可是，那張美麗的臉卻是沒辦法擋住的。

「不用擔心，就是做些簡單的活。」素萍寬慰洛瑾。「就是在廚房幫忙、打掃院子、洗洗衣裳什麼的，那些精巧的活不會輪到咱們做。」

「聽說還供飯？」洛瑾又問。

素萍應聲，道：「宅子裡來了主家的親戚，好像是想長住。」

兩人往前走，後面響起呼喊，回頭瞧見一個紫紅色的身影。

「二郎媳婦、素萍。」鳳英扭著腰跑上來，因為跑得急，說話有些喘。「妳們也是要去大宅裡看看？」

洛瑾招呼鳳英一聲。鳳英臉上依舊是一層白白的脂粉，描了眉，但描得太過，有些粗了。

素萍見到鳳英，並沒有好氣，鼻子哼了聲，伸手拉著洛瑾就往前走。

鳳英笑了笑，跟在兩人身後走著，有些囂張地問：「鐘哥的腰好了嗎？這男人的腰，一定要護好，晚上才有……」

「妳說這些話，害不害臊！」素萍打斷鳳英。「別以為人人都跟妳一樣！」

「喲，我怎麼了？」鳳英一副好笑的神情。「就因為鐘哥愛找我說話？都是一個村的人，他來找我，難道我不理他？」

「妳……」素萍氣得抬手指著鳳英。「不知廉恥。」

「我不知廉恥？妳看到了？」鳳英逼近素萍。「自己沒本事，抓不住男人，怪誰呀？」

洛瑾拉住素萍。鳳英不好惹，當日莫恩庭提醒過不要跟她有往來，怕素萍吃虧，忙道：「嫂子，不早了，快去大宅，別晚了。」

「瞧瞧，還是人家二郎媳婦懂事。」鳳英輕蔑地哼了聲，轉頭上下打量洛瑾。

洛瑾拉著素萍，往路旁站。「鳳英嫂子，妳走得快，要不先走吧！」

鳳英臉色一僵，知道洛瑾不願與她接近，遂摸了摸自己油亮的頭髮，故作妖嬈地走了。

「也不怕扭斷自己的腰！」素萍朝著鳳英的背影，啐了一口。

「有些人惹不起，惹上會被記恨。」洛瑾安慰素萍。「她不過是占些口舌便宜而已。」

素萍笑了笑，知道洛瑾是好意。「我沒往心裡去。」她和莫鐘之間，只剩名分，至於半斤粉和莫鐘之間做出什麼事，她並不在意。

想來做工的人不少，大宅子門外聚集了好多人。管事走出來，將人分成男女兩隊，男人留在門口挑選，女的則進內院挑選。

由於是要招做粗活的人，大抵是選年輕的，管內院的婆子選下來，最終留下七、八個人，洛瑾和素萍都在內，鳳英因為穿著太過，沒被選上。

婆子對選出來的人交代了宅子裡的規矩，比如只能待在自己做工的地方、不要到處亂走、不要動歪心思、宅子裡的翠竹苑不能進去之類的。交代清楚後，記下了每個人的名字，要她們兩日後上工，不得晚到，不得早回。

出了宅子，素萍和洛瑾腳步輕快地往家裡走。宅子前的湖水碧綠，有幾隻鴨子在上面悠閒地游著。

兩人走過水壩，沿著石崖下的路下山，忽然有一聲嚶嚀傳來，接著是女人嬌媚的笑。兩旁是黑松，素萍和洛瑾看到樹後有人影在晃動，是一對男女，男人正粗魯地撕扯女人的衣服。

素萍忙拉著洛瑾往前走，邊走邊低聲罵著。「不要臉的東西。」

洛瑾知道看到了不該看的，覺得臉有些燙，低著頭往前走。

直到走遠了，素萍才放慢腳步。「妳回去準備，兩日後，咱倆一塊兒過來，早點出門，別晚了。」

「我會的。」洛瑾應道。

回到大石村時，已經過了中午。素萍看了看自家屋子，煙囪裡一點熱氣都沒有，心裡嘆息。「我要做飯，妳快回去吧！」

洛瑾點頭，回了莫家。

洛瑾走進院子，正屋裡沒有聲音，猜想張婆子睡著了，不敢打攪，回了西廂房。她蹲下身，用水盆裡的水清洗手。

「剛回來？」莫恩庭從裡間出來。「事情怎麼樣？」暗暗希望人家不會招洛瑾。

洛瑾站起身。「二哥，他們收下我了，兩日後去上工。」

「是嗎？」莫恩庭扯了扯嘴角。「洛瑾真厲害。」

「沒有。」洛瑾低頭搓了搓手。

「既然兩日後上工，明日妳跟我出門一趟。」莫恩庭掀開蓋簾，鍋裡溫著飯。「嫂子幫妳留的。」

洛瑾點頭。「去哪兒？」

「去文昌殿上香。」莫恩庭找了張小凳子坐下。「爹一定要我去拜拜文曲帝君。」大考之前，給祖宗上香、占卜，拜文曲帝君，是應考的習俗。

「好。」洛瑾應道，從鍋裡端出吃食。「二哥，你吃了嗎？」

莫恩庭應了聲，問她。「去宅子裡，都看到了什麼？」

這一問，讓洛瑾不由想起樹後那一對野鴛鴦。「就是很多的人。」

「要不，妳不要去了？」莫恩庭試探著道。

「已經答應了，不去的話不好。」洛瑾掰了塊烙餅。「你放心，家裡要做什麼，我晚上回來做。」

莫恩庭聽了，知道勸不動她，不再多說，起身回了裡間。

文昌殿在石門山東邊的半山腰，從大石村走大路過去，需要一個時辰，走山路比較近。天氣不錯，就是有些風。莫恩庭提著籃子，裡面是香紙、貢品，還有路上吃的東西。洛瑾不明白，莫恩庭要她跟著幹什麼，這種事情，不是應該和他的同窗一起去嗎？經過東山頂，那裡是一片墳地，一座座墳墓靜靜地藏在樹林裡，看上去有些陰森。莫恩庭先到那裡，祭拜了莫家的祖先。

到了文昌殿，人實在不少，有些人甚至是全家一起過來，誠心祈禱。大殿中供奉著文昌帝君，院裡香爐裡插滿了香，香火鼎盛。上完香，擺好貢品，莫恩庭便帶著洛瑾往後殿走去。

「二哥，不回家嗎？」洛瑾跟上問道。

「既然來了，就四處瞧瞧。」莫恩庭踩上石階。「那邊的竹林倒是不錯。」示意洛瑾提著籃子跟上。

竹林清幽，亭子裡，幾位年輕學子正在說話，見到莫恩庭過來，喊了一聲。

洛瑾認出，其中一人是段清，想來都是過來拜帝君的考生。見亭子裡人多，又俱是男子，遂停下腳步。

「二哥，我在這裡等你。」

「妳跟我一起過去。」莫恩庭說著，抬腳往亭子走去。

莫恩庭與幾位同窗互相見過禮，討論幾日後的考試。洛瑾低著頭，靜靜站在亭外。

到底都是年少兒郎，嬌俏美麗的姑娘總會輕易吸引他們的目光，洛瑾有些羞赧，只想趕緊轉身離開。

莫恩庭的心情有些複雜，既得意，又有自己東西被人覬覦的感覺，便站起來。「我還有事，你們繼續。」

莫恩庭說完，走出亭子，拉起洛瑾的手。「我帶妳去那邊看看。」

竹林深處，風兒颯颯，偶爾有幾片竹葉落下。

「這樣亂走，不會迷路嗎？」洛瑾環顧四周，沒有人影。

「萬一迷路，洛瑾就只能跟著二哥了。」莫恩庭把籃子放在石頭上。「活在深山野林。」

才不會。洛瑾知道，莫恩庭是在嚇唬她。

「又不說話。」莫恩庭伸手纏上洛瑾的髮。「還是妳不願與我說話？」

洛瑾搖頭。「我本來就不愛說話。」很想揮掉那隻纏著她頭髮的手。

「不對。」莫恩庭搖頭。「洛瑾，妳在裝糊塗。」

洛瑾瞪大眼睛，不可思議地看著莫恩庭。「二哥，你說什麼？」

「被我說對了？」莫恩庭收回手。「妳是知道的，對吧？」

「我不知道。」洛瑾搖頭，往後退了一步。

瞧這副提防的架勢。莫恩庭戳了戳她的額頭。「逗妳呢！來吃點東西，我們就回去。」

洛瑾過去拿出竹籃裡的吃食，遞了一塊烙餅給莫恩庭。

「今日出來，只是想和洛瑾單獨在一起。」莫恩庭道：「說不定，我們便能心意相通。」

這話簡直嚇死人，洛瑾木木然地站著。「二哥，你說什麼？」

「我說，洛瑾很有意思。」莫恩庭掰下一小塊餅塞進她嘴裡。「讓人想關起來養著。」

「二哥又說笑，我又不是鳥兒，為何要關起來？」洛瑾忽然覺得有些冷，想發抖。

「洛瑾當然不是鳥兒。」莫恩庭看著腮幫子鼓鼓的洛瑾，笑了笑。

關起來，自然是讓她再也離不開。有一天，他會變得強大，將她留在身邊。

莫恩庭的眼神很奇怪，洛瑾別開臉，不願多想。

吃過東西，兩人走出竹林，瞧見文昌殿外有占卜的先生，有學子在算自己的前程。

「二哥，你不算嗎？」洛瑾見莫恩庭直接走過占卜攤，有些奇怪。

「凡事靠自己。」莫恩庭的穿著並不出眾，卻有種自信氣勢。「算不算，我都會過。」

洛瑾挽著籃子跟在後面，很是不解。既然不信，他還來文昌殿做啥？

兩人一起下山，夕陽西斜，橘紅光芒將山林染得柔和。

「我來拿。」莫恩庭接過籃子，另一隻手牽住洛瑾。

「我能走。」洛瑾忙道：「二哥，你鬆手。」

莫恩庭不理她。「洛瑾不是說過，會聽二哥的話嗎？」她的手涼涼軟軟的，即使握在手心裡，也覺得不真實。

「萬一被人看見。」

莫恩庭拉著她往前走。「被人看見又怎樣？妳在莫家的身分是什麼？」

洛瑾的心一沈。「我會還清銀子，你答應過的。」

「對。」莫恩庭停下腳步，臉上被餘暉染上一層金色。「約定一直沒變。」

洛瑾腦子裡有些亂。「那你……」

「妳沒還清銀子前，我們還是要在一塊兒的。」論鬥嘴，她能贏得了他？

「不是。」洛瑾低頭，小聲道：「你能不這樣嗎？」

「不哪樣？」莫恩庭側過頭看她。「妳說清楚。」

洛瑾的小臉皺成一團。從小到大，她哪裡被人這樣對待過，還是一個男子。

「這樣子，像我欺負妳似的。」莫恩庭晃了晃她的手。「要不，妳打回來，我不還手。」

「你……」洛瑾心裡越來越亂。「二哥，我知道你是正人君子。」

「妳看人很準嗎？」莫恩庭笑著搖頭。「還是想跟我在這裡討論什麼是正人君子到天黑？」

洛瑾聞言，看了看四下，天色已經有些發黑，大半日頭已經西沈。

莫恩庭拉著她繼續下山。「再不走，要被狼叼走了。」

最後，洛瑾的手還是被某人攥住，直到村口才放開。

回到莫家，莫恩庭回去西廂房，洛瑾直接去正屋幫趙寧娘做晚飯。

「怎麼了？一句話也不說。」趙寧娘覺得洛瑾有些奇怪，有些心不在焉的。「累著了？」

洛瑾搖搖頭。「嫂子，這裡還有什麼去處可以掙錢？掙很多的那種。」

趙寧娘一愣。「女人都在家幹活，沒什麼掙銀子的去處。」而後笑了笑。「想掙很多銀錢，除了那種勾當，真的沒有。」

趙寧娘說的那種勾當，洛瑾猜得出來，是在說那些花街裡的女子。

「怎麼突然想掙那麼多銀錢？」趙寧娘問道：「不是定好去後山大宅做工了嗎？」

那樣太慢了。洛瑾低下頭，往灶裡添柴。「問問而已。」看來，只能一點一點掙了。

去後山宅子上工這天，洛瑾起得很早，為了讓人家留下好印象，把自己收拾得乾淨俐落。

「洛瑾，早些回來。」莫恩庭也起得早，看著外面沒亮透的天色。「妳跟著素萍嫂子，千萬別亂跑。」又捏了捏她的小臉。「小心。」

「知道。」洛瑾點頭，急著出門了。

怕晚了，洛瑾和素萍走得急，到宅子時，天正好亮了。

院子裡管事的許婆子將這次招的人分到各個地方，素萍和洛瑾留在廚房，做些雜事。

管廚房的吳廚子是個四十多歲的男人，嗓門大，很健談，聽口音不是附近的人，笑起來時，連廚房都會搖晃似的；另外，還有兩個三十歲左右的廚娘，也好相處。

廚房不但要為住在宅子裡的貴人做飯，也要準備下人的飯，所以很忙碌。

春天是缺新鮮蔬菜的季節，吃的大多還是去年冬天儲存的蘿蔔跟白菜，但廚房裡仍有一籃青菜，是為貴人準備的。

素萍和洛瑾坐在外面洗魚、洗菜。洛瑾不會殺魚，只能讓素萍動手，有些過意不去。

「嫂子，要不我來？」洛瑾看著盆裡的鯉魚，幫忙刮個魚鱗，應該不難。

素萍道了聲好，將水盆推給洛瑾，自己回廚房拿別的菜。

洛瑾撈起鯉魚，實在很滑，好不容易攥住魚尾，拿起剪子刮鱗。

「呀！」洛瑾手一滑，鯉魚掉下去，魚鱗灑了她一身；再看鯉魚，沒刮淨的鱗片翹起，樣子實在猙獰，讓她渾身起雞皮疙瘩。

「妳洗菜就好了。」素萍聽到動靜出來，看了看盆裡。「我來收拾魚。」

「嫂子，我……」洛瑾覺得自己很沒用。

「沒有人什麼都會做的。」素萍心眼好，待洛瑾像自己妹妹一樣。「我也不會繡花。」

中午時，兩個婆子過來，將貴人的午飯領走了。

「聽說是送去翠竹苑。」素萍擦了擦手。「這飯食做得真講究，農家過年都不會這樣吃。」

「有錢人家是這樣吃的。」洛瑾回道。以前去過周家，那裡十分講究，比洛家好上不少。

接下來，院裡下人陸續過來領飯，吃的是再平常不過的烙餅跟燉菜。

「我來拿飯。」一個人影倚在廚房門邊，穿著紫紅衣裳，聲音有些尖。

素萍看過去，拿盤子的手抖了抖，難以置信。鳳英不是沒被挑中嗎？怎麼會在這裡？

鳳英猜到素萍的心思，有些得意。「別跟我說沒有飯了，不然午後我可沒力氣幹活。」

洛瑾也不清楚發生什麼事，但知道惹不起鳳英，當即盛飯端了過去。

鳳英接下洛瑾手裡端的飯食，撇了撇嘴。「這廚房油煙味真重，熏得人身上都是油味。」說完便揚長而去。

「你們認識？」吳廚子望著走出去的鳳英。「聽說她是盧管事的表妹。」

吳廚子的話解開了素萍跟洛瑾的疑惑，想來鳳英是用了手段。

那日在樹後和男人拉扯的人，的確是她。

午飯後刷洗碗筷時，幾個女人圍著大水盆說說笑笑。

「聽說翠竹苑的公子是從州府來的。」一個廚娘道：「不知道是不是主家的親戚？」

「說是要住些日子，過完年就來了。」另一個接話。「不過在這裡比在正院裡幹活輕鬆。」大宅正院的瑣碎活很多，一刻不得閒。

刷洗完畢，可以休息一下，吳廚子也跑去抽菸袋了。

這時，一個小廝進了廚房，對她們道：「後院的狗，妳們去餵了沒？」

一個廚娘忙道：「剛才活多，現在就去。」

小廝聞言，出了廚房。「以後記得，別讓我催。」

剛才回話的廚娘找了個盆子，裝上飯菜跟肉湯。「這狗的命，倒是比人的矜貴。」

「小聲些，被人聽去，皮就別想要了。」另一個廚娘笑了笑，回頭喊洛瑾。「咱倆去。」

洛瑾怕狗，又不能拒絕，只得乖乖跟在廚娘身後。

一路上，廚娘與洛瑾說著話。「妳生得倒是嬌俏，這裡的山水真是養人。」

洛瑾不是大石村的人，不過此處山水的確養人，莫家三兄弟長得都好看。

「這裡養了很多狗？」洛瑾問道，想起上次碰到的大狗。「是不是看院子的？」

後院有四、五間狗舍，見兩人過來，叫得厲害，但廚娘不怕，將盆子放下，把吃食舀進狗盆裡。

洛瑾站在稍遠的地方，不敢上前，直到廚娘回來，才從她手中接過盆子。

「這些狗看著是挺嚇人的。」廚娘捋著袖子。「要是放出來，能輕易咬死人。妳先回去，我去找許婆子說話。」說完便往旁邊的岔路走了。

洛瑾端著盆子往回走。宅子依山而建，院中怪石多取自當地，有些粗獷，卻與春日的花草相映。

前方走來幾個人，洛瑾低著頭，往旁邊退。

有個小廝跑過來，數落道：「到一邊去！手裡拿著這麼髒的東西，以後走小道，鄉下人就是不懂規矩。」罵完，轉身跟上前面的人。

洛瑾輕輕應了聲，又往後退了幾步，待人走遠，才鬆了口氣。有些大戶人家很講規矩，看來得快點熟悉大宅裡的路，以免闖禍。

第二十六章

在大宅做工的第一天過去了，雖然覺得漫長，但總算是個好的開始。大多數做工的人都不留在宅子用晚飯，把分到的兩塊烙餅帶回家。

太陽下山，天邊殘留一片霞光，素萍和洛瑾結伴從小門出了大宅。

「嬸嬸！」莫大峪喊著跑向洛瑾。

「你怎麼來了？」洛瑾蹲下身，戳了戳他的臉蛋。

「二郎來了？」素萍道。

洛瑾抬頭，也瞧見莫恩庭。「二哥？」

「素萍嫂子。」莫恩庭叫了聲。「大峪知道妳們在這裡，一定要跑來看大狗。」

莫大峪拉著洛瑾的手撒嬌。「嬸嬸，我能進去看嗎？」

「這個不行。」洛瑾搖頭。「人家是有規矩的，不能隨便進去。」

莫大峪有些失望。「下次不來了。」

四人往回走著，素萍沒有孩子，很喜歡莫大峪，一邊走、一邊講故事給他聽。

「沒人欺負妳吧？」莫恩庭走在後面，停下腳步等洛瑾。

「沒有，他們都很好。」洛瑾細聲回答。

「那妳做哪些活？」莫恩庭與她並排走著。「大宅裡有什麼人？」

洛瑾簡單說了廚房裡的情況，覺得那裡的人都是好人。

莫恩庭哼了聲。「我不信妳能分出好人和壞人。」

「分不出來也沒關係，只要做好自己的活就行。」洛瑾覺得莫恩庭把人想得太壞。「二哥，你跑出來，不用讀書嗎？」

「怕洛瑾在路上碰到狼，就過來了。」莫恩庭把兩隻手負在身後。「或許可以來一場英雄救美呢！」

洛瑾扯了扯嘴角。「二哥真會說笑。」

「那妳還笑得這麼難看？」莫恩庭搖頭嘆息。「果然博妳一笑，十分艱難。」

莫恩庭帶著洛瑾和莫大峪回到家時，天已經黑了，差不多與莫振邦同時進門。

洛瑾洗過手臉，便忙著端晚飯去裡屋。最近張婆子因為莫恩升的親事，有些心不在焉，洛瑾叫了兩聲，她才答應。

張婆子看著勤快的洛瑾，心裡冒出一個念頭。這樣的媳婦，為什麼不再買一個給莫恩升？從來不頂嘴，溫溫順順，出門總是乖巧地跟在家人身後，比嬌蠻的張月桃強多了。

想到這裡，張婆子看了看坐上炕的莫振邦，覺得這件事可以商量一下。

莫恩席也回來了，照例把一天的工錢拿出來，交給莫振邦。莫振邦只是意思意思收下一點，其餘的都退回去。

「大峪大了，自己留著。」莫振邦正了正身子，看著家裡平平順順，心裡高興。

莫恩升不知道自家老娘為了給他找媳婦，又想到別的去，說著今天去隔壁村抓小豬的事。開春了，豬圈已經打掃乾淨，重新養起小豬，準備一年後再宰。

忙碌的一天過去，洛瑾回到西廂房，灶前已經放了柴，鍋裡也添了水，只要燒開就行。一會兒後，灶裡生著火，映得洛瑾的臉紅撲撲的，伸手摸了摸蓋簾，知道水差不多熱了。

洛瑾舀好熱水，送進裡間，將水盆放在盆架上。「二哥，水好了。」

莫恩庭放下書，指了指矮桌。「洛瑾，這是妳的。」

「我的？」洛瑾瞧見桌上有封信，聲音立時發顫。會寫信給她的人，只有姑姑或姑父。

「是。」莫恩庭應道：「寄到糧鋪，爹帶回來的。」

洛瑾走過去將信拆開，信紙上是姑姑的字跡，問她是否安好、注意身體之類，本來高興的表情漸漸淡下來。

「怎麼了？」莫恩庭問道：「妳姑姑有事？」

「沒有，她和姑父都很好。」洛瑾收好信紙，帶著些許失望。「她不讓我回平縣，也不讓我回信。」

莫恩庭凝視著跳躍的燈火。「或許是那邊的事情還沒處理好，不想讓妳擔心。」

「二哥，你是不是知道什麼？」洛瑾起了疑心。當日姑父來時，莫恩庭一直跟著姑父。

「妳別亂想。」莫恩庭捏著書頁。「這樣吧，下次爹出門經過平縣時，再請他幫妳打聽。」

洛瑾點頭。「總覺得不對勁。」

「妳休息吧！」莫恩庭走下炕。「眼下艱難些，但以後會好的。」

「我知道了。」洛瑾掀簾出去。

莫恩庭看著她的背影，無奈搖頭。這丫頭成日就會說知道了，可是她到底知道什麼？

翌日，洛瑾又早早跟著素萍走山路去大宅。

廚房裡的活都是一樣的，但吳廚子為那位薛公子做的飯菜，卻未曾重複過，難得這般季節還能找到罕見的青菜。

廚娘們在院子裡磨菜刀，瞎聊起來。「昨日我去找許婆子，看見翠竹苑的少爺了，到底是從州府來的，氣度就是不一樣。」

「妳不怕衝撞了他？小心把妳趕出去。聽說他身邊還跟著一位先生？」

「那倒沒見著，只看到他在空地上射箭呢！」

午飯後，瞧其他人忙著洗刷碗筷，洛瑾只好自己端盆子去後院餵狗。

到了狗舍，她遠遠地放下盆子，舀一勺吃食，彎著身子，伸直胳膊，送到狗盆裡。

「汪汪！」狗突然暴躁地衝到鐵門前，想撞開門跑出來似的。

洛瑾嚇得退後兩步，沒握牢勺子，掉到了地上。

幸好，狗沒跑出來。洛瑾拍拍胸口，倒吸口氣，蹲下身撿勺子。

這時，一隻腳忽然出現在她的視線裡，踩在勺子上。

洛瑾抬頭望著來人。「您抬抬腳。」

薛予章身著霜色袍子，簡單束起頭髮，聞言眼睛閃了閃，也蹲下來。

「妳叫什麼名字？」他相貌出眾，有雙好看的眼睛，盛滿柔情密意，薄薄嘴角帶著笑。

「我只是在這裡做工的。」洛瑾見他不動，小聲道：「晚回去會被念叨，請您抬腳。」

「妳在這裡做工？」薛予章的腳依舊不動。「哪個院子？」

「廚房。」洛瑾站起來，往後退了退。

薛予章也直起身，手裡拿著勺子。「給妳。」

「謝謝。」洛瑾伸手去接，卻發現對方根本不鬆手。「你……」

真是好看的人，沒有瑕疵，清清秀秀，像雪做似的，眼睛清澈明亮，感覺沒什麼心機。

「幫我把繩子拿過來。」薛予章指了指掛在院牆上的狗繩。

洛瑾轉身去拿，送到他手中，又盯著勺子。「您快還給我，我要回去了。」

這種偏僻地方，竟有這樣嬌美的小娘子，原以為上次在山上時看錯了，不想還能碰到。

薛予章把勺子扔進盆裡，雙臂環胸。他見過的人不少，眼前的小娘子絕不是普通村姑，從她身上那股嬌弱氣質就能看出來。

洛瑾見狀，趕緊端起盆子，匆匆彎腰對他行禮，急急出了院子。

洛瑾回到廚房，其他人已經開始準備晚飯，見她回來，沒有多問。

廚房前的大槐樹，已經抽出嫩嫩的葉子，素萍和洛瑾坐在樹下洗菜，素萍一邊洗、一邊問：「二郎快考試了吧？」

「還有兩天。」洛瑾換了一盆水。

「要是考上，便不一樣了。」素萍豔羨。「不必留在山裡，還能有個好前程，真好。」

的確是這樣，只要進縣學，就可以一步步往上考，才學好的，終究會金榜題名。

到了用飯時辰，做工的人陸續來廚房領吃食，一天又要過去了。

素萍和洛瑾也將手洗乾淨，準備時候一到就回家。

昨日來領飯的婆子，今日只來了一個，看了看廚房，指著洛瑾道：「妳跟我一起去送飯。」

洛瑾轉頭問素萍。「嫂子，妳等等我行不？」一個人走山路，她害怕。

「去吧，我等著妳。」素萍道了聲。在人家家裡做工，當然得聽人家的吩咐。

婆子面無表情地打量洛瑾兩眼，指著一旁的食盒。「小心些，莫要灑了。」

「是。」洛瑾小心地提起食盒，跟在婆子身後出了廚房。

兩人一路走來，甚是安靜，前方出現一座院子，門匾上是「翠竹苑」三個字。

有個人影在院門口張望，婆子兩步上前，斥了聲。「哪裡來的，懂不懂規矩？」

鳳英被人訓斥，臉色不好看，忙彎腰低頭，眼睛滴溜溜轉著。「盧管事的東西掉了，讓我幫忙找找。」

「這裡沒有妳要找的東西，滾一邊去！」婆子說話毫不客氣。「下次再讓我瞧見，妳立刻捲著鋪蓋走人。」

「是。」鳳英輕聲道，欠著身子往後退，用眼角餘光瞅著洛瑾，轉身走開了。

「都是一群沒有規矩的。」婆子嘴裡說著，伸手推開翠竹苑的門。

洛瑾跟著進去，抬頭看了看天色，心中希望不要耽擱太久才好。

翠竹苑後面是一片竹林，想來被精心打理過了，風一過，竹葉沙沙作響。

婆子走進正廳，指著圓桌道：「妳擺飯吧！」說完，走到內室門外，輕聲叫了一下。

洛瑾將飯菜擺好，偷偷瞧著外面的天色。不知道素萍等急沒有？莫鐘一家還等著她回去做晚飯。

接著，婆子走到桌前看了看，沒說什麼，帶洛瑾退到一旁。

「我是不是可以回去了？」洛瑾小聲問她。

婆子轉頭，皺著眉。「妳懂不懂規矩？主子沒用完飯前，得在這裡伺候。」

洛瑾低下頭，有些著急。要是等他用完飯，天不就全黑了？

正想著，薛予章出來了，瞟了站在門邊的洛瑾一眼，慢吞吞地走到桌前坐下。

他舉起筷子，對婆子道：「妳去煮茶。」

婆子聽了，斜眼看洛瑾，遲疑道：「少爺……」

「快去！」薛予章一拍筷子，發出脆響。

洛瑾認出來了，這位薛公子就是午後在狗舍遇到的人，不禁低下了頭。婆子出去了，廳裡很靜，能聽見外面竹葉拍打的聲音。

「過來。」

洛瑾聽到喚聲，見薛予章拄著下巴看她，猶豫地邁步到離圓桌半步遠的地方。

「坐下，和我一起吃。」薛予章拍了拍旁邊的椅子。

洛瑾搖頭。「這不合規矩。」

「規矩？」筷子在薛予章手裡轉來轉去。「妳的規矩，難道不是聽主家的話？」

「我是招來的，按月領銀錢而已。」洛瑾輕聲說著。「現在，我已經下工了。」

「那真是難辦了。」薛予章放下筷子，懶懶地看著桌上的菜。「這麼多，我吃不下。」

洛瑾看過去，一個人確實吃不完這些菜，可即便是這樣，也沒有要下人陪吃的道理。

「妳家住哪裡？這麼晚，回去不方便吧？」薛予章對這桌菜不感興趣，眼前的嬌嬌美人才是他的目的。

這裡比不上州府的燈紅酒綠，日子乏味，如果養著這個小娘子，倒是件有趣的事；要是合他的心意，以後就帶她回州府，比那些勾心鬥角的女人強得多。

薛予章如此想著，已經看到洛瑾能夠如何被他任意拿捏了。

「挺遠的。」洛瑾自然猜不到他的盤算，如實道：「翻過前面的山，就是大石村。」

「這樣啊，」薛予章覺得普通農家絕對養不出這樣的女兒，反正沒事，找些樂趣慢慢玩也不錯。「那妳走吧！」

「那這些……」洛瑾看著完全沒動的菜。

「會有人收的。」說完，薛予章擱下筷子，起身離開，一桌子菜連動都沒有動過。

洛瑾從翠竹苑回到廚房，天已經黑了，宅子裡掌了燈。

素萍瞧見洛瑾，忙迎上來。

「嫂子，勞妳等我。」洛瑾過意不去。「天色不早了，咱們快些回去。」

出廚房後，兩人走得有些急，在轉角處碰到四處蹓躂的鳳英。

「喲，急急忙忙地幹什麼呀？」鳳英好笑。「是偷了宅子裡的東西？」

「妳別含血噴人。」素萍最厭惡的就是鳳英這種人，明明自己不正經，還總喜歡往別人身上潑髒水。「我們比一些人的手腳乾淨多了。」

鳳英譏笑一聲。「好，我倒要看看，到時候是誰不乾淨！」又上下打量洛瑾兩眼，笑得詭異。「二郎媳婦，快回家，晚了有狼。」

素萍氣結，不想再跟鳳英多說，拉著洛瑾從小門離開。

二月的夜晚還是很冷，靜靜的山路旁，黑松隨風搖擺，總讓人以為有東西藏在暗處。

兩個女人不由有些心慌，只能加緊腳步趕路。

路上太靜，洛瑾開口問道：「素萍嫂子，等會兒鳳英自己走山路，不會怕嗎？」

素萍輕蔑地哼了聲。「她那麼嬌貴，哪用得著天天走山路回家。」

素萍的意思，洛瑾聽出來了，鳳英應該會留在宅子裡過夜。

「她那種人，就不是個正經的……」素萍的話沒說完，突然停住了腳步。

洛瑾不解，看向前面的路，只見不寬的山道上，站著兩個人影。

她們嚇呆了，動也不敢動。這林子前不著村、後不著店，萬一碰上歹人，那可如何是好？見前方的人影漸漸靠近，心俱是提了起來。

「素萍嫂子！」一個黑影出了聲。

「三郎？」素萍試探著叫道。

「沒見妳們回去，爹叫我們來瞧瞧。」莫恩升走上前。「今日宅子裡活多？」

「是，幹完了，才晚些回來。」素萍鬆了口氣。

莫恩庭也來了，走到洛瑾身邊，接過她手裡裝烙餅的布袋。「要是累的話，就別去了。」

「不行。」洛瑾搖頭。「都做兩日了；再說，我也找不到別處掙銀子。」

「那妳要天天這麼晚回家？」莫恩庭站在原地，和洛瑾對視。

「過幾日，天就不會暗得這麼快了。」洛瑾小聲嘟囔。

「好、好。」莫恩庭點頭。「不說了，快跟我回去。」

晚上，收拾好正屋後，洛瑾回西廂房燒水漱洗。

「二哥。」洛瑾掀簾進去，頭髮還濕著，連眼睛都霧氣濛濛的。「我能來裡間繡花嗎？」

真像不諳世事的精靈，想來以前家裡人護得好，才這樣嬌嬌弱弱，讓人忍不住憐愛。

見莫恩庭看著她不說話，洛瑾低下頭，小聲解釋。「我怕耽誤了交繡活的日子。」

「進來吧！」莫恩庭喜歡洛瑾待在他身邊，雖然總覺得自己離她很遠。

洛瑾道謝，將繡架搬進裡間，放在地上，然後鋪了麻袋，準備坐下。

「上來坐吧！」莫恩庭將矮桌挪開，空出炕上的位置。「以後不准坐地上。」

洛瑾一愣，慢慢把繡架搬到炕上。「謝謝二哥。」

「宅子裡的活累嗎？」莫恩庭看著書，張嘴問道。

「不累。」洛瑾穿好線，將圖樣放在繡架上。「素萍嫂子會教我。」

「其實妳不該過這種日子的。」莫恩庭輕聲道，不知是對洛瑾說，還是對自己。「妳該沒有憂慮地活著。」

洛瑾只應了聲，便低下頭繡花。每個人的命運都不一樣，母親的命很苦，就是父親造成的；那她的命呢？洛瑾想了想，只要換回賣身契，她就自由了，三十兩看起來很多，但仔細想想，還是能掙出來的。

就知道這丫頭不會把他的話放在心上，莫恩庭捲起書，敲了敲繡架。

「二哥？」洛瑾抬頭，眼中帶著疑問。

「後日考試，我整天都要待在考場裡。」莫恩庭道。讀了一天書，終於可以逗逗她了。

洛瑾點頭。

「我聽說，以前有考生作弊，直接被趕出來；有的在裡面痛哭流涕，呼天搶地。」莫恩庭笑道：「真想帶妳去看看。」

洛瑾搖頭，飛針走線。「女子不能去那裡。」

「妳總是一本正經。」莫恩庭用書敲了她的腦袋一下。「不覺得自己呆呆的嗎？」

洛瑾摸了摸自己的頭。「可我說的是真的呀！」

莫恩庭盤腿坐在她對面，能看清她垂下的睫毛。「我覺得，洛瑾的孩子肯定很好看。」

「哎呀！」洛瑾捏著手指，一顆血珠冒出指尖。這人怎麼老說些奇怪的話嚇唬人。

「不過，孩子最好不要像妳這麼呆。」莫恩庭湊過去，捧起洛瑾的手，用帕子拭去血珠。「總讓人不放心。」

「不要緊。」洛瑾抽回手。什麼孩子？他怎麼能說這種話。

「不要緊？」莫恩庭用手指彈洛瑾的額頭。「等哪天把指頭剪掉，就要緊了，對吧？」

「我不繡了。」洛瑾覺得，進了裡間，繡活沒做多少，卻聽了一堆亂七八糟的話。「二哥要考試，我不該來打攪。」

看著洛瑾想收拾繡架，準備到外間，莫恩庭一把抓住繡架。「妳在躲什麼？」

躲什麼？洛瑾低垂眼簾，她只是想離開，不想扯上別的事。

莫恩庭見狀，鬆開手。「算了，妳出去吧！」

洛瑾抱起繡架，默默去了外間。

第二十七章

二月的春風輕撫柔軟柳條，宅子前的湖水碧綠，不知從何處飛來的鳥群在附近覓食。

廚房裡，大家各自幹活，但素萍的精神有些差，不停打哈欠。

「素萍嫂子，妳怎麼了？」洛瑾問道。

「婆婆病了，昨晚沒睡好。」素萍按了按額頭。「我沒事。」

「洛瑾。」許婆子走進廚房，吩咐道：「送點心去花園。」說完便出去了。

「怎麼換成這裡的人送吃的？」有個廚娘道了聲。

「妳管這些？照做就好。」另一個廚娘將點心擺好，送到洛瑾手裡。「快去吧！」

洛瑾應聲，端著點心去了花園。

花園裡草木欣欣，有叫好聲傳來，草地上安了箭靶，薛予章正搭弓瞄準。

洛瑾把點心放到石桌上，便想轉身回廚房。

「回來。」薛予章將弓箭扔給小廝，大步走到石桌旁，看著靜靜站在那裡的小嬌娘。

「妳叫洛瑾？」

「嗯。」洛瑾微微皺了眉，不知道他想做什麼？

薛予章坐下，端起茶碗，送到唇邊。「廚房裡的活，是不是不好做？」

「沒有，都是些簡單的。」洛瑾抓著托盤的手緊了緊。「少爺，我還有活要做，可以先回去嗎？」

「不急。」薛予章放下茶碗，勾唇一笑，表情溫和。「妳留下來陪我說說話。」

「這不合規矩。」洛瑾道了聲。

「這裡的規矩是，妳來做工，就該聽我的話。」薛予章捏了一塊點心，遞到洛瑾面前。「給妳的。」

洛瑾搖頭。「我真的要回去了。」

「好。」薛予章蹺起腿。「妳吃完點心，我就放妳回去。」

洛瑾無奈，慢慢伸手接過點心，抬袖遮住臉，將點心送進嘴裡，嚼了一口，點心鬆軟，卻是堵得她嚥不下去，憋得人難受。

薛予章見狀，收起笑，重新打量洛瑾。或許他看錯了，這小嬌娘應該不是大戶裡出來的婢妾，怕是落魄的閨秀。

不過，無所謂，不管婢妾還是閨秀，長得這般模樣，最終還是男人手裡的玩物，單看那柔弱纖細的身子，他就恨不得一手捏斷。

「好了。」洛瑾嚥下點心，施了禮，轉身離開花園，身影婀娜，細腰如柳。

薛予章不再留她，瞇起眼，心裡有了盤算。

一會兒後，薛予章依然望著遠去的背影發呆，園外卻傳來吵嚷聲，打攪了他。

小廝正對著走進花園的女人訓斥著，但那女人不但不走，反而對著薛予章行禮，說是有事相告。

薛予章無心理會，懶懶地收回目光。「打發她走。」

「少爺，我認識洛瑾。」鳳英忙道，推開小廝的阻擋。「她就住在我家附近。」

薛予章伸手劃過杯沿，瞅了眼穿著豔俗的鳳英。「怎麼，妳想管本少爺的事？」

「我哪敢。」鳳英陪著笑上前。「只是，人家是有主的，您怎能這樣？」

薛予章聽了，將手裡的茶杯摔在石桌上。「這倒有趣，有人教訓起我來了。」漂亮的眼睛變得狠戾。

「不是，」鳳英表情諂媚。「是洛瑾的日子實在過得苦，連我這個外人都看不下去。」說著，嘆了口氣。

薛予章沒耐心應付鳳英，手指敲打著桌面。「娘子想說什麼？」

「洛瑾和別人不一樣，她是被人家買回來的。」鳳英再往前兩步，將茶杯擺好。「聽說以前是大戶人家的姑娘。」

薛予章睨了鳳英一眼，站起身。「買她的是什麼樣的人家？」

鳳英卻支支吾吾了。「這……人家的事，我怎麼能在外亂說呢？」

薛予章挑唇一笑，對小廝勾手。

小廝跑過來，送上弓箭。

「去給娘子端碗茶來。」薛予章吩咐道，將箭搭上弓，對準靶心。

嗖的一聲，羽箭飛了出去。

兩日後，是莫恩庭考試的日子。

一早，莫家人便起來準備，因為莫恩庭要在考場裡待上一天，得帶中午的吃食。莫振邦和莫恩席要上工，莫恩升則陪莫恩庭去考場，等在外面，萬一有事，可以照應。

洛瑾像往常一樣，與素萍一道去大宅，只是，她謹慎了許多，臨近午飯時，便會藉故離開廚房，不想去翠竹苑送飯給薛予章。

午後，洛瑾坐在院子裡洗碗，二月的井水還是有些涼。

突然，素萍慌慌張張地從外面進來，坐在小凳上，雙眼愣怔，久久沒有回神。

「素萍嫂子，怎麼了？」洛瑾見素萍一副驚慌失措的樣子，便過去關心。

素萍捶了捶胸口，重重呼出一口氣，見四下無人，才小聲開口。「方才我去後院餵狗，看見鳳英……」

「她又罵人了？」洛瑾問道。

素萍搖頭。「我看見她和盧管事，他倆……」有些話到底難以啟齒。「真是不要臉，只在地上鋪了一塊布，就……」

洛瑾低下頭，不再回話，將水盆裡的碗盤撈出來擺好。

素萍嘆了口氣。「他們看見我了，萬一盧管事藉此把我趕走怎麼辦？」又想了想。「不過，說不定也沒看清楚，我躲得挺快的。」

這種事，洛瑾不好講什麼，只問素萍要不要喝水，先緩過來再說。

一天過去，鳳英並沒有來找素萍的麻煩，大概覺得自己做了不光彩的事，不想張揚。

做完活，洛瑾和素萍領了餅，準備回家。

天上飄下小雨，滋潤著草木萬物。一道頎長身影站在路邊，撐著舊的油紙傘，面龐隱在傘下，只露出白皙優美的下巴。

「二郎來接妳了。」素萍笑著道：「怕妳淋雨著涼呢！」話中有著說不出的感覺，這輩子，她從沒被誰珍視過。

洛瑾也是一愣。今天莫恩庭去考試，怎會跑到這裡來？

「素萍嫂子，妳的傘。」莫恩庭把擱在旁邊的傘遞給素萍。「大伯母好像不太舒服，妳快回去看看吧！」

素萍接過傘，道聲謝，便急急忙忙地趕回家，將莫恩庭跟洛瑾甩得老遠。

看素萍走遠，洛瑾問了聲。「二哥，你考完了？」

「要不然呢？」莫恩庭將傘往洛瑾的方向挪。「我會跑來這裡接妳？」

柳色青青，湖面上是雨滴落下的圈圈漣漪。春雨沒擋住燕子，牠們在空中翩然飛過，留下幾聲鳴叫。

兩人並排走著，洛瑾話少，乖乖巧巧的，悶不吭聲。

「我想好了。」莫恩庭望著前方。「要是州試過了，就帶妳回平縣看看。」

洛瑾停下腳步，目光立時比春日的湖水還要清亮。「真的？」

莫恩庭點頭。「不過，妳姑父不准妳回去，所以，妳在平縣還有沒有別的靠得住的親戚，可以打聽消息的？」

洛瑾低頭思索，想起了原本要嫁過去的周家。「有，如果不回家，附近有親戚，可以上門問問。」

「那就這樣。」莫恩庭的手伸到傘外，接了些水滴。

兩人繞過大半座湖，大宅隱藏在朦朧的雨霧裡，幾聲犬吠打破雨天的寧靜，厚重的宅門被打開，隱隱看見幾隻狗跑了出來。

「這次大峪沒來，倒是虧了。」洛瑾聽到聲音，回頭望著湖岸。

「他一個小孩子，什麼虧不虧的。」莫恩庭笑了聲。「以後家裡養隻狗，不就得了。」

「你考得好嗎？」洛瑾覺得，每當他們單獨在一起，氣氛就有些怪異。

「兩日後放榜。」莫恩庭神情輕鬆。「妳覺得我會過嗎？」

「我不知道。」洛瑾低頭走著。

「跟我來。」莫恩庭拉住洛瑾，走向旁邊的山道。

「二哥。」這裡的路窄，雜草上的雨水浸濕了洛瑾的裙襬和鞋襪。「天要黑了。」

「有我呢！」

莫恩庭拉著洛瑾，鑽進了旁邊的林子。

一把油紙傘根本擋不住雨，樹上的水滴落下，打濕了衣衫。
林子盡頭是一處石崖，濕漉漉的矗立在雨裡。
「我帶妳過去瞧瞧。」莫恩庭拉著洛瑾，往石崖走去。
石崖上，整座湖的風光盡收眼底，煙霧縹緲，淡淡山色如畫。
「是不是很好看？」莫恩庭道。
洛瑾點頭。「可是，該回去了。」說完便想轉身。
「為什麼？」莫恩庭問她。「我總想著與妳親近一些，可妳總是退得老遠。」
「我……」洛瑾不知道怎麼回答。
「妳是真的不知道？」莫恩庭不信，就算她心思再簡單，難道絲毫感覺不到？
洛瑾知道，但是，她只能裝不知道，她想全身而退。
她一出生，家人便為她安排好一輩子要走的路，什麼時候要做什麼、多大要學什麼規矩、以後要嫁給誰，而她心裡也已經認定那條路。
可是人生有變數，她的路斷了，好像找不到了，心裡破了一個洞，被人戳破傷口，總覺得很疼。
「不要離我那麼遠。」莫恩庭扶著洛瑾的雙肩。「明明那麼膽小，為什麼要忍著？」
「我……」洛瑾還是不知道要說什麼，她就是這樣，拙於言辭。
愣怔間，她被一個懷抱包裹住。

「二哥是喜歡洛瑾的。」莫恩庭輕聲道：「妳肯定知道，對吧？」

這種親密實在讓人抗拒，洛瑾想推開眼前的人，聲音顫抖。「二哥，我們有約定的。」

「當然有，一年之期。」莫恩庭覺得懷裡的嬌軟讓他喜歡得要命，只想乾脆把人勒進自己的身體，融進骨血。

「你會遵守承諾的，對吧？」洛瑾幾乎用盡力氣，才問出這句話。

莫恩庭看著那張驚慌的小臉，不太情願地鬆開手。「一年內，還清銀子，妳離開；還不清，留下來，一輩子跟在我身邊。」

「當初明明……」洛瑾皺眉。這人怎麼可以這麼無賴？

「那時，我可沒說若是還不清要怎樣。」莫恩庭覺得自己的臉皮之厚，快要比上莫恩升了。「現在補上吧！反正也才過兩個多月，妳有的是時日掙錢。」

洛瑾覺得心裡有些亂，涼涼雨絲落在臉上，也無法化解心中的萬千愁緒。

說到底，她與莫恩庭相比，什麼都鬥不過他；不過，雖然她笨了些，但努力的話，不一定辦不到。

「那麼，這就算說定了。」莫恩庭擅自做決定。「要是妳不放心，回去我再重新寫張借據給妳。」

「不用。」洛瑾搖頭。「二哥會說到做到。」

「妳老離我那麼遠做什麼？」莫恩庭把她拉進傘下。「淋濕了。」

「那我們回去吧？」洛瑾問了聲。

「洛瑾說話軟軟的，真好聽。」莫恩庭望著石崖下的湖水。「真想跟洛瑾一起看世間景色。」

不知是不是因為崖上的風大，洛瑾覺得頭有些疼。「天真的要黑了。」還有，這裡很冷，她的鞋已經濕透。

莫恩庭看了看天色。「若是剛才的話，妳都記住了，我們就回去。」

「記住了。」洛瑾點頭。「還清銀子才能離開。」

「沒說完。」莫恩庭在她額頭上敲了一記。「還不清，一輩子走不了；還有，以後不准離我那麼遠。」

洛瑾不明白，她現在的處境，是不是就是人們所說的「人在屋簷下，不得不低頭」？還是，莫恩庭仗勢欺人？

但仔細想想，好像都不太對，讓她越來越糊塗了。

第二十八章

天漸漸暖了，坐在太陽底下，陽光曬得人很舒服，渾身懶洋洋的，所以廚房的人到外面洗菜的時候便多了起來。

這天，女人們正聊著家常幹活，許婆子忽然帶著幾個人來了廚房，臉色並不好看。大家停下手裡的活，站到一旁，不知道發生什麼事？

「進去找找。」許婆子指著廚房，下令道。

跟來的人應聲，開始動手搜。

「許婆子，這是怎麼了？」一個廚娘小心地問。瞧這架勢，怕是出了事。

許婆子沒回答廚娘，歪頭看身後的鳳英。「妳來說。」

鳳英從許婆子身後走出來，睨了素萍一眼，低頭恭謹地回道：「前日天黑時，我瞧見一個人影偷偷地從翠竹苑出來。」

鳳英頓了頓，看了看許婆子的臉色，繼續道：「我覺得不對勁，誰會這樣鬼鬼祟祟，就悄悄地跟著，隨人影來到廚房。我想，或許那人是去翠竹苑送東西吧，便沒在意，回去了。」

聽到這裡，廚房裡的人俱是一驚，誰都知道，翠竹苑是不能隨便進去的。

「翠竹苑丟了件東西。」許婆子的目光掃過眾人。「我過來瞧瞧，沒事的話，只當誤會一場；要是真有不規矩的人，就留不得了。」

沒一會兒，有個婆子出來，手裡拿著布包，交到許婆子手裡。

許婆子解開布包，掏出一只精緻的白銀小香爐，冷笑一聲。「說吧，是誰幹的？」

廚房的人看著彼此，臉上都帶著驚詫。

「這是誤會吧？」吳廚子皺起粗獷的眉毛。「這裡的人都老實本分，哪敢去翠竹苑？」

「老實本分，怕只是表面吧？」許婆子冷哼。「東西都搜出來了，還有什麼話說？一定要報官了。」

廚房裡的人聞言，不由心驚。進了衙門，不管有罪沒罪，板子是一定要挨的，萬一事情暫時查不清楚，得關在裡面，家裡還要花錢打點。

「其實，我記得那人的身形。」鳳英站出來，看了眼素萍，目光惡毒。「那人個子不高，是個敦實的婦人。」

這下，所有人都看向了素萍，廚房裡的女人，就屬她最矮。

「鳳英，妳胡說八道！」素萍急了，被人如此冤枉，哪裡還能冷靜。「是妳要害我！」

「我說的都是實話。」鳳英往許婆子身後靠。「我也沒說是妳，是妳自己站出來的；再說，咱們都是大石村的人，我為什麼要害妳？」

「妳怕我把妳的破事說出來！」素萍激動起來。「妳想趕我走！」

「把人帶走，關起來。」許婆子喝道，把香爐收好。「看看少爺想怎麼處置。」

「我沒有！」素萍擋開小廝的手，往鳳英跑去。「為什麼要陷害我?!」

可是沒跑兩步，素萍就被小廝絆倒在地，痛得動都不能動，雙手被砂石劃破皮。

「素萍嫂子！」

洛瑾想去扶素萍，但兩個小廝毫無表情地快步上前，將趴在地上的素萍拖出廚房，她的雙膝甚至沒有離開地面。

「鳳英，妳不得好死！」素萍無助而不甘地咒罵著。

廚房裡的人不敢說話，就算知道素萍不會幹出偷盜的事，但拿不出證據，貿然出聲，定會把自己捲進去。

「好了，該幹什麼，就幹什麼去吧！」許婆子只是想尋回東西，讓這些做工的人守好規矩；至於拖出去的人是死是活，她不在意。不過是個農婦，就算打死，最多賠些錢而已。

洛瑾相信，這件事絕不會是素萍做的。前日晚上，她去翠竹苑送飯，素萍在廚房裡等她，再一起回村子，怎麼可能去翠竹苑行竊？

洛瑾抬頭，對上鳳英的目光。「素萍嫂子不會偷東西，她是冤枉的。」

「東西都找到了，她冤不冤枉，自有人會去查清楚。」

許婆子說完，帶人離開了。

廚房裡安靜下來。

發生這種事，大家沒有心思說話，心不在焉地低頭幹活。在別人家做事，就要小心翼翼，說不定哪天便有橫禍飛到自己頭上。

「他們會怎麼對素萍嫂子？」洛瑾擔心，想著要不要跑回大石村告訴莫鐘？可是，告訴莫鐘又能怎麼樣，他何時在乎過素萍？

一個廚娘嘆了口氣，小聲道：「兩條路，要不是在宅子裡打一頓，然後趕出去；要不就是送衙門，一樣用刑，說不定還會定罪，不管哪條路，人回到家時，都只剩下半條命了。」

這世道根本不會聽弱者解釋，洛瑾愣愣坐著，不知道該怎麼辦？

素萍一直很照顧她，知道她怕狗，就接下去後院餵狗的活；她力氣小，素萍會幫她搬重東西，她不能不救素萍！

「我要去看看。」洛瑾扔下手裡的活。「他們把人關在哪裡？」

「妳去了也沒用。」另一個廚娘走過來，低聲說：「不會放人的。」

「素萍嫂子是冤枉的，她不會偷東西！」洛瑾為素萍辯解。

廚娘嘆氣。「她是不是在這裡得罪人，被陷害了？」

洛瑾想起素萍之前說的話。難道真是鳳英陷害素萍？

她實在不放心，跟廚房裡的人說了聲，跑出去想辦法了。

洛瑾費了一番工夫，終於打聽到關押素萍的地方，立刻趕去。

但是，看門的人擋住了她，上下打量。「這裡不能進來！」

「大哥，你讓我見見素萍嫂子。」洛瑾求道。剛才素萍被拖出來，身上定是有傷，不包紮怎麼行？

「沒聽懂是嗎？」看門的人不耐煩，根本不把一個廚房女工放在眼裡。「妳以為自己是這宅子的主子？想見誰就見誰，想去哪裡就去哪裡？」

主子？洛瑾知道這裡的主子是薛予章，難道去找他？思緒亂極，薛予章可是惹不得的。見不到素萍，洛瑾只能找莫家人來幫忙，便轉頭朝平日下工的小門跑了。

路上，洛瑾經過鳳英幹活的洗衣房，院裡有口水井，幾只大木盆擺在地上，三、四個女工正在搓洗衣服。

「二郎媳婦，怎麼跑得這麼急？」大樹下的方桌旁，正在喝茶的鳳英叫了聲，話裡有種說不出的諷刺。「過來和嫂子喝碗茶。」

「我能證明，前天晚上素萍嫂子沒去過翠竹苑。」洛瑾走到鳳英跟前。「都是同個村的人，妳為什麼要誣賴她？」

鳳英睨著洛瑾，擱下茶碗。「別說妳的證明管不管用，就說我吧，我哪裡誣賴她了？人是許婆子帶走的，我只是實話實說。」

「不就是因為素萍嫂子看見妳跟盧管事的醜事嗎？」洛瑾心中焦急，直接說出口了。

「所以，妳就陷害她。」

一旁的洗衣女工，雖然手中不停，但每隻耳朵都是豎著的。

鳳英變了臉色。「真不知妳是怎麼想的，姓莫的是一家窮鬼，妳卻對他們死心塌地。」

「他們對我好。」洛瑾已經知道是鳳英陷害素萍，不再說多餘的話，轉身離開。

「二郎媳婦，妳別急呀！」鳳英站起來，攔住洛瑾。「嫂子覺得妳單純，想提醒妳，不要輕易被騙。」

洛瑾皺眉。「這是什麼意思？」

「素萍表面看起來老實，但背地裡可不是省油的燈。」鳳英盯著那張如花似玉的小臉，羨慕得要命，只恨自己生不成這般模樣，才跟著牛四在山裡受苦。「她經常在村裡做些偷雞摸狗的事，手腳不乾淨，妳別被騙了。」

洛瑾不信，命運對素萍已經夠不公平，憑什麼現在還要被鳳英誣賴？明明是她害了素萍，還在這裡裝好人，當下只覺得眼前豔俗的女人十分可惡，雖然脾氣向來溫軟，這下也憤怒了。

「素萍嫂子是好人。」洛瑾丟下一句話，再不理會鳳英，跑了出去。

「好人？」鳳英對著洛瑾的背影冷笑。「好人能當飯吃？」又扭著腰回去喝茶了。

洛瑾一路跑著。只要再穿過假山，就到小門了，這個時候，莫恩庭應該在家，可以幫忙救人。

出了宅子，就代表她不會再做這份工，可能因此還不清銀子，不過，她沒有停下腳步。

「跑什麼？」假山處，有個人拉住了洛瑾。

洛瑾氣息不穩，看著眼前笑得好看的男子。「少爺？」

「後面有狼？」薛予章看了看洛瑾後面。「瞧瞧妳，嚇成什麼樣了。」

這個人也能救素萍。洛瑾抽回手臂，往後退了一步，道：「我家嫂子被許婆子關起來，您能幫幫她嗎？」

薛予章聞言，搖了搖頭。「這件事由我來管，好像不合適，妳應該知道，我只是暫時住在這裡。」

「可是丟的東西是您的。」洛瑾忙道：「她被誣賴行竊，可是她真的沒有。」

「妳是說香爐？」薛予章在假山旁邊找了塊石頭坐下。「怎麼，和妳嫂子有關？」

「我可以證明，不是她偷的。」洛瑾跑了一路，緩不過氣來，說話還有些喘。

「我相信妳。」薛予章笑了笑。「既然她沒做，到時衙門定會還她公道。」

聽這話的意思，是想把素萍送進去？這怎麼行！在衙門裡吃苦受罪不說，外面還得靠莫家到處花錢打點。

「東西都找回來了，為什麼還要送衙門？萬一被定罪怎麼辦？」洛瑾有些心急。

「不是還沒交人嗎？」薛予章掏出摺扇，放在頭頂，擋住日頭。「我要去湖邊釣魚，妳跟我一起去，把事情說清楚。」

洛瑾一愣。這是什麼奇怪的要求？但為了救素萍，只好硬著頭皮答應了。

微風輕拂湖面，波光粼粼。

湖邊的小亭裡，小廝為薛予章裝好魚餌後，便退出亭子，遠遠地站著。

洛瑾站在亭子外面，等著薛予章問素萍的事。

「妳去過州府嗎？」薛予章顯然沒把素萍的事放在心上，眼角餘光瞥著站在外面的人兒。陽光下，她像尊漂亮的人偶，只要扯動手裡的線，就會跟著動。

洛瑾看向亭中，搖了搖頭，她長這麼大，大石村是她到過最遠的地方。

「州府呀，比這裡好多了。」薛予章凝視著湖面。「很大、很熱鬧，每天都有玩不完的花樣，還有異族的歌舞坊。」

薛予章一直不提素萍的事，讓洛瑾有些著急。「少爺……」

「洛瑾，妳想不想去州府看看？」薛予章回頭。「站得那麼遠，怎麼和我說話？過來。」

「你不是想知道香爐的事嗎？」洛瑾沒有動，站在原地。

「一個小小的香爐而已，洛瑾喜歡，就送妳了。」見洛瑾不進亭子，薛予章扔掉魚竿，起身倚在亭柱上，眼中含笑。

「不是。」洛瑾搖頭。「是我嫂子被誣賴偷了香爐，但她是冤枉的。」

薛予章搖頭。「那妳說怎麼辦？」佯裝為難的樣子。「有時候事情看起來簡單，但縱容一次，難保下次不會有人再犯。」

洛瑾聽懂了，薛予章也認定香爐是素萍偷的，那她跟來做什麼？聽他談論州府如何富庶，日子如何有趣？

「少爺，能否讓我告半日假？」薛予章不會幫素萍，在這些有權勢的人眼裡，人命算不了什麼，她要回去找莫恩庭，希望他會有辦法。

薛予章雙臂環胸，看了洛瑾良久。「因為是妳，所以我准了。」

洛瑾行禮謝過，轉身往外跑，不敢再耽擱，要是衙門的人來，想救素萍就難了。

山路很遠，洛瑾心急如焚，覺得路似乎比往日長了不少，好不容易才到莫家。

莫大峪正在院子裡玩泥巴，看見洛瑾失魂落魄地跑進來，叫了一聲。

洛瑾哪裡顧得上他，直接衝進西廂房。

「二哥！」顧不上以往的規矩，洛瑾直接掀開簾子。「素萍嫂子出事了！」她的樣子狼狽，滿臉的汗，頭髮亂糟糟的，有些還黏在臉頰上。

莫恩庭大驚。這丫頭不會是在外面吃了虧吧！怎麼會在這時候回來？

「怎麼了？有人欺負妳？」他扔掉手裡的書，下了炕，握住洛瑾的雙肩上下打量。

「不是我，是素萍嫂子。」洛瑾喘著氣，白嫩的臉泛著微微的粉紅。「她被關起來了！」

「怎麼回事？」莫恩庭皺眉。「先仔細說清楚。」

洛瑾說了來龍去脈，越說越急。「怎麼辦？他們說要把嫂子送去衙門。」

莫恩庭低頭想了想。「我過去看看，妳不要過去了，留在家裡。」

「不行，我要去！」洛瑾不放心素萍，而且她才是最清楚這件事的人。「我只告了半日的假。」

「發生這種事，妳還想留在那裡？」莫恩庭搖頭，但現在無暇多說，只道：「妳喝些水，我跟娘說一聲就走。」
洛瑾點頭，方才跑了一路，她的腿腳有些無力。「二哥，你先走，我走得慢。」
「那妳小心些。」到底事關人命，莫恩庭知道輕重，又叮囑兩句，便先出門。
上山前，莫恩庭去找過莫鐘，但莫鐘藉故要看顧家裡的老母，並不想去，嘴裡甚至還罵著，這不規矩的女人死了算了。
洛瑾聽說了，覺得莫鐘根本不在乎素萍的死活，說不定還想著，要是人死了，還可以討些銀子，如此涼薄，讓人心寒。

第二十九章

洛瑾趕到大宅時，剛好看見莫恩庭在門前和一個男人說話。

男人大約四十多歲，蓄著一把稀疏的山羊鬍，面貌清瘦，一身長袍，看上去像是讀過書的。她見過這人，是跟在薛予章身邊的馮先生。

馮先生是薛家人派來跟在薛予章身邊的，目的就是看著薛予章不要惹事，所以，他的話還算管用。

莫恩庭看著小跑過來的洛瑾，小聲道：「不是要妳別急嗎？」

「馮先生。」洛瑾對他行了一禮。

「進去說吧！」馮先生請他們進門。

洛瑾跟在莫恩庭身後進了一處小廳，不知道為什麼，心裡安定許多，總覺得莫恩庭來了，事情便會有轉機。

事情自然要從頭說起，免不了費一番唇舌，便把鳳英叫了過來。

鳳英來了小廳，看到莫恩庭，眼中厲光一閃。上次她傷了腿，莫恩庭輕鬆幾句話就打發她，還得了個懂事理的名聲，她何曾吃過這種啞巴虧，早就記仇了。

「先生找我來，是有什麼事？」鳳英明知故問。既然莫家來人，肯定是為了素萍；不過，只要莫鐘那個縮頭烏龜沒來，事情應該不難辦。

馮先生問她。「素萍的家人來了，說是想要個道理，妳確定看見素萍偷香爐？」

鳳英低頭，眼珠子轉了轉，抬頭笑道：「這事，我跟許婆子說過了，當時看見一個人影，鬼鬼祟祟地從翠竹苑出來，後來進了廚房。」

「鳳英嫂子，話不能亂說。」莫恩庭接道：「光憑一個人影就斷定是素萍嫂子，妳可知道，這樣很容易冤枉人？」

以前鳳英在大戶人家當丫鬟時，也見過不少齷齪事，不會因為莫恩庭一句質問就慌了手腳。「我沒說是素萍，是她自己跳出來的，她要是心裡沒鬼，跳出來做什麼？」

「既然香爐是在廚房找到的，為何到了手，不立即帶走，偏放在那裡等人來搜？」莫恩庭又問：「若要藏，宅子這麼大，何必藏在人來人往的廚房？」

「二郎，這件事該去問素萍。」鳳英皮笑肉不笑。「說不定她就是蠢。」

莫恩庭覺得不能跟鳳英講道理，這種人總能胡攪蠻纏，所以對付她，當然也要胡攪蠻纏。「以前素萍嫂子是得罪過妳，但都過去了，妳怎能冤枉她？」

「二郎，話不能亂說。」鳳英滿臉驚訝。「我和素萍哪有仇怨，在村裡還時常說話。」

「那妳更應該幫忙素萍嫂子找到真正的竊賊。」莫恩庭說著，轉而對馮先生彎了彎腰。「先生，我們知道您這邊有不少規矩，冒昧前來，給您添了麻煩。」

馮先生也是讀書人，看著眼前的後輩，似乎看到當初意氣自若的自己，心裡有些感慨。「其實，按以往的規矩，這件事該交由衙門來辦。」

「但先生也知道，人進了衙門，什麼事都由不得自己。」莫恩庭淡淡地道：「著急的，可是家裡的人。」

權勢人家不把人命貴賤看在眼裡，馮先生待在薛家，早已看透。「你們過來，只是一直喊冤，卻拿不出證明，便只能按規矩來。」

「規矩？」洛瑾道了聲，覺得自己的聲音很大，可實際上只是平常人說話的聲音。「先生是說，宅子裡的規矩？」

馮先生看著站在莫恩庭身後的她。「是，無規矩不成方圓，不能因為一個人就壞了。」

「可是，若是有人壞了規矩。」洛瑾攥緊雙手，事到如今，為了素萍，她要勇敢一回。「是不是也會按規矩辦？」

「洛瑾？」莫恩庭看出她似乎在發抖。

馮先生沈吟片刻。「當然，妳有什麼證據？」

「她。」洛瑾指著鳳英。「她是用了手段，才進宅子做工的。」

鳳英一聽，臉色變了，尖酸道：「妳不能亂說話呀！這是眼見素萍脫不了罪，就反過來潑我的髒水？」

「我沒亂說！」洛瑾被氣到了，臉上表情僵硬。「妳明明沒被選中，仗著是盧管事的表妹，才進了宅子。」

「我……」鳳英到底年長幾歲，有些閱歷，當下看著馮先生的臉色，小心翼翼地道：「先生，我的確是被挑選進來的，進來後才知道，盧管事也在這兒。」

「素萍嫂子就是撞破妳和盧管事……」洛瑾的臉紅了紅。「妳是在報復。」

馮先生沒說話，垂下眼思索著。這好像扯到別處了，但剛才說到規矩，如果不端平這碗水，實在不妥；況且，盧管事哪裡有表妹，這事八成如這小娘子所說，是盧管事私自將人招進來的。

如果是這樣，鳳英的人品不端，她嘴裡說出來的話，自然難以讓人信服。

鳳英臉皮厚，罵人從不吃虧，眼見平日不說話的洛瑾招惹她，當場什麼粗話都說出了口。

一時間，小廳裡只有鳳英的撒潑聲，一張利嘴專揀難聽的罵。

「住口！」馮先生是讀書人，這般穢語污言，實在讓他厭惡，也看出來了，鳳英是被人說到短處了。「這是什麼地方，豈容妳撒潑？」

鳳英被馮先生喝斥，罵人的話堵在喉嚨裡，狠狠地剜了洛瑾一眼。

「先生瞧見了，就算我家嫂子偷了東西，也得要能信服的人來證明。」莫恩庭掃了鳳英一眼，眼神冰冷。「若被個道德敗壞的人誣賴，恐怕所謂的規矩，只是瞎扯。」

眼下的事，其實不難處置，卻很頭痛，只要去大石村打聽兩個婦人的作風，差不多就能知道結果。

但話已經說在前面，得講規矩，想罰素萍，必須也要罰鳳英；再說，薛家把寶貝少爺交給他，萬一再鬧出事來，回去怎麼交代？

馮先生捋著山羊鬍，看著站在面前的三個人。多一事不如少一事，既然東西沒丟，將人全撵回去就是。

「先生，您看這樣好不好？」莫恩庭上前兩步。「您派個人去大石村打聽，相信會聽到些有用的話。」

「好笑了！」鳳英心裡發虛，卻強作鎮定。「莫家在村裡住了多少年，他們當然幫你家說話，怎麼會幫我一個外來的？」

「不好笑。」莫恩庭面上沒有表情。「妳是嫁來的，素萍嫂子也是嫁來的，村裡人實在，說的只會是實話，沒什麼幫不幫的。」

「馮先生，這事怎麼就扯到我身上了？」鳳英轉而看向馮先生，一臉幽怨，拿著帕子拭眼角。「我說的都是真的。」

馮先生被吵得頭疼，擺擺手。「都不要說了，這件事，主家交給我辦，我就處置了吧！」不管怎麼說，替薛家看好那位祖宗，才是最重要的。

「香爐的事，的確沒證據說是那位嫂子做的，單憑一個身影，不足以服眾。」馮先生又道：「但鬧出這件事，那位嫂子恐怕是不能再待下去。」

莫恩庭點頭。「先生明察，我這就帶嫂子回去，本是來做工，不想給你們添了麻煩。」

「這怎麼行？」鳳英眼看自己的設計就這樣不了了之，心有不甘。「憑什麼放過她？」

「還有妳。」馮先生發話了。「宅子裡還是清清靜靜的好，這些生是非的人，還是趁早打發，免得薛予章再鬧事。」

鳳英頓覺不妙。「我怎麼了？」

「妳也不用做了。」馮先生冷道：「因為盧管事根本沒有表妹。」

「你憑什麼趕我走？」鳳英表情扭曲，帶著狂氣，叫道：「你家少爺還請我喝過茶呢！你說趕就趕？」

光憑這句話，馮先生就非趕走鳳英不可了，主動跑去招惹薛予章，這女人就不能留。

「有事，妳叫盧管事過來找我。」馮先生的意思很明顯，不想跟鳳英糾纏。

鳳英氣極，轉頭走出小廳。

見鳳英走遠，莫恩庭別過馮先生，問清素萍身在何處，想帶人回去。

「妳回去上工吧！」馮先生指示了莫恩庭方向，又對洛瑾說：「廚房裡不能缺人。」

「馮先生，我也不想做了。」洛瑾道。她想通了，這裡不是掙銀錢的好地方，萬一她出事，連個幫她報信的人都沒有。

馮先生一愣，隨即想通其中緣由，覺得也好，便答應了。

於是，莫恩庭帶著洛瑾離開了小廳，走了一段路後，突然笑出聲。

洛瑾還有些意難平，聽到笑聲，不由抬頭看去。「二哥，你笑什麼？」

「洛瑾學會咬人了。」莫恩庭道。而且，他高興的是，她不在這裡做工了，她根本不適合拋頭露面，外面世道險惡，豈是她能應付得了的？

洛瑾明白莫恩庭指的是剛才揭穿鳳英的事。「我說的是實話。」

「知道，洛瑾不會說謊。」看到了關素萍的地方，莫恩庭說：「我過去接素萍嫂子，妳在門口等我。」

洛瑾應了聲。這一天她過得提心弔膽，簡直累壞了，但能救出素萍，心裡終於輕鬆了些。

洛瑾靜靜地等著莫恩庭跟素萍，忽然有人拍了她的肩膀一下。

「喂！」

洛瑾回頭，嚇了一跳。「表小姐，妳怎麼在這裡？」

「我為什麼不能來？」張月桃看著洛瑾。「剛才那人是不是二表哥？」

洛瑾點頭。

「二表哥來這裡做什麼？」張月桃想著，要不要跟上去看看？

這時，一條大狗跑過來，洛瑾來不及說話，嚇得不敢動彈。

「早說過，牠不會咬妳的。」薛予章的笑聲響起，帶著小廝從門外進來。

「少爺。」洛瑾叫了聲。

「對了，妳送晚飯過來，我有話跟妳說。」薛予章大概有事，不等洛瑾回答，撂下一句話就離開了。

薛予章帶著狗走遠，張月桃望著他的背影，問道：「那人是誰？」

「是借住在這裡的少爺。」洛瑾看向屋子，不知道是不是素萍傷得太重，人還沒出來。

「我爹去收肉錢，怎麼還不出來？」張月桃打量著偌大的宅子，心想若是能進去看看，該有多好。「我去帳房看看。」

洛瑾沒理會張月桃，由她去了。

一會兒後，素萍出來時，路都走不太穩，滿是傷痕的手扶著牆壁。

洛瑾忙跑上去攙住她。「嫂子，妳的腿沒事吧？」低頭看素萍的裙子，劃破了些，還沾著塵土。

「沒事。」素萍的心還提著，剛才想了無數種下場，就是沒想到，會被莫恩庭和洛瑾救出來。「讓你們費心了。」

「有話回去再說。」莫恩庭想著，這是非之地，還是不要久留得好。「走吧！」

三人慢慢走著，大宅子漸漸消失在身後。

「二哥，剛才我看見表小姐了。」洛瑾扶著素萍。「她在大宅子裡。」

「應該是和舅舅來算帳的。」莫恩庭跟在兩人後面。「宅子裡的肉，是向他們買的。」

洛瑾應了聲，感覺素萍一直在發抖，便輕聲安撫著，一路下山。

第三十章

三人回到家時，已經是傍晚，家家戶戶都忙著做晚飯。

素萍站在家門前，猶豫著，不想進去。家裡有個根本不在乎她的男人，她還要回去為他洗衣、做飯，伺候他一家，怎會不覺得不甘和委屈？

今天，她被人冤枉，莫鐘卻連面都不露，她的心算是徹底寒了。

另一邊，莫恩庭跟莫振邦說了大宅裡的事，莫振邦還沒開口，張婆子便哼了一聲，抬腳出去。

趙寧娘安慰洛瑾幾句，兩人去正屋煮飯，突然聽見院子外傳來吵鬧聲，一個是有些尖的女聲，另一個熟悉的聲音則是張婆子的。

莫家人連忙跑出去，發現張婆子與鳳英吵了起來。張婆子只是不開口，但開口罵起人來毫不含糊，連鳳英這樣嘴尖的都不是她的對手。

張婆子嘴上罵著，手裡也不閒著，拿起裝鍋灰的盆子，朝鳳英兜頭倒下。

「哎喲，我的娘！」鳳英眼前一黑，乾號著，滿身滿臉全是鍋灰。

「誰是妳娘?!」張婆子將破盆往地上一扔。「這樣的孬貨若是我生的，就直接掐死，還留著禍害人？」

「天呀，你們一家是想逼死我！」鳳英坐到地上撒潑，拍打著雙腿，好似自己受了天大的委屈。

「老娘不吃妳那套！」張婆子的嗓門比鳳英的還大，目光利得跟刀子似的。「別以為沒人治得了妳，便覺得自己了不起，能上天！今兒我就告訴妳，別惹我家的人！」

「大家來看呀！」鳳英嚎了一聲。「莫家打死人了！」

現在正是做飯時，村民們聽到動靜，都走了出來。

兩個女人打架，男人們不好上前勸阻；至於女人們，沒有喜歡鳳英的，都在心裡為張婆子叫好，恨不得上前多踹兩腳。

「喊什麼喊，嚎什麼嚎？」張婆子罵得起勁。「整天把臉塗得跟鬼一樣，還以為自己是個仙女？妳的眼睛就是兩個窟窿，留著也沒用，趁早摳了去！」

「妳個老不死的！」鳳英見沒人幫她，從地上跳起來，雙手扠腰。「仗著妳家人多，就欺負人是吧？告訴妳，我可不好惹！」

「我老死了，有兒子送終，妳有嗎？」張婆子捋了捋袖子，想動手，卻被趙寧娘拉住，怕她年紀大吃虧。「指望著妳那些野男人吧！」

女人吵架，到最後往往是罵得不堪入耳。與張婆子交好的婆子上前勸著，把她拉回院子，獨留鳳英在外面罵個不休。

眼見張婆子走了，鳳英還想逞威風，卻被一旁看熱鬧的媳婦們奚落，什麼惡有惡報，什麼半斤粉不正經，一人說一句，說得可歡了。

「關妳們什麼事?!」鳳英氣結，想跺腳卻扭了腳，摔回地上。

周圍發出一陣哄笑聲，女人們帶自己的男人回了家，留下一身灰的鳳英，人不人、鬼不鬼地癱在地上，直到牛四趕過來，才把她揹回去。

因為事情鬧得太大，素萍拖著傷腿來了莫家。張婆子平時說話刻薄，但自家人真被人欺負時，她還是會出面幫忙。

「腿傷著，就別亂跑了！」張婆子氣呼呼。「以後見著某些人，就離遠一點。」

「我知道了。」素萍低聲應道。

「行了，讓大郎媳婦送妳回去吧！」張婆子擺了擺手。「瘸著腿，看著就難受。」

趙寧娘聽見，忙扶著素萍出了正屋。

張婆子走進裡屋，上了炕，似乎還不解氣，嘴裡嘟囔個不停。

「哪有這麼欺負人的？連道理都不講，直接將人往衙門裡送！」張婆子嘴尖，罵起來一點都不結巴。「這樣的宅子，不待就對了，一個吃人不吐骨頭的地方！」

莫振邦被自家婆娘吵得頭痛，看了看張婆子，示意她兒子、兒媳都在，少說兩句。

張婆子不理他，又開始罵鳳英。「這個半斤粉是不是看咱們家的人好欺負？自己不要臉，還罵別人手腳不乾淨，這傷天理的孬貨活該生不出孩子！」

「說話不要這麼毒。」莫振邦開口。「妳好歹是個長輩。」

「長輩？」張婆子噴著唾沫星子。「別以為我上了年紀，走不動了，誰要給我氣受，我就去砸了她家！」

「妳！」莫振邦無奈，張婆子就是這樣，誰惹了她，便會罵個不停，是個不肯吃虧的。

「鳳英不是也被攆回來了？」

「那是她自找的！」看張婆子的架勢，大家餓著肚子，卻沒人敢動筷子。「年前誣賴三郎，這次是二郎媳婦，再不收拾她，她就要來咱們家揭屋頂了！」

「娘，吃飯吧！」莫恩升上炕。「我跑了一天，您罵舒服了，可憐我肚子還空著呢！」

莫恩升就是有這種本事，能把不好的氣氛變好，張婆子的心思旋即轉到小兒子身上。「對了，今兒你去了哪裡？」

莫恩升盤起腿，對著她嘿嘿一笑。「自然是去掙娶媳婦的錢。您也說了，要及早下手，免得到時候好的都被人揀去。」

張婆子方才還陰沈的臉抖了抖，有了笑意。「嬉皮笑臉的，也不知道害臊！」

「有其母必有其子。」莫恩升向她挑了挑眉。「以後我也要像您一樣，大殺四方。」

「兔崽子，沒大沒小！」張婆子白了他一眼，招呼大家吃飯。

洛瑾在一旁瞧著。這個家很有煙火氣，沒有寬闊的大房子、沒有精緻的擺設，卻莫名讓人有歸屬的溫暖，每當家人遇到難事，必會全力幫忙。

「我要出門幾日。」莫振邦先吃完飯，把筷子放在飯桌上，看了看莫恩庭。「去五靈澗。」

莫恩庭抬頭，握筷的手緊了緊。「其實，已經過了那麼多年，不必去了。」

張婆子聽了，目光微閃，低下頭，伸手摸了摸莫大峪的腦袋，神情複雜。

「我正好要去附近幫東家辦事，想再去打聽打聽。」莫振邦道：「我就怕你這次考試會因此出什麼意外。」

「那您小心些。」莫恩庭不再說什麼，心裡早已沒了波瀾。

吃過飯，洛瑾收拾好正屋，回去西廂房。

現在她不能做工掙銀子了，只能繡花；至於期限到了，能不能還清銀子，她突然覺得無所謂了，一切看天意。

如此想著，洛瑾覺得輕鬆許多，搬起繡架，走到裡間門簾外，叫了聲。

「進來吧！」莫恩庭的聲音有些低。

洛瑾進去。「二哥，我來繡花。」瞧見炕上矮桌上放著一件衣裳，似乎是小孩穿的。

「把東西放下吧！」莫恩庭收回打量衣裳的目光。「以後進來，不用問我。」

洛瑾支好繡架，又瞥了那件衣裳一眼，上面還擱著一把銀鎖。以前她弟弟也戴過這種銀鎖，只是後來被父親拿去賭了。

「我遇見爹時，身上穿戴的就是這些。」莫恩庭開口。「妳覺得，這種衣裳是什麼人家的小孩穿的？」將矮桌上的衣物推到洛瑾面前。

洛瑾小心地拿起衣裳細看，上面滿是劃痕，像被石頭或樹枝刮的，因年歲久遠，顏色褪了不少，但料子卻是不錯的。

她放下衣裳，舉起銀鎖細瞧，是方形的，正反兩面刻了觀世音菩薩、祥雲和金蟾，還掛著小銀鈴，手工細緻，也是因為放得久了，沒了以前的光亮。

「是富貴人家的孩子。」洛瑾將衣裳摺好。

莫恩庭應了聲，沒說什麼，起身把東西收進牆角的箱子裡，回到炕上。

「洛瑾，妳不做工便還不清銀子，妳是不是在大宅裡遇到什麼事了？」

這人是能看透人心嗎？洛瑾手裡攥著線。「就是覺得待在那裡有些不自在，慌慌的。」

「妳不適合在外面做工，有些事，妳根本控制不了。」莫恩庭看著那張臉，美成這樣，自會引來禍端，自己手裡若是沒有權勢，根本護不住她。

「我知道。」洛瑾有些喪氣。本以為只要老實做好自己的事就可以掙銀錢，看來是她太天真了，人心不似她想得那般簡單，不是不去招惹人家，人家便不會對她下手。

「其實，妳出去兩天，也挺好的。」莫恩庭覺得今天發生的事，正好可以讓洛瑾看清某些人的嘴臉。「至少妳會明白，人心險惡。」

洛瑾想起一件事，問道：「二哥，為什麼馮先生肯放了素萍嫂子？」她有些不解，薛予章分明不想放人，為什麼馮先生會答應？

「妳知道那位公子的底細嗎？」莫恩庭問她，有時候這丫頭就是後知後覺。「他是誰？為什麼來這裡？」

洛瑾搖頭，她想安分守己地做工，從沒打聽其餘的事。「只知道他是從州府來的。」

「妳看，咱們過去時，想請馮先生派人來村裡打聽，他卻不肯。」莫恩庭解釋著。「這便看得出來，他不想把事情鬧大，既然他能做主，證明是主家給的權。」

洛瑾想想也對，宅子裡的人除了薛予章，好像就是馮先生的權力最大。

「要是我猜得沒錯，那公子應該是來避風頭的。」莫恩庭說出自己的猜測。「妳想，宅子的主人將這人的身分瞞死，可見不想別人知道他是誰；再說，哪家的富貴子弟會跑到深山來住，家裡的日子會不好過嗎？」

洛瑾記得薛予章提過，說州府的日子多有趣，既然如此，確實不會無故跑來後山大宅，也許背後的原因，真像莫恩庭所說的吧！

「洛瑾，妳跟我說，那位公子是什麼樣的人？」莫恩庭問道。以這丫頭的性子，若單純只是因為素萍的事辭工，好像有些牽強，應該是碰到麻煩。

「他跟你年紀差不多，就是個有錢人家的少爺。」洛瑾回道。薛予章長得好，但看起來似乎有些陰沈。

這丫頭怕是被人家盯上了。莫恩庭第一次覺得，洛瑾有防備心，其實很好，至少不會輕易被人欺騙。

「以後，不要出去了。」莫恩庭想了想。「讓三郎打聽一下，看有什麼活是妳在家能做的，幫妳領一些回來做。」

洛瑾眨了眨眼。他不是說過，還不清銀子，就要自己留下來嗎？怎麼又幫忙她？

「妳別老這樣看我好不好？」莫恩庭笑道：「我會以為，妳在對我暗送秋波。」

她才沒有！洛瑾覺得莫恩庭總給她安些奇怪的罪名，而且她本來要繡花的，又被他拉著說了一大堆話。

「留在家裡，至少不會有人害妳。」去了一樁心事，莫恩庭輕鬆了些。「洛瑾是對的，外面很多壞人，尤其是一些男人，心腸壞得很。」

這話沒錯，可他不也是男人嗎？

洛瑾歪頭想了想，雖然莫恩庭喜歡掐她的臉，喜歡說些嚇唬她的話，讓她心慌。不過，他是個好人。

放榜的日子到了，莫恩庭和同窗早早便去了考場。

家裡恢復了以往的平靜，洛瑾跟趙寧娘一起去探望素萍。

莫鐘不在家，不知道又跑去哪裡蹓躂了，素萍的手傷還沒好，兩人幫忙幹了些活後，才坐下來說話。

趙寧娘知道素萍命苦，說著輕快的話寬慰她；可是洛瑾覺得，素萍不該一輩子綁在莫鐘身上，她不欠莫鐘，為什麼村裡長輩不為素萍想一想？

女子出嫁從夫，她從小便這麼被教導，母親是這樣，素萍也是這樣，那她們人生的希望是什麼？

母親說過，她盼著洛瑾出嫁、盼著弟弟成人，到時候她就放心了。母親為她和弟弟苦苦忍著，就算挨打、挨罵，也守著破碎不堪的家，只想讓外人瞧見，她的兩個孩子是好人家的。

太苦了，洛瑾看著一言不發的素萍，甚至連孩子都沒有，還有什麼能支撐她走下去？

「素萍嫂子，會好起來的。」洛瑾拉著素萍的手。

素萍愣怔，看著那雙清澈的眼睛。原本她覺得洛瑾遭遇和她相似，都是命苦的人，但她現在知道了，這姑娘是有人疼的，她替洛瑾感到開心，她沒有的，洛瑾會有的。

「嫂子不是想學繡花嗎？」洛瑾說道：「以後有工夫，就教妳。」

「好。」素萍笑著應下。

她知道洛瑾是好意，心裡微微痛起來，她的手早粗了，如何能捏得住那細細的絲線？

兩人回到莫家，院子裡傳來姑娘家的笑聲，是張月桃來了。

張婆子早已打消讓張月桃做小兒媳婦的念頭，只當是姪女來探望她。

家裡的男人都出去了，午飯時，女人們可以坐到炕上吃。張月桃嘰嘰喳喳的，說著跟張屠夫出門收帳的事。

張婆子聽著，越發覺得自己的決定是對的。這樣的姑娘娶回來哪行，吃飯還這般話多，又不好好待在家裡，到處亂跑，她爹是怎麼教的？

兩個媳婦不太說話，只低頭吃飯，瞧著順眼多了。

吃過飯，洛瑾回西廂房繡花，剛支開繡架，張月桃就來了。

前兩次都和張月桃吵起來，洛瑾想著，該怎麼躲開她才好？

「那個，我就是進來看看。」張月桃不往裡間去了，只站在外間，看著洛瑾的眼裡有些妒忌，她就是不會讀書跟繡花。

既然張月桃這麼說了，洛瑾只當看不見她，專心做自己的事。

「後山大宅住的公子是什麼人？」張月桃開口時，沒有前兩次那般咄咄逼人。

「就是從州府來的。」洛瑾沒抬頭，簡單回道。

「看那陣仗，不像是普通人家。」張月桃找了小凳坐下。「身邊還跟著不少下人。」

「可能吧。」洛瑾見張月桃不像來找碴，小聲應道。

「不過，那公子說話倒是風趣。」張月桃笑道：「兩句話就能把人逗樂。」

張月桃自顧自地說著，洛瑾只默默在一旁聽。

「在那裡做工累不累？」張月桃問她。「妳跟素萍嫂子走了，不就缺人了嗎？」

「會補上吧。」洛瑾穿了根絲線，不明白張月桃怎會對大宅這般有興趣。

「妳說，我去的話，他們會收嗎？」張月桃又問。

洛瑾抬頭。張屠夫家的日子過得不錯，為何張月桃要跑去大宅做工？

「別去了。」

「為什麼？」張月桃眉毛一挑。「活不累，又有銀子拿。」

阻止她的原因，洛瑾也說不上來，或許親身經歷過，才知道有些人與事，不是表面看上去的那樣。

洛瑾想了想，道：「規矩多，必須憋著性子。」張月桃被家裡慣壞了，哪能伺候人？

「妳覺得自己了不起是吧？」張月桃冷笑。「就看不起我？」

「我沒有。」洛瑾忙道，她只是想提醒她而已，為什麼張月桃總是這般尋她的不是？

「沒有？」張月桃撇嘴。「是不是覺得每個人都喜歡妳這隻狐狸精？」

洛瑾搖頭一嘆，不再爭辯，這般爭執有什麼意思。

「裝模作樣！」張月桃哼了聲。「妳不說，我也有人問，我去找鳳英。」

洛瑾停下手裡的活。「妳別去找她，她很壞。」

「我就覺得她比妳好！」

張月桃說完，頭也不回地出了西廂房。

吃晚飯時，莫恩庭還沒有回來，趙寧娘便幫他留了飯菜。

炕上，張婆子又拉著莫恩升，說著鄰村哪家有合適的姑娘、家裡幾口人、有多少地之類的話。

莫恩升摳了摳耳朵。「娘，您每天說一個，兒子會挑花眼的。」

「就你事多！」張婆子拿炕帚敲他。「看你大哥，有你這般不省心嗎？再看二郎……」

見洛瑾正在旁邊擦桌子，咳了咳，道：「反正我跟他們說好了，人家父母想見見你。」

「娘，兒子不想要媳婦，只想要娘。」莫恩升摸著被打的腿，跳下炕。「我回屋去，明日還要一早出門。」說完便跑得不見蹤影。

張婆子瞪著他的背影，氣得說不出話來。

另一邊，趙寧娘把正屋收拾乾淨，看見溜出去的莫恩升，笑著道：「三郎又去鬧娘了，不過，誰要是跟了三郎，卻是有福的。」

洛瑾也這麼覺得，莫恩升脾氣好，和誰都能說上話，是個溫暖的人，想來以後對媳婦也會很好。

兩人說著話，張婆子的聲音從裡屋傳出來。「二郎還沒回來嗎？都這麼晚了，不就是看個榜？」

「興許是去找同窗，或去了先生家。」趙寧娘揚聲回道。

「去見先生是應該的，可是也該回家說一聲啊！」張婆子咕噥了句。

這時，莫恩庭進了院子，直接往正屋走。

莫恩升聽見動靜，從東廂房出來，上前問了句。

莫恩庭只道進去再說，跨入裡屋，叫了張婆子一聲。

這般冷靜，該不會是沒考上？趙寧娘打算回老屋叫莫恩席，要真落榜，讓他好好安慰莫恩庭。

洛瑾見狀，知道他們可能有事要商量，便跟趙寧娘說了一聲，回去西廂房。

——未完，待續，請看文創風779《廢柴福妻》下

2019年8月出版

旺夫神妻

文創風 776~777

長得好看又有何用，為了利益，還不是能害死最親近的人？
好在她不是外貌協會，就算自家夫君不是彭于晏，
可心存善念，愛她、寵她，她就覺得他是全天下最棒的男人！
更何況夫君也不是省油的燈，到最後陳家要靠誰還不知道呢！

接天蓮葉無窮碧，映日荷花別樣紅／高嶺梅

何田田剛穿越到古代，就面臨被迫嫁人的命運，
想到貧困的家境、老實的爹娘，她只得咬牙嫁了！
據說未來夫君陳小郎人高馬大，外貌挺嚇人，方圓百里無人敢嫁，
不過陳家家境不錯，她嫁去至少能吃好穿好，
誰知嫁過去後，她才發覺陳家似乎有秘密。
陳小郎在家不受寵，可他也不在意，常常不見人影，對她又惜字如金，
婆婆曾有個下落不明的兒子，為了找兒哭瞎了眼，
還有那刻薄狠毒的大嫂，以及表面帶笑卻摸不透的大哥陳大郎……
她想安穩度日就得不露本事，過好自己的日子就好，
孰知她不害人，別人卻會來算計他們，
這不，公公莫名被綁架，被救回後都還沒查出真相就大病一場，
臨死前將陳家兩兒子分了家，她和寡言又一臉凶相的夫君竟被趕到荒郊野外？!

為流浪貓狗加油 和貓寶貝 狗寶貝
廝守終生(一定要終生喔！)的幸福機會

對人來說，貓寶貝狗寶貝只是生活的一部分，但妳（你）對牠們來說，卻是生活的全部，領養前請一定要考慮清楚——

▲ 頭好壯壯的聰明寶寶　漂漂

性　　別：女生
品　　種：米克斯
年　　紀：7個月
個　　性：活潑、不會亂叫、習慣外出上廁所
健康狀況：⑴ 已完成三劑幼犬疫苗、狂犬病疫苗；
　　　　　⑵ 已做體內、外驅蟲；
　　　　　⑶ 犬瘟、腸炎皆為陰性
目前住所：新北市中和區

『漂漂』的故事：

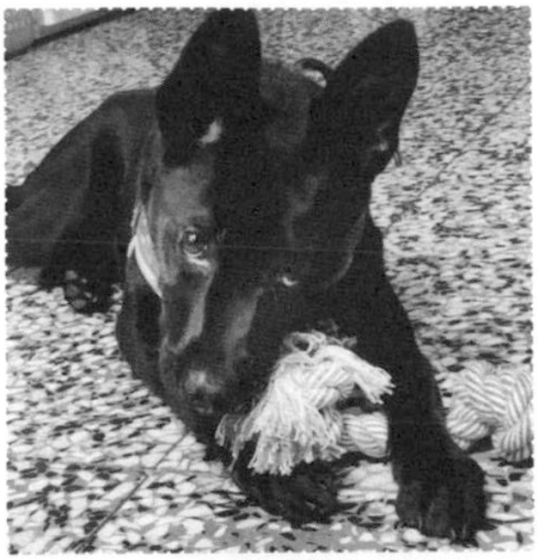

漂漂原是被一位中途從內湖動物之家帶出來照料長大，後來原飼主看到中途發文幫漂漂找主人，便認養回來。然而，如今原飼主因個人因素而想對漂漂放手；委託人實在不希望看到漂漂如此，也不忍心牠由於空間不足，經常被關在陽台，所以想刊登認養資訊幫牠找新主人。

委託人說，漂漂十分活潑、機伶，也喜歡玩耍，所以就利用「吃東西」這件事情來訓練牠的技能，像是坐下、等待這一類。委託人進一步提到，漂漂其實是隻很聰明的毛小孩，一件事情多半只要教2、3次，基本上就學會、記住了，不過有時候還是會不小心忘記一下（笑）。

談到令人印象深刻的事，委託人表示，漂漂健康狀況良好，不但有好好接種疫苗，檢查也都過關，最特別的是，漂漂去做結紮手術後，沒有像其他狗兒一樣沒精神、需要恢復期，居然當天就能立刻活蹦亂跳，好像沒事一樣，讓人除了大吃一驚外，也不免替牠捏一把冷汗。

漂漂是如此的聰穎，又是隻超健康的狗兒，委託人希望能為牠找到有緣、有愛心的主人，帶牠一起回家！請來信peijun0227@gmail.com（來信請簡單自我介紹）。

認養資格及注意事項：

1. 認養者須年滿20歲，且須獲得全家人的同意（租屋者須徵得房東同意）。
2. 須同意送養人日後之追蹤，絕不可以任何原因及理由而隨意棄養！
3. 認養者須具備足夠的耐心和愛心，去教導、訓練漂漂學習任何事情及規矩。
4. 漂漂屬於一般中型犬體型大小之犬隻，且目前成長階段需花費時間細心照顧，請認養者於領養前審慎考量自身的環境及狀況。
5. 漂漂極少被關在籠子，若被關籠可能會吠叫；另目前因處於換牙期，可能會咬家中物品，能接受上述兩點者才可提出認養。
6. 認養者須付擔晶片轉移費100元。

來信請說明：

a. 個人基本資料：姓名、性別、年齡、家庭狀況、職業與經濟來源等。
b. 想認養漂漂的理由。
c. 過去養寵物的經驗，及簡介一下您的飼養環境。
d. 若未來有結婚、懷孕、出國或搬家等計劃，將如何安置漂漂？

文創風
778

廢柴福妻 上

國家圖書館出版品預行編目資料

廢柴福妻 / 龍卷兒著. --
初版. -- 臺北市 : 狗屋, 2019.08
冊 ; 公分. --（文創風）
ISBN 978-986-509-035-7（上冊 : 平裝）. --

857.7　　108011324

著作者	龍卷兒
編輯	安愉
校對	沈毓萍　簡郁珊
發行所	狗屋出版社有限公司
地址	台北市104中山區龍江路71巷15號1樓
電話	02-2776-5889～0
發行字號	局版台業字845號
法律顧問	蕭雄淋律師
總經銷	知遠文化事業有限公司
電話	02-2664-8800
初版	2019年8月
國際書碼	ISBN-13　978-986-509-035-7

本著作物由北京晉江原創網絡科技有限公司授權出版

定價250元
狗屋劃撥帳號：19001626
網址：love.doghouse.com.tw　E-mail：love@doghouse.com.tw